HEYNE <

Das Buch

Gestatten Sie, dass ich mich vorstelle. Ich bin Mr. Klischee höchstpersönlich, alias Detective Sergeant Jack Starkey (im Ruhestand) vom Morddezernat der Chicagoer Polizei.
Nachdem ich zum dritten Mal angeschossen worden war – einmal als Marine bei einer inoffiziellen Auslandsoperation, zwei weitere Male als Angestellter der Stadt Chicago –, zog ich mich als dauerhaft arbeitsunfähig in die kleine Stadt Fort Myers Beach im Süden von Floridas Golfküste zurück, wo ich eine Bar besitze und auf einem Boot lebe. Ich lebe den Traum eines Cops, und es ist herrlich. Und zwar ohne Schmiergeld. Ach ja, und ab und zu kläre ich ein Verbrechen auf. Alte Gewohnheit.

Der Autor

William Wells weiß, worüber er schreibt. Wie sein Romanheld Jack Starkey lebte er zunächst in Chicago, bevor es ihn an die südwestliche Floridaküste verschlug. Wells schrieb Reden für Politiker (unter anderem für den Gouverneur von Michigan), gründete einen Corporate-Publishing-Verlag und verbringt seine Freizeit vor allem damit, die Sonne Floridas zu genießen und Bücher zu schreiben.

WILLIAM WELLS

SUN DETECTIVE

ROMAN

Aus dem Amerikanischen
von Wolfgang Müller

WILHELM HEYNE VERLAG
MÜNCHEN

Die Originalausgabe DETECTIVE FICTION erschien 2016 bei
Permanent Press, Sag Harbor, NY

Verlagsgruppe Random House FSC® N001967

Vollständige deutsche Erstausgabe 05/2019
Copyright © 2016 by William Wells
Copyright © 2019 der deutschsprachigen Ausgabe
by Wilhelm Heyne Verlag, München,
in der Verlagsgruppe Random House GmbH,
Neumarkter Straße 28, 81673 München
Redaktion: Heiko Arntz
Printed in Germany
Umschlaggestaltung: DAS ILLUSTRAT, München, unter Verwendung von
Motiven von Shutterstock (Sean Pavone, Sebestyen Balint)
Satz: GGP Media GmbH, Pößneck
Druck und Bindung: GGP Media GmbH, Pößneck
ISBN: 978-3-453-43964-1

www.heyne.de

Für Eddie und Lucy

»Die idealen Weggefährten haben nie weniger als vier Beine.« Colette

»Im Zweifel lass einfach einen Mann mit einer Pistole durch die Tür kommen.«
Raymond Chandler

1

Der Detective

Ende Oktober trieben die kalten Winde einer Gewitterfront einen kalten Regen vom Lake Michigan durch die Wolkenkratzerschluchten von Chicago. Er überzog die Stadtlandschaft mit einem feucht glänzenden Film und ließ die alte Stadt wie neu erstrahlen – zumindest eine Zeit lang.

Die Stadt zog ihre breiten Schultern ein und dachte: Wenigstens kein Schnee, noch nicht.

Ein Blitz zerriss den Abendhimmel und beleuchtete die Gestalt eines Mannes, der an einer Straßenecke auf der South Side unter einer Laterne stand, deren Glühlampe wie die meisten in dem Viertel schon lange zerbrochen war.

Der böige Wind durchnässte den Mann – Detective Lieutenant Jack Stoney, um genau zu sein –, als sei er eine geschlachtete Rinderhälfte in einer Autowaschanlage. Er trug keinen Hut, sodass ihm das Wasser von seinem schwarzen Haar in den Nacken lief.

Zitternd schlug Stoney den Kragen seines abgetragenen Burberry-Trenchcoats hoch und griff instinktiv in die Innentasche nach seinen Lucky Strikes ohne Filter. Er rauchte schon seit einem Jahr nicht mehr, seit ihm der Quacksalber beim jährlichen Gesundheitscheck des Dezernats ein Glas mit ei-

ner grauen, kranken, in Chloroform eingelegten Lunge gezeigt hatte.

In der Tasche befand sich nur eine Packung Juicy Fruit und ein alter Lottoschein der Illinois-Lotterie. Kein Gewinn, sonst würde Stoney hier nicht stehen, nicht in dem Viertel, vielleicht nicht mal in der Stadt, jetzt, da der Winter im Anmarsch war.

Tja, dachte Stoney, wenigstens habe ich noch Mr. Jack Daniel's, der mir in Zeiten der Not Trost spenden kann – das heißt, bis mir der Doc eine kaputte eingelegte Leber zeigt und die Party vollends verdirbt.

In der Dachrinne des baufälligen Vierfamilienhauses, das Stoney observierte, löste sich ein Klumpen Laub, schoss als ein morastig dreckiger Niagarafall das Regenrohr hinunter und ergoss sich über seine Schuhe und Hosenaufschläge.

Schon seit unserm drittletzten Bürgermeister bin ich für so einen Scheißjob zu alt, dachte er, als er sich das Regenwasser vom Mantel und den Blättermatsch von den Schuhen schüttelte wie ein Jagdhund, der einem Sumpf entstiegen war.

Er schaute zu den Fenstern der beiden Wohnungen im ersten Stock hoch. Das Licht brannte in beiden, aber Rollos versperrten den Blick ins Innere. Ich habe die Wahl, dachte Stoney:

A, wie ein Vollidiot im Regen stehen bleiben.

B, im Revier anrufen. Soll doch das SWAT-Team den schwierigen Teil erledigen, ich fahre nach Hause, setze mich vor die Glotze und schaue mir mit einem Glas Black Jack on the rocks die Bulls gegen die Lakers an.

Oder C, rein und hoch in den ersten Stock, wenn nötig, beide Wohnungstüren eintreten und dann einen gewissen Marcus Lamont, wenn der Flachwichser überhaupt da oben ist, davon überzeugen, dass man die Gesetze der Stadt Chicago nicht auf die leichte Schulter nehmen sollte.

Eigentlich hatte Stoney geplant, sich heute Abend in der Baby Doll Polka Lounge auf der West Cermack einen zu genehmigen. Er mochte das Baby Doll, weil sie dort großzügig einschenkten, und wegen seiner Krakauer-mit-Kraut-Sandwiches. Und wegen der altmodischen Wurlitzer-Jukebox, deren Neonröhren in allen Regenbogenfarben blinkten und die mit 45er-Vinylscheiben der Chicagoer Bluesveteranen Muddy Waters, Howlin' Wolf, Willie Dixon und Buddy Guy bestückt war.

Stoney hatte an der Bar im Baby Doll gesessen, an einem Black Jack pur genippt und eine Kellnerin namens Doris bequatscht, als ein Spitzel, den er als Jake The Snake kannte, auf den Hocker neben ihm rutschte. Jake hatte zwar wie jeder andere auch einen Nachnamen, aber er wurde jetzt schon so lange The Snake genannt, dass er den vielleicht selbst schon vergessen hatte.

The Snake bot Stoney die Adresse von Marcus Lamonts Versteck an – für sein übliches Honorar: einen Four Roses mit einem Bier zum Nachspülen plus ein gutes Wort für den Fall, dass er in Schwierigkeiten geriete, was früher oder später der Fall sein würde. Gewöhnlich früher.

Lamont hatte vor zwei Wochen den Jewel Supermarket an der Ecke Division und Clark überfallen. Das allein war noch kein hinreichender Grund, in einer ekligen Nacht die gastliche Wärme des Baby Doll zu verlassen. Beamte des Morddezernats jagten keine Räuber. Aber Lamont hatte einen Cop erschossen, der in seinem Nebenjob als Wachmann im Jewel gearbeitet hatte. Und das, mein Freund, ist absolut tabu.

Stoney kannte den Cop: Lenny Wadkins, anständiger Bursche, Frau und drei Kinder, Medal of Valor, acht Monate vor der Pensionierung und dem Umzug nach Vero Beach zum Angeln und Golfen. Dafür musste Lamont zahlen. Auf seinem Steckbrief stand »Tot oder lebendig« – nicht wörtlich, aber sinngemäß.

Bis zu dem Tipp von The Snake hatte es keine Hinweise auf seinen Aufenthaltsort gegeben.

»Ich kenne da einen Burschen, der kennt jemanden, der mir erzählt hat, dass Lamont in diesem Augenblick in der Wohnung seiner Freundin ist«, hatte der Spitzel gesagt. »Sie heißt Lucinda. Stripperin im Funky Money. Wohnt Ecke Saginaw und Dreiundneunzigste. In einer von den zwei Wohnungen im oberen Stock. Weiß aber nicht, in welcher.«

Das reichte. Stoney nahm einen Zwanzig-Dollar-Schein aus seiner Brieftasche und klatschte ihn vor dem Spitzel auf die Theke.

»Danke, Mann«, sagte The Snake und ließ den Schein mit der Fingerfertigkeit eines Taschenspielers verschwinden.

Für seine eigenen Drinks legte Stoney einen zweiten Zwanziger auf den Tresen, nahm den Trenchcoat vom Haken neben der Tür und ging nach draußen. Er war mit seinem Cabrio da, einer 63er Corvette Stingray, klassisch rot, und nicht mit dem braunen Zivilfahrzeug seines Dezernats, ei-

nem Ford Taurus, in dessen Kofferraum seine Schrotflinte und Kevlarweste lagen.

Ins Baby Doll ging man mit Geld für die Drinks und Tabletten gegen Sodbrennen und mit der Dienstwaffe, aber nicht mit Kevlarweste und Schrotflinte. Den ersten und letzten Versuch, die Happy Hour im Baby Doll zu stören, hatte ein Arschloch mit einer abgesägten Schrotflinte unter dem Mantel unternommen. Er war hereinspaziert und hatte das Geld in der Kasse und den Inhalt aller Taschen der Gäste verlangt. Das war ihm nicht bekommen.

Der Wirt, Leon Kramarczyk, ein ehemaliger Fallschirmjäger in der polnischen Armee, hatte dem Trottel mit einer Vis-Pistole 9 mm, die er neben der Kasse liegen hatte, in den Hals geschossen. Es sprach sich herum in der Nachbarschaft, dass es einfachere Methoden gab, seinen Lebensunterhalt zu bestreiten als mit einem Überfall auf die Baby Doll Polka Lounge.

Stoney schaute wieder zum ersten Stock hinauf. Die Dienstvorschrift verlangte nach B: Verstärkung rufen. Warum den Helden spielen? Wenn einen der Job ausgebrannt hatte, wenn man geschieden und im mittleren Alter war, wenn man zweimal angeschossen worden war, dann war genug endgültig genug. Die Bürger, die zu schützen und denen zu dienen seine Pflicht war, wie es an den Seiten der Streifenwagen der Chicagoer Polizei stand, wussten nichts vom Alltag eines Cops, oder er war ihnen egal. Zumindest glaubte das Stoney. Statt Dankbarkeit bekam man eine Marke, eine Dienstwaffe und ein Gehalt, das, wie es bei den Marines hieß, für drei Mahlzeiten und eine Matratze reichte. Aber nicht für mehr. Es sei denn, man zählte die gelegentlichen Adrenalin-Highs mit, die einem der Job bescherte, wenn man mal wieder sein Leben aufs Spiel setzte.

Falls man den Dreck in den Straßen und die unausweichlichen internen Ermittlungen überstand, dann bekam man auch noch eine Pension. Vielleicht hatte man dann genug auf der Seite, um dem Standardtraum eines Cops hinterherzujagen, nämlich dorthin zu ziehen, wo das ganze Jahr die Sonne schien und man sicher war vor The Hawk, wie Lou Rawls in einem Song einst den schneidenden Wind vom See genannt hatte.

Stoney kannte einen Cop, der eine Bar in Reno besaß, aber der hatte sich schmieren lassen und seine Zusatzeinnahmen in steuerfreie Kommunalobligationen gesteckt.

Das war nichts für Jack Stoney. Ehrlich und arm, das war sein Schicksal, das hatte er schon früh entschieden. Er wusste, dass er es mit seinem Gehalt vom Staat nie zu Reichtum bringen würde, aber zum Teufel damit, es machte einfach Spaß, mit einer Marke und einer Pistole durch die Straßen der Stadt zu ziehen.

Stoney griff unter seinen Mantel und berührte die Smith & Wesson Distinguished Combat, 357 Magnum, die in dem Lederholster an seinem Gürtel steckte. Vom Dezernat hatte er die übliche Sig Sauer 9 mm bekommen, die er exakt ein einziges Mal benutzt und dann in die Waffenkammer zurückgebracht hatte. In einer Seitengasse der West Madison war ein übler, mit Crack zugedröhnter Bursche auf ihn zugestürmt, den er auch mit einem Schuss durch den Oberschenkel nicht hatte aufhalten können.

Anscheinend war das zentrale Nervensystem des Angreifers durch die Droge so betäubt gewesen, dass er erst den zweiten Schuss in die Brust überhaupt bemerkt hatte. Das stoppte ihn schließlich. Dem Tod geweiht, sah er überrascht auf seine Brust, sah den roten Fleck, der sich auf seinem weißen T-Shirt ausbreitete, fiel auf die Knie, sagte »Gottverdammte Scheiße«, kippte nach vorn und war tot, noch bevor sein Kopf auf das Pflaster schlug.

Nachdem er den Einsatzbericht ausgefüllt und die Befragung durch die Beamten von der Internen überstanden hatte, war er nach Hause gegangen und hatte die in Ölpapier eingewickelte Smith & Wesson hervorgeholt, die in seiner alten Marines-Truhe unter den stolzen Uniformen seiner Jugend lag.

Die S & W war nur ein Sechsschüsser, während in der Kammer der halb automatischen Sig siebzehn Patronen steckten. Aber die großkalibrigen Kugeln erledigten immer ihren Job, egal ob der Penner stoned war oder nüchtern. Sie rissen eine so große Austrittswunde, da passte ein Ford F-150 Pick-up mit Monstertruck-Reifen durch.

Stoney schaute hoch und sah einen Schatten, der sich an einem der Fenster der vorderen Wohnung vorbeibewegte und für eine Frau zu groß war. Möglich, dass es nicht Lamont war, aber The Snake hatte ihm immer gute Informationen geliefert. Er ist da oben, dachte Stoney, und hat es warm und trocken und lässt es sich von einer Schlampe mit schlechtem Geschmack und übler Pechsträhne besorgen, während ich mir in dem gottverdammten Regen meinen traurigen Arsch abfriere.

Er entschied sich für B: Die harten Knochen vom SWAT-Team sollen das erledigen. In diesem Fall lag die Dienstvorschrift richtig. Er zog sein Handy aus der Tasche. Doch dann hielt er inne, seufzte und steckte es wieder weg. Zum Henker, dachte er, jetzt bin ich schon mal da und hab mich durchweichen lassen, und dieser verfickte Schwanzlutscher Lamont hat einen Cop auf dem Gewissen und hat sich vielleicht schon wieder verpisst, bis die Jungs vom SWAT-Team hier aufkreuzen.

Also dann, sichern und laden. C.

Er ging die drei Zementstufen zur Tür des alten Mietsgebäudes hinauf. Ein Schild auf dem Ziegelgemäuer neben der Tür verkündete der Welt, dass es sich um die Lakeview Apartments handelte, obwohl der See nirgends zu sehen war.

Die Tür war verschlossen. Er drückte sie mit einem Schulterstoß ein, was angesichts des verrosteten Schlosses und des morschen Holzrahmens nicht allzu schwer war.

Er betrat das Treppenhaus: an den Wänden abblätternde kotzgrüne Farbe, auf dem Boden abgewetztes braunes Linoleum, unter der niedrigen Decke eine nackte Glühbirne. Türen links und rechts zu den Wohnungen 1A und 1B, die Treppe in den ersten Stock zu den Wohnungen 2A und 2B.

Stoney ließ die Haustür weit offen – für den Fall, dass er das Gebäude schnell verlassen musste. Dann ging er die knarzende Holztreppe hinauf, wobei er mit gespreizten Beinen außen auf die Stufen trat, um so wenig Lärm wie möglich zu machen. Das gehörte zum Handwerk, das ein Cop lernen musste, wenn er es zu einer Bar und einem Boot im Süden schaffen wollte.

Im Flur des ersten Stocks blieb er kurz stehen und drehte die Glühbirne aus der Wandfassung, damit er nicht von hinten angeleuchtet wurde. Er zog die S & W und hielt sie sich mit dem Lauf nach unten ans rechte Bein.

Er berührte unter seinem Mantel, wo eigentlich die Kevlarweste sein sollte, das dünne Gewebe seines schwarzen T-Shirts. Tja, nutzt ja alles nix, da musst du jetzt durch, sinnierte er, was ziemlich genau seine Lebeneinstellung zusammenfasste.

The Snake hatte nicht gewusst, welche Wohnung im ersten Stock. Hopp oder topp: 2A oder 2B? Wenn Stoney falschlag, dann würde jetzt eine Familie beim Abendessen eine verdammt unangenehme Überraschung erleben.

Stoney warf im Geist eine Münze, wandte sich dann 2B zu und verpasste der Tür mit seinen von Hand verzierten Cowboystiefeln Größe 12 einen so gewaltigen Cop-Tritt, als sei er der Pizzabote aus der Hölle:

Wer von euch Wichsern kriegt die Große mit Salami und Champignons?

Die Tür flog nach innen auf. Zur Begrüßung zerriss der Schuss aus einer Schrotflinte die Luft, zerfetzte das Holz des Türrahmens und verschaffte Stoney die Gewissheit, dass er richtig gelegen hatte.

Flacher als er klebte auch die Farbe nicht an der Wand des Flurs. Mit dem Handrücken seiner Linken fuhr er sich über die rechte Backe. Die Finger waren blutverschmiert. Nur eine Fleischwunde, wahrscheinlich von den herumfliegenden Holzsplittern, nicht den Schrotkugeln. Würde beim Rasieren trotzdem höllisch brennen.

Also gut, dachte Jack Stoney. *Du hast es tatsächlich geschafft, Lamont. Jetzt hab ich echt miese Laune.*

Er hob die S & W, ging in die Hocke und rollte sich dann schießend in die Wohnung ...

2

Ein Schuss und ich blute

Spoileralarm: Jack Stoney wird die Schießerei überleben, weil er ein fiktiver Detective ist und weil er in den Fortsetzungen des Romans, aus dem Sie gerade einen Ausschnitt gelesen haben, noch gebraucht wird. Eine Figur aus Papier und Tinte stirbt erst dann, wenn der Autor will, dass sie stirbt.

Aber ich blute, wenn ich angeschossen werde, und das ist mir auch mehr als einmal passiert. Anders als Detective Stoney würde ich also nicht wie der Lone Ranger in die Wohnung 2B stürmen. Ich würde ein angriffslustiges SWAT-Team mit seinen Ganzkörperschutzanzügen, Blend- und Tränengasgranaten und Sturmgewehren rufen, während ich Abstand – ordentlich Abstand – halten und die Aufsicht führen würde.

Tatsächlich habe ich in einer ähnlichen Situation genau das getan. Bei der Observierung eines realen Mietshauses auf der South Side sah ich den Gangster, hinter dem ich her war, an einem Fenster vorbeigehen und griff zum Handy statt zum Revolver. Das halbe Revier kreuzte daraufhin auf, um den Polizistenmörder zu schnappen, der die Aktion, die dann im offiziellen Polizeibericht als

»Festnahmeversuch« bezeichnet wurde, nicht überlebte. Im Grunde war es eine Hinrichtung gewesen. Wenn man sein verfassungsgemäßes Recht auf einen fairen Prozess gewahrt sehen will, sollte man keinen Polizeibeamten töten, zumindest nicht in Chicago.

Wegen solch schlauer Entscheidungen war ich noch am Leben, saß mit einem roten Filzstift am Kombüsentisch meines Hausboots in Fort Myers Beach, Florida, und las das Manuskript von *Stoneys letztes Gefecht*, dem neuen Jack-Stoney-Krimi von William Stevens.

Bill Stevens ist der altgediente Polizeireporter der *Chicago Tribune*. Er gibt mir seine Bestseller vor der Veröffentlichung zum Redigieren, damit ihm beim Thema Polizei keine Fehler unterlaufen. Für die Arbeit bekomme ich ein hübsches Honorar, aber ich würde es auch umsonst machen, denn ich habe ein persönliches Interesse daran. Die Geschichten basieren alle auf meiner eigenen Karriere als Detective im Morddezernat der Chicagoer Polizei.

Wenn Bill einen Fehler macht, wie es ein paarmal vorgekommen ist, bevor er mich um Hilfe bat, dann erreichen ihn unweigerlich Briefe von Lesern, die ihn zur Rede stellen. Zum Beispiel: Jack Stoneys Handfeuerwaffe, ein Model 1911, Kaliber 45, sei eine halb automatische Pistole, kein Revolver, schrieb ein Leser aus Minneapolis. Jack Stoney könne keinen 2012er Ford Crown Victoria mit der Polizeiausstattung gefahren haben, weil Ford die Produktion dieses Modells 2011 einstellte und zum Taurus als Dienstfahrzeug für den Polizeidienst wechselte, sagte ein pensionierter Polizist aus San Diego. Bei der Polizei in Chicago heiße es »Morddezernat« und nicht wie in einigen anderen Städten »Dezernat für Raub und Mord«, behauptete ein Mann aus Prag. Wie um alles in der Welt ein Mann aus der Tschechischen Republik etwas derart Obskures wissen konnte, ist mir schleierhaft, aber er hatte tatsächlich recht.

Ich überlegte, ob ich am Rand von Bills Manuskript kurz schildern sollte, wie diese Observierung auf der South Side tatsächlich abgelaufen war. Ich entschied mich dagegen. Jack Stoney *musste* die Tür natürlich eintreten und das alleine durchziehen. Niemand will etwas über einen Helden lesen, der auf Nummer sicher geht.

Die Cops in Kriminalromanen sind alle Klischees. Sie sind unweigerlich Zyniker, nach zu vielen Jahren im Job ausgebrannt. Trockene Alkoholiker, die sich abmühen, trocken zu bleiben, geschieden, weil ihre Ex-Frauen die Sauferei und den Stress des Polizistenlebens nicht mehr ertrugen, von ihren Kindern entfremdet, weil erst der Job kam und sie alle Schulaufführungen und Fußballspiele verpassten, Einzelgänger, dauernd im Clinch mit ihren Vorgesetzten/Polizeichefs/Bürgermeistern, aber (gerade noch) toleriert, weil sie die meisten gelösten Fälle in der Abteilung haben.

Gestatten Sie, dass ich mich vorstelle. Ich bin Mr. Klischee höchstpersönlich, alias Detective Sergeant Jack Starkey (im Ruhestand) vom Morddezernat der Chicagoer Polizei. Sie haben gerade meinen Lebenslauf gelesen.

Nachdem ich zum dritten Mal angeschossen worden war – einmal als Marine bei einer inoffiziellen Auslandsoperation, zwei weitere Male als Angestellter der Stadt Chicago –, zog ich mich als dauerhaft arbeitsunfähig in die kleine Stadt Fort Myers Beach im Süden von Floridas Golfküste zurück, wo ich eine Bar besitze und auf einem Boot lebe. Ich lebe den Traum eines Cops, und es ist herrlich. Und zwar ohne Schmiergeld. Bill Stevens scheffelt einen Haufen Geld mit seinen Romanen. Er ist mein Partner bei der Bar The Drunken Parrot. Er hat das Geld aufgetrieben, und ich schmeiße den Laden.

Bills andere Romane tragen Titel wie *Stoneys Rache*, *Stoneys Ehre*, *Stoneys freier Tag* oder *Stoneys Todesschuss*. Er macht aus meinem Alter Ego eine Legende. Jack Stoney ist größer (eins achtundachtzig, ich bin eins dreiundachtzig), mutiger (ihm wurden als Captain bei den Marines der Silver Star und von der Chicagoer Polizei drei ehrenvolle Erwähnungen für außergewöhnliche Leistungen zuteil, während ich als Lieutenant der Marines die üblichen Orden als Scharfschütze und für gute Führung plus ein Purple Heart erhielt und keine ehrenvollen Erwähnungen im Polizeidienst, weil, so meine Vermutung, die Häuptlinge meine Einzelgänger-Attitüde nicht gutheißen wollten) und fieser (Stoney glaubt an Selbstjustiz, weil er dem verrotteten Justizsystem nicht zutraut, die Gangster von den Straßen fernzuhalten, während so etwas für mich nur der letzte Ausweg war). Stoney ist Detective Lieutenant, ich war Detective Sergeant.

Stoney ist ein muskulöser, attraktiver Typ mit dichtem,

grau meliertem Haar, stechenden grünen Augen und einem Killerlächeln, das die Herzen und den Widerstand der Damen, die seinen Weg kreuzen, schmelzen lässt. Auch in diesem Punkt hat Bill mein wahres Ich aufpoliert, auch wenn es mir an Damenbekanntschaften nie gemangelt hat.

Stoney ist der Typ für die schnelle Nummer, er mag seine Frauen ex und hopp. Einmal sagte er: »Nach einer Stunde mit der scharfen Blonden hätte ich mir für die Zugabe einen zweiten Johnny gewünscht.« So etwas würde ich nie sagen, obwohl die Vorstellung zugegebenermaßen verlockend ist.

Man hört ständig, dass wegen der elektronischen Reizüberflutung, denen die Menschen über ihre Fernseher, Smartphones, Tablets, Computer und jetzt auch noch Smartwatches ausgesetzt sind, immer weniger Bücher gelesen werden. Aber laut Bill gibt es unter denjenigen, die lesen, ein großes Bedürfnis nach knallharten Krimis, sei es auf Papier oder in Form von E-Books. Und die stillt er mit seinen Romanen. Alle sind Bestseller geworden.

Durch meine Beziehung zu Jack Stoney brachte ich es in meiner Heimatstadt zu einem gewissen Ruhm. Das bescherte mir jede Menge Frotzeleien auf dem Revier und in den Cop-Bars und machte mich bei den hohen Tieren nicht gerade beliebt. Ich schätze, Detective Stoneys Benehmen erinnerte sie daran, wie sehr ich ihnen auf den Geist gehen konnte.

Im Drunken Parrot halte ich immer eine Auswahl an Jack-Stoney-Büchern parat. Jeder Gast, der danach fragt, bekommt ein vom Autor und von mir signiertes Buch. Ich betrachte das als ein Marketinginstrument für die Bar. Manche kriegen auch eins, wenn sie nicht danach fragen, vor allem wenn sie weiblich und hübsch sind. Die Anmachfrage lautet: »Magst du zufällig Krimis?« Na ja, das war, bevor ich meine aktuelle Freundin kennenlernte. Jetzt bedanke ich mich einfach bei den Fans und gebe ihnen einen aus.

Bill schaut regelmäßig vorbei – um zu angeln und um zu sehen, ob seine Investition in die Bar noch etwas abwirft. Das Geschäft läuft gut – weil gut eingeschenkt wird, weil wir die besten Mini-Hamburger und scharf gewürzten Hähnchenflügel am Strand haben, die echten Hotdogs »Chicago Style« (ein Vienna-Beef-Fleischzipfel in einem Mohnbrötchen mit Senf, Zwiebeln, Tomatenscheiben, Gewürzgurke, hellgrünem Relish, Selleriesalz und kleinen Chilis) und eine Happy Hour, die von zehn Uhr, wenn ich den Laden aufmache, bis zur letzten Bestellung dauert, die immer dann fällig ist, wenn ich zumachen will.

Der Vorbesitzer des Drunken Parrot hatte einen Papagei namens Hector, der gerne auf der Bar hin und her spazierte, seinen Schnabel in die Biergläser der Gäste tunkte und dann herumtorkelte und täuschend echt rülpste. Zu den weiblichen Gästen sagte Hector Sachen wie: »Was macht eine abgetakelte Fregatte wie du in so einem Klasseladen?«, und zu den Männern: »Hey, Freundchen, du hast den Kanal aber gestrichen voll.« Außerdem konnte er die ersten Zeilen von »Danny Boy« singen.

Zu Hectors Ehren habe ich eine zwanzig mal dreißig Zentimeter große, gerahmte Fotografie von ihm an die Wand gehängt. Als ich die Bar vor drei Jahren gekauft habe, war Hector nicht im Preis inbegriffen gewesen, obwohl ich ihn gerne übernommen hätte. Aber sein Besitzer hatte sich ein Wohnmobil gekauft und wollte sich zusammen mit Hector als Beifahrer das Land anschauen. Vielleicht schreibt der Bursche ja ein Buch: *Meine Reise mit Hector*.

Ich dachte daran, die Bar in The Baby Doll Polka Lounge South umzutaufen. Das Baby Doll ist meine und auch Jack Stoneys Lieblingsbar in Chicago. Leon, der Besitzer, hätte nichts dagegen gehabt, aber meine Gäste hätten mit der Anspielung sowieso nichts anfangen können, und außerdem stellte der von Hector inspirierte Name einen gewissen Marktwert dar.

Man könnte sich fragen, ob es eine gute Idee ist, als trockener Alkoholiker eine Bar zu betreiben. Vielleicht nicht, aber ich schaffe es. Dieser Tage ist das Getränk meiner Wahl Berghoff Root Beer aus Chicago, ein in der »Windy City« von dem berühmten alten deutschen Restaurant gleichen Namens selbst gebrauter Softdrink. Mein Getränkehändler liefert es mir. Sollte ich jemals versucht sein, wieder auf Gentleman Jack zurückzukommen, reicht mir ein Blick in die Gesichter der in meine Bar torkelnden Hardcoretrinker, und das Verlangen verschwindet wieder. Ich helfe diesen armen Seelen nach Kräften mit Ratschlägen, die sie in der Regel gar nicht wollen, sowie mit Kaffee und warmen Mahlzeiten, die sie in der Regel schon eher wollen.

Fort Myers Beach ist eine von jenen Städten in Florida, in denen die Mädchen im Spring Break, der einwöchigen Semesterpause im Frühling, völlig ausrasten. Jahrelang bin ich mit drei Freunden, die ich seit meiner Zeit auf der Saint Leo's Academy kenne, einer Jesuiten-Highschool in Chicago, hierher in die Ferien gefahren. Im Jachthafen »Salty Sam's Marina« mieteten wir ein Boot, schipperten in die Seitenarme der Estero Bay und angelten Snooks, Red Snapper, Meerbrasse und Rotbarsch. Auf der Jagd nach Tarpunen fuhren wir manchmal nach Norden bis zum Boca Grande Pass. Abends fielen wir in die Bars auf dem Estero Boulevard ein, auch ins Drunken Parrot, und machten Jagd auf Mädchen. Mädchen, die mündig waren, wohlgemerkt, oder sich zumindest als volljährig ausweisen konnten (nicht, dass wir aus Versehen einer Minderjährigen einen Drink spendierten).

Der Drunken Parrot befindet sich in einem baufälligen, einstöckigen Gebäude mit einem grünen Blechdach und verwitterter, weißer Holzverschalung. Es steht direkt am Strand. Nach vorne raus gibt es Beachvolleyballnetze, nach hinten eine große Terrasse mit einer Tiki-Bar samt Strohdach. Im Spring Break veranstalten wir an den Wochenenden Wet-T-Shirt-Contests. Für etwaige antifeministische Vorkommnisse entschuldige ich mich tausendmal, aber die Mädchen machen freiwillig mit, und es ist gut fürs Geschäft. Einmal haben unsere Gäste einen Bullen von Footballspieler von der Iowa State University zum Sieger erkoren, was beweist, dass unser Wettbewerb nicht sexistisch ist. Drinnen gibt es eine lange geschwungene Mahagonitheke mit Messingreling, an den Wänden hängen Fanartikel von College- und Profisportteams, auf einer kleinen Bühne spielen am Wochenende Blues- und Jazzmusiker, und in der Tipp-Topp-Küche führt ein altgedienter Burgerbrater das Kommando. Außerdem sorge ich dafür, dass die Toiletten immer so blitzblank sind, als hätte sich das Marine Corps für einen Kontrollbesuch angemeldet.

Eines Abends, als ich mir mit meinen Kumpels aus Chicago im Drunken Parrot einen genehmigte, gab ich dem Besitzer des Ladens, einem pensionierten Unteroffizier der Navy, meine Detective-Visitenkarte und sagte ihm, wenn er verkaufen wolle, solle er mich anrufen. Der Cop-Traum – klar. Aber hauptsächlich sprach der Alkohol aus mir. Am nächsten Morgen hatte ich alles vergessen.

Aber der Besitzer rief mich an. Zu der Zeit erholte ich mich gerade in meiner Doppelhaushälfte in Wrigleyville von meiner dritten Schussverletzung. Eine Patrone Kaliber 380 hatte glatt meine Schulter durchschlagen und meine Bewegungsfreiheit so stark eingeschränkt, dass mich der Arzt des Dezernats für dienstuntauglich hielt – von den hohen Tieren hatte ich das schon häufiger zu hören bekommen, aber diesmal hatte es auschließlich körperliche Gründe.

Der Täter hatte eine Skimaske getragen, als er in der La Salle Street im West Loop aus einer Genossenschaftsbank gekommen war und mir direkt gegenüberstand. Er war genauso überrascht wie ich. Er schoss auf mich, und ich antwortete mit drei Schüssen aus meiner Smith & Wesson Distinguished Combat, 357 Magnum – die gleiche Waffe, die Bill Stevens Jack Stoney gegeben hat. Der Mann schlug aufs Pflaster wie eine Marionette mit gekappten Schnüren und verabschiedete sich damit aus der Branche des bewaffneten Raubüberfalls in den vorzeitigen Ruhestand.

Ich bin zur Zeit mit einer wunderbaren Frau namens Marisa Fernandez de Lopez liiert. Ihr Vater kam als Junge während der Mariel-Bootskrise aus Kuba nach Miami. Ihre Mutter ist Venezolanerin. Sie ist etwa zehn Jahre jünger als ich. Über Frauen weiß ich nicht viel, welcher Mann tut das schon, aber ich weiß genug, um sie nicht nach dem Alter zu fragen.

Marisa ist eine umwerfende Schönheit mit schwarz glänzenden, schulterlangen Haaren, funkelnden dunklen Augen und einem irren Körper, den sie mit Marathonläufen und Power-Yoga in Schuss hält. Sie betreibt ein kleines Maklerbüro in Fort Myers Beach und kommt wegen der astronomisch hohen Preise für Ufergrundstücke sehr gut zurecht. Keine Ahnung, was sie in mir sieht, und ich habe auch nicht vor, sie danach zu fragen – dann fragt sie sich das vielleicht selbst.

Marisa hat keinen der Jack-Stoney-Romane gelesen. Sie bevorzugt anspruchsvollere Sachen, Bücher wie *Das Licht zwischen den Meeren* von M. L. Stedman, das sie gerade fertig gelesen hat, oder *Der Distelfink* von Donna Tart, das sie gerade angefangen hat. »Warum sollte ich etwas über einen fiktiven Detective lesen, wenn ich einen echten zu Hause habe?«, sagte sie einmal zu mir. Wo sie recht hat, hat sie recht.

Ich selbst lese keine Romane, außer wenn ich an Bills Krimis arbeite. Einmal Cop, immer Cop. In meinem Regal stehen hauptsächlich Sachbücher. *Mord – 100 Jahre Tötungsdelikte in Amerika* von Gini Graham Scott, *Barkeeping für Dummies* von Ray Foley, *Das große Handbuch der Feuerwaffen (Zerlegung, Reinigung, Pflege)* von Robert A. Sadowski, Geschichte von *Chicago* von Robert G. Spinney sowie *Die Bekenntnisse des Augustinus* von ebendiesem Augustinus (ein Schulbuch von der Saint Leo's Academy, das ich aus irgendeinem Grund aufgehoben habe). Und natürlich: *Semper Fi – Die definitive illustrierte Geschichte der U.S. Marines*.

Mein Zuhause ist ein vierzehn Meter langes Hausboot namens *Phoenix*. Im Allgemeinen hasse ich kitschige Namen für Schiffe wie *Dad's Dream, Layzy dayz, Nauti Girl* und *She Got The House* – die Namen habe ich alle mit eigenen Augen gesehen. In die gleiche beklagenswerte Kategorie fallen manierierte Modenamen, die manche Eltern ihren Kindern geben. Aber *Phoenix* passt zu meinem neuen Zuhause. Mit meinem neuen Leben hoffe ich aus der Asche meiner früheren Jahre aufzusteigen wie der Vogel aus der griechischen Mythologie.

Ich habe die *Phoenix* gebraucht gekauft. Ihr ursprünglicher Name war *Takin' It E-Z*. Bezahlt habe ich es mit dem Erlös meiner Doppelhaushälfte in Wrigleyville. Es liegt im »Salty Sam's«-Jachthafen vor Anker, und »vor Anker« heißt, es ist am Pier festgeschraubt. Denn die *Phoenix* ist wahrscheinlich so seetüchtig wie der Drunken Parrot, was ich allerdings nicht vorhabe zu überprüfen.

Marisa habe ich kennengelernt, als ich auf der Suche nach einer Bleibe in ihr Maklerbüro marschiert bin, das sich in einem Block in der Miramar Street befindet. Sie fragte, was ich mir idealerweise vorstellte. »Ein Boot für wenig Geld«, sagte ich. Ihre Datenbank spuckte die *Takin' It E-Z* aus, die nach einer Scheidung einer Frau aus Syracuse zugefallen war. Laut meiner Maklerin musste die Frau schnell verkaufen. Ich gab ein Angebot ab, es wurde akzeptiert, ich verließ meine vorübergehende Unterkunft, das Neon Flamingo, und zog auf das Boot.

Ich hatte die amüsante, aber nicht ernst gemeinte Idee, mir einen Hausalligator anzuschaffen, so wie Sonny Crocket einen hatte, auf seinem Segelboot *St. Vitus' Dance* in der von mir geliebten alten Version der TV-Serie *Miami Vice*. Stattdessen entschied ich mich für eine Katze. Na ja, eigentlich entschied sich die Katze für mich. Eines Morgens, ich war seit etwa drei Monaten an Bord der *Phoenix* wohnhaft, wachte ich in meiner Koje mit dem Gefühl auf, dass mich jemand anstarrte. Der Jemand war eine sehr große Katze, ein dreifarbiger Kater mit vernarbten Ohren und dem Gesicht eines Straßenkämpfers – das hatten wir gemein. Vielleicht war das der Grund, warum er mir sofort sympathisch war.

»Willkommen an Bord.« Das war alles, was mir einfiel. Er schaute mich an und miaute. Vielleicht versuchte er mir zu sagen, dass von nun an er der Kapitän sei, wie der somalische Pirat in dem Film *Captain Phillips*.

Der Kater schien nicht vorzuhaben, in naher Zukunft an Land zu gehen, also ging ich in die Kombüse, öffnete eine Dose Thunfisch, kippte den Inhalt in eine Schale und stellte diese an Deck. Er aß ein paar Bissen, schaute mich dann an und miaute wieder, als wolle er sagen: »Nicht schlecht, aber Frischfisch ist mir lieber.« Während ich Kaffee aufsetzte, verspeiste er den Thunfisch, schlenderte dann in die Kajüte, sprang aufs Bett, rollte sich zusammen und schlief ein. Seitdem sind wir zusammen.

Auf dem Sofa meiner Tante, die sechs Katzen hatte, lag ein besticktes Kissen, auf dem stand: »Hunde haben Besitzer, Katzen Personal.« Schnell stellte ich fest, dass das stimmte. Trotzdem, es ist eine Beziehung, die für Joe und für mich passt. Ich nannte ihn nach meinem Bruder. Anscheinend hatte er beschlossen, dass es an der Zeit sei, sich dauerhaft niederzulassen, und sich aus welchem Grund auch immer mein Boot ausgesucht. Vielleicht wurde er leicht seekrank und schätzte die Tatsache, dass die *Phoenix* offenkundig nie auslaufen würde.

3

Die Reichen sind anders

Es war kurz nach halb zehn an einem lauen Winterabend. Lau hieß in Fort Myers Beach fünfundzwanzig Grad, während in Chicago minus fünfzehn herrschten, bei Schneeböen. Eine der Vergnügungen eines Umzugs aus nördlichen Breiten nach Florida ist der Vergleich der Wintertemperaturen in der alten und der neuen Heimat, was ich mittels einer App auf meinem Handy regelmäßig tue. In den Sommermonaten macht das weniger Spaß.

Nach einem guten Abendessen und einem leidenschaftlichen Liebesspiel lagen Marisa und ich entspannt im Bett der *Phoenix*. »Liebesspiel« ist ein hoffnungslos altmodischer Begriff, ich weiß, allerdings bin ich auch ein hoffnungslos altmodischer Typ. Ich habe nichts gegen Gelegenheitssex, aber ich mag Marisa sehr und betrachte mich als jenseits des Alters, wo man – wozu ich in meiner Jugend neigte – keine Gelegenheit für eine schnelle Nummer ausließ.

Marisa ist eine hervorragende Köchin. Ich bin gut in Imbiss-Bestellungen und kann darüber hinaus ein schmackhaftes Schüsselchen Cornflakes zubereiten. Bill Stevens macht aus Jack Stoney einen Gourmetkoch. Nach einem harten Tag der Verbrechensbekämpfung kehrt Stoney in seine Wohnung in Wrigleyville zurück und zaubert aus dem, was gerade im Kühlschrank ist, eine unfassbare Mahlzeit für sich und seine jeweilige Flamme.

In meinem Kühlschrank gibt es weder Trüffel noch Porrees (oder ging es um Sellerie?) und auch keinen frischen »Parmigiano Reggiano«, der bei Jack Stoney zu den Eiern ins Omelette wanderte, als er im letzten Roman nach einer Schießerei nach Hause kam. Wenn ich mich recht erinnere, hat er sogar etwas knuspriges Brot dazu gebacken und hatte genau den passenden Wein zur Hand. In meiner Speisekammer finden sich ein oder zwei Zwiebeln, ein paar Büchsen Thunfisch und etwas Katzentrockenfutter für Joe, eine Schachtel Frosties, ein Laib Wonder Bread und ein Block Velveta-Käse, der haltbarer ist als Holz, und außerdem dies und das in Dosen, Gläsern und Schachteln. Verfallsdaten sind, was mich betrifft, etwas für Weicheier. In meinem Weinkeller alias Kühlschrankfach lagert für Gäste ein Sechserpack Bier und für mich Berghoff Root Beer.

Heute Abend jedoch hat Marisa die Lebensmittel eingekauft und ein köstliches »Ropa vieja« (zerpflücktes Rindfleisch) mit schwarzen Bohnen, gelbem Reis, Kochbanenen und gebratenen Yucca zubereitet. Als Nachtisch gab es Karamellflan. Marisa wohnt in der Mango Street in einem rosa Bungalow im Key-West-Stil, und in ihrer Profiküche lässt sie es wirklich krachen.

Auf der Bose-Anlage, die ich auf dem Boot installiert hatte, lief Glenn Goulds legendäre Aufnahme der *Gold-*

berg-Variationen von 1955. Die CD gehörte Marisa. Mein Musikgeschmack tendierte eher zu den legendären Aufnahmen von Led Zeppelin, The Ramones, Bob Seger und The Dead sowie zu den Chicago-Klassikern, die auch Jack Stoney mag: Buddy Guy, Muddy Waters, Howlin' Wolf, Freddy King, Arthur »Big Boy« Crudup, Sonny Boy Williamson (I und II) und anderen. Letztes Weihnachten hatte mir Marisa eine CD-Box mit dem Titel *Best of Chicago Blues* geschenkt.

Ich war ziemlich zufrieden. Nicht alles lief glatt auf unserem gebeutelten Planeten, aber hier, im Bett mit Marisa, hielt sich ein kleines Fleckchen von Mutter Erde ganz fabelhaft.

»Woran denkst du?«, fragte sie. Ihr Kopf lag auf meiner Brust und ihre Hand genau da, wohin sie zu legen ich sie gebeten hätte, wenn es nötig gewesen wäre, was es nicht war.

»Ich habe gerade an *Pet Sounds* von den Beach Boys gedacht«, sagte ich. »Das war eigentlich Brian Wilsons Projekt. Er hatte aufgehört, mit der Band auf Tour zu gehen, damit er sich aufs Komponieren konzentrieren konnte …«

»Und worin genau besteht da die Relevanz zum gegenwärtigen Augenblick?«

»Das ist doch klar. Auf *Pet Sounds* haben sie ein Cembalo eingesetzt, und Bach hat die *Goldberg-Variationen* für Cembalo geschrieben.« Letzteres hatte Marisa mir erzählt, woran ich mich seltsamerweise erinnerte.

Weil ich nie aufhören konnte, wenn ich vorne lag – ein

Kennzeichen auch meines Pokerspiels –, fügte ich hinzu: »Die Beach Boys haben auf dem Album auch Fahrradklingeln und Hundepfeifen benutzt, die meiner Meinung nach einen hübschen Kontrapunkt zu den Hauptthemen bilden. Überrascht mich, dass Bach nicht daran gedacht hat.«

Jack Starkey, Klugscheißer von Weltformat.

Die Klugscheißerei war einer der Punkte auf der langen Liste meiner Persönlichkeitsmerkmale, die meine Ex-Frau so aufgeregt hatten. Genauso wie die Angewohnheiten, die Klobrille oben zu lassen, beim Essen zu rülpsen (mein Argument, dass das in China – oder war das Indien? – als Kompliment für den Koch galt, wurde nicht akzeptiert) und dass ich keinen Bierdeckel benutzte (damals soff ich noch, was ein weiterer Punkt auf ihrer Liste war).

Vielleicht legte Marisa im Geiste auch schon eine Mängelliste an. Wenn ja, dann behielt sie sie für sich. Gepriesen sei ihre heiße Latina-Seele.

»Definiere das Wesen des Kontrapunkts in einer Musikkomposition«, erwiderte sie.

Damit hatte sie mich am Wickel, und sie wusste es. Dem Beispiel überfragter Politiker folgend, wechselte ich einfach das Thema. »Was ist jetzt, gehst du mit zu den Cubs? Ich muss mich um die Karten kümmern.«

Zeit meines Lebens bin ich Fan der Chicago Cubs. Manche Menschen halten es mit den White Sox. Über (schlechten) Geschmack lässt sich nicht streiten.

Marisa interessiert sich nicht für Baseball, sie ist Fußballfan. Das ist das Spiel, in dem zweiundzwanzig Spieler in Shorts herumlaufen und gegen einen Ball treten, der fast nie im Tor landet. Vergleichen Sie das mal mit der intellektuell stimulierenden, atemberaubenden Action des großen amerikanischen Nationalsports, in dem jedes Spiel Eingang in die Statistikbücher findet. Sie können alles nachschlagen.

»Selber schuld. Warum frag ich dich immer wieder, was du denkst«, sagte sie.

Ich suchte noch nach einer cleveren Antwort, als ich hörte, wie jemand vom Pier aufs Deck der *Phoenix* trat. Ich erwartete keinen Besuch, also griff ich instinktiv in das Nachtschränkchen, wo die Zweitwaffe aus meinen aktiven Zeiten lag, eine 38er Smith & Wesson mit kurzem Lauf.

Joe schlief auf einer Steppdecke auf dem Boden, wie immer, wenn Marisa *seinen* Platz auf dem Bett belegte. Ich hatte ihm ein Katzenbett gekauft, das er aber ignorierte, sodass ich es in einem Müllcontainer am Ende des Piers entsorgte.

Marisa schaute mich an und sagte: »Ich koche, und du wehrst Kostgänger ab.« Dann zog sie sich die Bettdecke hoch bis unters Kinn.

Von draußen rief eine laute Stimme: »United States Coast Guard. Wir wissen, dass Sie da drin geschmuggelte kubanische Zigarren verstecken und mit einer Minderjährigen im Bett liegen.«

»Das Letztere nehme ich als Kompliment«, sagte Marisa.

Die Stimme gehörte Cubby Cullen. Clarence »Cubby« Cullen ist der Polizeichef von Fort Myers Beach. Er ist klein, untersetzt, weißhaarig, Bürstenschnitt, beträchtlicher Bierbauch. Wie Rod Steiger in *In der Hitze der Nacht*. Er war früher stellvertretender Polizeichef in Toledo gewesen und hatte sich als Rentner gelangweilt. Als der Job in Fort Myers Beach frei wurde und die Ausschreibung im Mitteilungsblatt des Berufsverbands der Polizisten erschien, bewarb er sich.

Kurz nachdem ich aus Chicago hergezogen war, fuhr ich ins Polizeirevier und stellte mich Cubby vor. Das war eine Höflichkeitsgeste unter Berufskollegen, von Cop zu Cop. Gleichzeitig beantragte ich die Genehmigung für das verdeckte Tragen einer Waffe in Florida. Als Cubby erfuhr, dass ich nicht trank, war er enttäuscht, trotzdem wurden wir Freunde, tauschten Kriegserlebnisse aus und fuhren mit seinem »Smoker Craft«-Boot zum Angeln in die Nebengewässer. Deshalb brauchte ich mir keine Gedanken wegen der örtlichen Sperrstundenregelung zu machen.

Ich hatte eine Kiste Cohibas an Bord. Cubby wusste das, er hatte sie mir geschenkt. Er hatte mehrere Kisten von einem Angelausflug nach Lake of the Woods in Kanada mitgebracht, einem Land, das sich des freien Handels mit Kuba erfreut. Ich erzählte ihm die Geschichte, dass JFK, kurz bevor er das Handelsembargo gegen Kuba unterzeichnete, seinen Pressesprecher Pierre Salinger nach Kuba geschickt hatte, um ihm einen großen Vorrat an Antonio y Cleopatras zu besorgen. Der Mann genoss zweifellos Privilegien. Ich hatte das in einem Buch über Kennedy gelesen. Man konnte nicht eine katholische

Schule oder Uni besuchen und nicht jede Menge über den ersten katholischen Präsidenten des Landes erfahren.

»Ist nur Cubby«, sagte ich zu Marisa. »Bin gleich wieder da.«

Ich zog meine Khakishorts und ein Cubs-T-Shirt an und ging an Deck.

»Hoffe, ich störe nicht«, sagte Cubby.

»Kein Problem, Cubby. Gehen wir in die Kombüse.«

Er folgte mir unter Deck. Zum Schutz von Marisas Intimsphäre schloss ich die Tür der Kajüte. Dann holte ich ein »Blue Moon«-Ale aus dem Kühlschrank, Cubbys Lieblingsbier, und für mich ein Berghoff. Ich fand sogar eine Orange, schnitt eine Scheibe für Cubbys Blue Moon ab, goss das Getränk in ein hohes Glas und warf die Orangenscheibe hinein, was, wie jeder Barkeeper weiß, die einzig mögliche Art ist, dieses Bier zu servieren.

Wir setzten uns an den Kombüsentisch und tranken einen Schluck. »Vermisst du manchmal die Polizeiarbeit?«, fragte er.

Ich dachte kurz darüber nach und sagte dann: »Alle sechs Monate vielleicht. Aber dann lege ich mich hin, und die Anwandlung verschwindet wieder.«

Das war nicht ganz richtig. Manchmal vermisste ich den Job wirklich, besonders den Adrenalinschub in einer gefährlichen Situation. Wie bei Soldaten in der Schlacht. »Nichts ist so berauschend wie beschossen und nicht getroffen zu werden«, hatte Winston Churchill gesagt. Obwohl ich, wie schon berichtet, dreimal getroffen wurde. Aber sonst war es immer berauschend gewesen.

Cubby nahm einen tiefen Schluck von seinem Bier, stellte das Glas ab, wischte sich mit dem Handrücken den Schaum vom Mund und sagte: »Ich weiß, dass du ein guter Detective warst, Jack. Ich kenne Leute aus deinem Morddezernat in Chicago, die sagen, einer der besten. Was die Zahl deiner gelösten Fälle angeht, warst du ein Rockstar.«

Die Vergangenheitsform ließ mich innerlich zusammenzucken. Und Cubby wusste das. Es war klar, dass er nicht nur auf ein spätes Bier und ein bisschen Geplauder vorbeigekommen war. Er trank noch einen Schluck Blue Moon und sagte dann: »Also, der Polizeichef unten in Naples ist ein Freund von mir. Wade Hansen. Wir haben heute Mittag zusammen gegessen. Er hat mir gesagt, dass er bei einem schwierigen Fall Hilfe braucht. Ich habe bis eben gearbeitet und war gerade auf dem Weg nach Hause, da habe ich mir gedacht, ich schaue vorbei und erzähle dir die Geschichte.«

Bei den Worten »schwieriger Fall« schlug sofort mein Herz schneller. Wie ein altes Feuerwehrpferd, das die Glocke hört.

Naples ist eine kleine Stadt an Floridas Golfküste knapp fünfzig Kilometer südlich von Fort Myers Beach. Es ist einer der Orte, wo die Superreichen sich versammeln, um das woanders verdiente Geld wieder auszugeben. Marisa hat mir erzählt, dass Naples – anders als Palm Beach, zum Beispiel – die Heimat des »ruhigen Geldes« sei. Die Stadt beschäftige eine PR-Agentur aus New York, sagte sie, damit ihr Name *nicht* in den Nachrichten und vor allem *nicht* in den Hitlisten mit den »lebenswertesten Städten« auftaucht.

Ruhiges Geld? Das bedeutete wohl, dass sie Leute wie mich nicht am Revers packten und brüllten: »Ich bin reich und du nicht!« Wenn man jedoch ihre Penthouses und Strandvillen sieht, ihre Bentleys, Porsches, Maseratis und Ferraris, dann ist die Wirkung die gleiche. Vielleicht fürchteten die Einwohner, der Pöbel – sollte er von all dem anstößigen Überfluss erfahren – könnte sich zusammenrotten, mit bäuerlichen Arbeitsgeräten bewaffnen, die Eisenzäune der feudalen Eigenheime stürmen, um ihre Bewohner zu einer Guillotine in einem der Innenstadtparks zu treiben. Für einen Jungen aus Wrigleyville hätte Naples auch auf der Rückseite des Mondes liegen können. Als Marisa und ich das erste Mal in der Stadt zu Abend aßen, war ich in Sorge, der Oberkellner würde mich höhnisch von Kopf bis Fuß taxieren und sagen: »Dienstboten zum Hintereingang.«

F. Scott Fitzgerald schrieb einmal: »Lass dir von den sehr Reichen erzählen. Sie sind anders als du und ich.« Die Literaturkenntnisse schreibe ich Bruder Timothy zu, meinem Englischprofessor an der Loyola University. Interessanter Bursche. Er war Boxer, Halbprofi, bevor er Jesuitenpriester wurde. »Im Ring haben sie mir die Scheiße aus dem Leib und den Verstand in den Kopf geprügelt«, sagte er einmal zu unserer Klasse. »Manche Boxer sehen Sterne, wenn sie auf den Ringboden aufschlagen, ich sah Jesus.«

»Was ist das für eine Hilfe, die dein Kumpel braucht?«, fragte ich Cubby so beiläufig wie möglich.

»Nennen wir es Beratung«, sagte er. »Wade hat vielleicht zwei Mordfälle. Seine Abteilung hat mit so was nicht viel Erfahrung. Also habe ich deinen Namen erwähnt. Die Idee ist, du schaust dir die Fälle an und sagst ihm, was du davon hältst.«

Jetzt bimmelte die Feuerglocke richtig laut.

»Was soll das heißen, er hat *vielleicht* zwei Mordfälle?«, fragte ich. »Wenn eine Leiche mit einem Einschussloch im Chicago River schwimmt oder wenn jemand mit einem Küchenmesser im Bauch in einem Müllcontainer liegt, dann weißt du, das ist Mord. Punkt.«

»Einer der Toten ist anscheinend an einem Herzinfarkt gestorben. Anscheinend, weil es keine Autopsie gegeben hat. In dem anderen Fall ist einer die Treppe runtergestürzt. Wade hat den Verdacht, dass es bei beiden Mord gewesen sein könnte. Wegen der Umstände. Einzelheiten hat er mir nicht erzählt. Er hat nur gesagt, er könnte ganz gut jemanden gebrauchen, der Erfahrung mit so was hat und sich die Fälle mal anschaut. Wenn du interessiert bist – du kannst mit Wade und dem Bürgermeister sprechen. Im Rathaus, im Büro des Bürgermeisters, morgen früh um halb neun.«

»Du hast schon einen Termin ausgemacht?«

»Wenn du nicht willst, rufe ich Wade an und sage ab.« Er lächelte und fügte hinzu: »Er hat gesagt, es gibt Kaffee und Doughnuts.«

Welcher Cop oder sogar Ex-Cop konnte bei so einem

Angebot widerstehen? Mit Morden hatte Cubby mich geködert, sogar mit möglichen Morden, aber mit dem Kaffee und den Doughnuts, da hatte er mich am Haken.

»Okay, Cubby, ich gehe zu dem Treffen. Mal hören, wie die sich das vorstellen. Aber vielleicht war's das auch schon. Ich bin kein Cop mehr, und ich muss mich um eine Bar kümmern.«

»Völlig klar. Wade versteht das.«

Nachdem Cubby gegangen war, ging ich zurück in die Eignerkabine, wie die korrekte nautische Bezeichnung für den Schlafraum eines kleinen Hausboots wie meins etwas pompös lautet. Marisa und Joe schliefen. Ich legte mich neben sie und schlief bald den tiefen und festen Schlaf eines Menschen, der seinen Arsch riskiert und überlebt hatte und für seine Scherereien jetzt jeden Monat einen Scheck in seinem Briefkasten vorfinden würde.

Damals wusste ich es natürlich noch nicht, aber das Gespräch mit Cubby Cullen sollte mich mitten hinein in eine rästelhafte Geschichte führen, die die Fähigkeiten von Detective Jack Starkey ordentlich herausfordern und seinem idyllischen neuen Leben womöglich ein Ende bereiten würde.

4

Ein Doppelmord, vielleicht

Um halb acht am nächsten Morgen fuhr ich in meinem Cabrio, einer 63er Corvette Stingray, auf dem Estero Boulevard nach Süden Richtung Naples. Nicht zufällig fährt Jack Stoney den gleichen Wagen, und nicht zufällig fuhren auch Tod und Buz den gleichen Wagen in der alten TV-Serie *Route 66*, die ich als kleiner Junge so geliebt hatte.

Ich habe nie erfahren, warum ihre Namen, die im Vorspann auftauchten, so ungewöhnlich geschrieben wurden, ohne das zweite »d« von Todd und das zweite »z« von Buz. Aber das spielte keine Rolle, weil der eigentliche Star der Serie sowieso das Auto war. Ich träumte davon, auch mal so einen Wagen zu besitzen, und jetzt besaß ich einen.

Von Chicago in den Süden gefahren war ich mit meinem Jeep Cherokee, der für die langen Winter gut war. Solche Autos wurden »Scheißwetter-Kisten« genannt. In Florida brauchte ich keinen Vierradantrieb, also beschloss ich, meinen Kindheitstraum wahr zu machen.

Ich kaufte die »Vette« bei einer Autoauktion auf den Sarasota County Fairgrounds am Ringling Boulevard. Die Anzeige hatte ich in der *Fort Myers News-Press* gesehen. Ich machte meine Hausaufgaben. Anhand des *Kelley Blue Book* und der *Hemmings Motor News* fand ich heraus, dass eine klassische Corvette zwischen 54 000 und 130 000 Dollar kosten konnte, je nach Modell, Ausstattung und Zustand. Meine Vette war nicht das kostspieligere Z06-Modell. Sie hatte 340 PS, einen V8-Motor, Standardgetriebe, Klimaanlage, MW-UKW-Radio, rote Ledersitze und elekrische Fensterheber. Der Zustand war gut, sie war laut Infoblatt aus erster Hand, und der Vorbesitzer war 130 000 Kilometer damit gefahren.

Der Preis von 63 000 Dollar war vielleicht zu hoch, aber ich musste mich in einem Bieterstreit gegen einen älteren Herrn mit Ascotkrawatte und Panamahut durchsetzen. Vielleicht war er ein cleverer Sammler oder ein Preistreiber für das Auktionshaus. Wie heißt es so schön: Wenn du nicht weißt, wer in einem Pokerspiel der Trottel ist, dann bist du es selbst. Jungs und ihre Spielzeuge.

Sobald Bill Stevens von meiner Vette erfuhr, sorgte er dafür, dass Jack Stoney sein grünes 74er Pontiac-GTO-Cabrio – ebenfalls ein cooler Schlitten – verkaufte und sich das gleiche Corvette-Modell zulegte. Stoney konnte sich doch nicht von seinem Alter Ego in Fleisch und Blut ausstechen lassen. Er bekam seine Vette bei einer Auktion natürlich zu einem Schnäppchenpreis.

Das glitzernde Wasser des Golfs von Mexiko lag rechts, die Estero Bay links von mir, als ich über den Lover's Key Causeway fuhr. Unter Missachtung der Gesetze der Oldtimer-Restaurierung hatte ich ein ähnliches Soundsystem wie in der *Phoenix* einbauen lassen, eine

Bose-Anlage mit neun Lautsprechern. Sie war laut aufgedreht und spielte das sehnsuchtsvolle »Hotel California« von den Eagles.

Tut mir leid, Marisa, aber für Bach ist in einer Corvette kein Platz.

Auf der Golfseite der Straße standen hauptsächlich kleine Villen im spanischen Stil, dazwischen kleinere Häuser im Ranchstil und Bungalows sowie heruntergekommene Hütten. Vor vielen der beiden letzteren Kategorien standen Zu-verkaufen-Schilder. Es waren Abrissgebäude. Das Grundstück direkt am Strand würde dem Besitzer mehr als eine Million einbringen. Einige der Zu-verkaufen-Schilder stammten von Marisas Maklerbüro »Paradise Realty«. Jede Transaktion brachte ihr eine Provision ein, die mein Jahresgehalt bei der Chicagoer Polizei um ein Mehrfaches übertraf.

Über dem azurblauen Wasser kreisten kreischende Möwen, darüber trieb ein weißer Baldachin aus flauschigen Wolken am Himmel. Wie ein Sturzbomber auf einen Frachter stürzte sich ein Fischadler kopfüber ins Wasser des Golfs und tauchte mit einem silbrigen, zappelnden Fisch zum Frühstück wieder auf. Ich bremste ab, als vor mir ein schneeweißer Reiher auf spindeldürren Beinen seelenruhig über die Straße stakste.

Ich fuhr in südlicher Richtung auf dem Estero Boulevard, bog links in die Bonita Beach Road ein, nach gut einem Kilometer rechts in den Vanderbilt Drive und fuhr dann bis zur Vanderbilt Beach Road, wo ich in der Nähe des Eingangs zu einem feudalen Ritz-Carlton-Strandhotel links abbog. Ich setzte mich hinter einem gelben Rolls-Royce Corniche Cabrio, Listenpreis 450 000 Dollar. Marisa hatte mir erzählt, dass Richterin Judy aus der beliebten Fernsehserie eine Wohnung in Naples hat und so einen Wagen fährt. Vielleicht war sie das. Wenn ich so viel für ein Auto bezahlen würde, müsste ich drin wohnen.

Ich fädelte mich nach rechts in den Verkehr auf der US 41 South ein und brauchte noch eine Viertelstunde bis zur Fifth Avenue South, dem Naples-Pendant zur Worth Avenue in Palm Beach und dem Rodeo Drive in Beverly Hills. Wieder nach rechts, und ich kam in der Fifth an den ultraschicken Restaurants, Kunstgalerien, Juwelierläden, Kleiderboutiquen und jeder Menge Banken, Börsenmaklern und Treuhandgesellschaften vorbei. Als Willie Sutton gefragt wurde, warum er Banken ausraube, hat er gesagt: »Weil da das Geld drin ist.« Genau deshalb sind all die teuren Lokale, Läden und Finanzinstitute hier. Bei heruntergeklapptem Verdeck konnte ich es fast hören: das trockene Rascheln gut abgelagerter Wertpapiere und das Klingeling der ausgeschütteten Dividenden.

Was nicht heißt, dass ich auch nur die geringste Energie darauf verschwendete, die wohlhabenden Bewohner von Naples zu beneiden. Meine Pension als Polizist, Bill Stevens' großzügige Honorare für meine redaktionellen Dienste und die Gewinne aus dem Drunken Parrot reichten mehr als aus, um meine Bedürfnisse zu befriedigen. Wir sind, wer wir sind. Um einen anderen Willie (Shakespeare) zu zitieren: Neid ist ein grünäugiges Monster.

Das Rathaus von Naples befindet sich am Riverside Circle, einer ruhigen, mit Palmen, Banyan- und Flammenbäumen gesäumten Straße gleich südlich des Einkaufsviertels im Stadtzentrum. Ich stellte die Vette auf den Besucherparkplatz und ging hinein.

Ich trug einen marineblauen Blazer mit Messingknöpfen über einem weißen Hemd mit offenem Kragen, eine hellbraune Hose und Bootsschuhe ohne Socken. Wenn ich so auf Martha's Vineyard an den Strand gespült worden wäre, hätte ich locker auf der nächstgelegenen Cocktailparty aufkreuzen und um ein Handtuch und einen Gin Tonic bitten können. Aber selbst in meiner Jachtklub-Uniform fühlte ich mich deplatziert in Naples. Wie heißt es in der Baby Doll Polka Lounge: Gib einem Schwein einen Lippenstift, und es bleibt immer noch ein Schwein.

Am Informationsschalter in der Empfangshalle sagte ich einer älteren, elegant gekleideten Frau mit grauem Haar und Dutt und einer Schildpattlesebrille, die an einer Goldkette um ihren Hals hing, dass ich eine Besprechung mit Bürgermeister Charles Beaumont und Polizeichef Wade Hansen habe.

Sie sagte, das Büro des Bürgermeisters befinde sich im ersten Stock, und deutete in Richtung der Treppe und des Aufzugs. Da ich anders als viele Bewohner Floridas noch über alle meine Originalgelenke verfügte, nahm ich die Treppe, zwei Stufen auf einmal – nur, um die Frau zu beeindrucken.

Ich ging nach rechts in einen Flur, öffnete eine Glasflügeltür, auf der in goldenen Lettern der Name des Bürgermeisters stand, und betrat das Vorzimmer. Eine sehr hübsche junge Frau saß hinter einem Schreibtisch. Ich stellte mich vor und sagte, ich hätte einen Termin bei Bürgermeister Beaumont und Chief Hansen.

Sie sagte, ihr Name sei »Kathi mit i« und ich würde schon erwartet. Ich schätze, sie hatte sich angewöhnt, jeden Neuling über die Schreibweise zu informieren, einfach um jeglicher Verwirrung vorzubeugen, falls ein Besucher einmal ihren Namen notieren musste.

Kathi mit i erhob sich und führte mich durch einen Gang, klopfte an eine geschlossene Holztür, öffnete, ohne auf Antwort zu warten, trat beiseite und gewährte mir Zutritt zu einem großen, gut ausgestatteten Eckbüro, durch dessen Fenster man auf einen mächtigen, in voller Blüte stehenden Jacarandabaum blickte. Marisa kannte sich aus mit Bäumen, Blumen und Pflanzen aller Art. Sie wies mich auf sie hin und sagte mir die Namen. Im Gegenzug bot ich an, ihr alles über Feuerwaffen beizubringen, denn damit kenne ich mich aus, aber sie lehnte ab.

Ein Mann saß hinter einem Schreibtisch und ein anderer in einem von zwei Klubsesseln. Beide tranken Kaffee aus Porzellantassen. Sie erhoben sich. Auf einem Beistelltisch befand sich eine aufgeklappte Schachtel mit den versprochenen Doughnuts. Ich hatte verschlafen und noch nicht gefrühstückt. Mir stach ein Doughnut mit Marmelade ins Auge, hoffentlich mit Erdbeer, meiner Lieblingsfüllung.

Wer wer war, war leicht zu erkennen. Immerhin bin ich ein gelernter Detective. Der Größere war offenkundig der Bürgermeister: Er war Anfang siebzig, hatte einen weißen, glatt nach hinten gekämmten, vollen Haarschopf und trug ähnliche Kleidung wie ich, aber von besserer Qualität. Ein Patrizier. Der Polizeichef war mittelgroß, glatzköpfig und muskulös, mit kantigem Kinn und einer Tätowierung auf dem linken Unterarm – Adler, Globus, Anker, darunter das Motto »*Semper Fi*«. Ein Ex-Marine, wie ich.

Er trug ein gestärktes weißes Uniformhemd mit Schulterklappen und einer goldenen Dienstmarke, eine blaue Chinohose und einen breiten Dienstgürtel aus glänzendem schwarzen Leder, an dem silberfarbene Handschellen, eine Dose Pfefferspray und ein schwarzes Holster mit einer halb automatischen Beretta klemmte.

Ich war unbewaffnet. Ich war es gewohnt, beim Betreten eines städtischen Gebäudes durch einen Metalldetektor zu gehen. Ich hatte zwar die Erlaubnis für das verdeckte Tragen einer Waffe, aber da mich die Leute hier noch nicht kannten, wollte ich kein Aufsehen erregen. Aber ich war in Naples, nicht in Chicago. Es hatte in der Empfangshalle weder einen Metalldetektor noch überhaupt irgendeine Art von Sicherheitsvorkehrung gegeben. Ich hätte mit einer Boden-Luft-Rakete auf der Schulter hereinschlendern können, es sei denn, die Dame am Empfang war wesentlich resoluter, als sie aussah.

»Jack, ich bin Charles Beaumont, und das ist Chief Wade Hansen«, sagte der Bürgermeister und ging auf mich zu. »Danke, dass Sie kommen konnten, wir würden gern etwas mit Ihnen besprechen.«

Ich schüttelte beiden die Hände, dann deutete Beaumont mit huldvoller Geste auf einen der Klubsessel. Hansen setzte sich wieder in den anderen Sessel, der Bürgermeister ließ sich auf dem Sofa nieder und fragte, ob ich einen Kaffee wolle, was ich bejahte. Er schenkte mir aus einer Kanne vom Beistelltisch eine Tasse ein, erwähnte aber mit keinem Wort die Doughnuts, was mich in einen Zwiespalt versetzte. Wäre es angesichts unserer noch frischen Beziehung unhöflich, wenn ich mich einfach selbst bediente?

»Ich weiß nicht, ob ich Ihnen behilflich sein kann«, sagte ich. »Aber ich höre mir die Sache gerne an und sage Ihnen meine Meinung.«

»Mehr erwarten wir gar nicht, Jack«, sagte Hansen.

Da wir jetzt Freunde waren, wagte ich es. Ich stand auf, ging zum Doughnut-Tisch, nahm mir den Doughnut mit Marmelade und biss hinein. Erdbeer. Im Gedenken an die Ermahnung meiner Mutter, nie mit vollem Mund zu sprechen, kaute ich erst, ging dann zu meinem Platz zurück, schaute Hansen an und sagte: »Schätze, zu Ihrer Truppe, Chief, gehören auch ein paar Detectives.«

»Zwei«, sagte er. »Beide sehr kompetent. Aber sie haben nie woanders gearbeitet und haben keinerlei Erfahrung mit solchen Dingen.«

»Mit solchen Dingen?«

Der Bürgermeister stand auf, ging zu seinem Schreibtisch, nahm ein Blatt Papier und einen Kuli und gab mir beides. »Bevor wir Ihnen mehr erzählen, müssten Sie uns diese Vertraulichkeitserklärung unterschreiben«, sagte er.

Ich überflog die Erklärung. Sie verlangte von mir, alle Erkenntnisse ohne Ausnahme und für alle Zeiten vertraulich zu behandeln, andernfalls hätte die Stadt Naples, Florida, das Recht, mir die Eier abzuschneiden und in den Mund zu stopfen – oder irgendetwas in der Art.

Inzwischen war ich neugierig geworden. Ich unterzeichnete und gab Beaumont das Papier zurück. Er schaute es an. Vielleicht wollte er sichergehen, dass ich nicht mit »Eleanor Roosevelt« unterschrieben hatte. Das hatte ich bei meinen Scheidungspapieren tatsächlich zunächst getan und sie dann wieder in die Schublade gelegt.

Der Bürgermeister nickte, und der Polizeichef sagte: »Vor sechs Monaten ist eine Frau in ihrem Swimmingpool ertrunken. Sie war achtundsiebzig und Witwe. Ihr Sohn und ihre Tochter, die in Boston und Philadelphia leben, wollten keine Autopsie. Es wurde entschieden, dass sie eines natürlichen Todes gestorben ist. Vielleicht an einem Schlaganfall oder Herzinfarkt.«

»Und Sie glauben, dass es nichts von beidem war?«, fragte ich.

»Etwas hat mich gestört«, sagte Hansen. »Lesen Sie die Akte, und sagen Sie mir Ihre Meinung.«

Ich aß den Doughnut zu Ende. Ein Tropfen Erdbeermarmelade kleckste auf mein Hemd. Ich ließ ihn da, weil ich nicht die Aufmerksamkeit auf diesen unerhörten Fauxpas lenken wollte.

»Vor zehn Tagen ist ein zweiundsiebzigjähriger Mann in seinem Haus die Treppe hinuntergefallen und hat sich den Hals gebrochen«, sagte Hansen.

»Alte Menschen stolpern manchmal«, sagte ich.

Vor ein paar Monaten bin ich gestolpert, als ich vom Pier auf das Deck der *Phoenix* hinunterstieg. Ein verstauchter Knöchel und eine geprellte Schulter waren die Folge. Und so alt bin ich noch gar nicht. Es war Mitternacht in einer mondlosen Nacht gewesen. Starker Regen hatte das Deck nass und schlüpfrig gemacht, und ich hatte Cowboystiefel getragen. Seefahrertipp: Beim Betreten des Decks nach Regen immer Deckschuhe tragen. Auch wenn man stocknüchtern ist.

»Sicher«, sagte Hansen. »Aber auch da hatte ich das Gefühl, dass etwas nicht stimmt ...«

Beaumont unterbrach ihn. »Wir hatten hier keinen Mord mehr, seit der Geschichte von der Frau, die ihrem Mann Milch, Süßstoff und Zyanid in den Morgenkaffee gekippt hat. Sie war seine dritte Frau, achtundzwanzig. Er war neunundsiebzig. Die anderen Erben haben einen Gerichtsbeschluss für eine Autopsie erwirkt. Statt des Zweihundert-Millionen-Vermögens hat die Frau dreißig Jahre kassiert. Das ist jetzt fünfzehn Jahre her. Was Mord angeht, sind wir also ein bisschen aus der Übung.«

»Wir hoffen, Sie sind dabei. Als bezahlter Berater«, sagte Hansen. »Lesen Sie die Fallakten, schauen Sie sich die Geschichten der beiden Opfer an, vielleicht fällt Ihnen irgendetwas Verdächtiges auf.«

»Klar«, sagte ich und war ziemlich geschmeichelt, dass

meine Ermittlungskünste immer noch einen Marktwert hatten. »Kann ich machen.«

»Schön«, sagte der Chief.

Der Bürgermeister nickte zustimmend, er sah zufrieden aus. Ich stand auf und nahm mir einen zweiten Doughnut, diesmal einen mit Schokoguss und Streuseln. Da ich ja jetzt zum Team gehörte, hielt ich es nicht für unhöflich, mir noch einen zu genehmigen. Noch hatte niemand mein Honorar angesprochen, obwohl es nicht unter meiner Würde war, nur für Doughnuts zu arbeiten – und für die Möglichkeit, wieder ins »Mordgeschäft« einsteigen zu können.

»Was, wenn sich ergeben sollte, dass die beiden Todesfälle keine Unfälle waren?«, fragte ich und ging zurück zu meinem Sessel. »Morde kommen vor ...«

»Ich will offen zu Ihnen sein«, sagte Beaumont. Er seufzte und fuhr sich mit den Fingern durchs Haar. »Meine Aufgabe ist es, dafür zu sorgen, dass den Stränden der Sand nicht ausgeht, dass die Moskitos sich zurückhalten und dass nichts die Grundstückspreise gefährdet. Mord ist etwas, das hier nicht vorkommen sollte. Wir wollen kein zweites Detroit, wo ein durchschnittliches Haus weniger als ein Steak-Gericht kostet.«

Oder kein zweites Chicago, dachte ich. Es lag auf der Hand, dass niemand Naples, was die Verbrechen anging, jemals mit Detroit oder Chicago gleichsetzen würde. Hier gab es keine Killerbande, die, mit Drogen zugedröhnt, auf Motorrädern über die Fifth Avenue South bretterte und die Menschen aus automatischen Waffen beschoss.

Aber ich verstand, was er meinte: Ein Mord in dieser Stadt würde sich machen wie ein Haufen Scheiße in einer Sektschale, wie sie im Baby Doll sagen würden.

»Wann können Sie anfangen?«, fragte Hansen.

Ich schaute auf meine Uhr. Ich hatte heute Morgen nichts Dringendes mehr zu erledigen. Ich rechnete mir aus, dass ich die Akten lesen, ein paar Notizen machen und rechtzeitig zum Mittagessen wieder in Fort Myers Beach sein konnte. »Jetzt ist okay«, sagte ich.

»Uns wäre es lieb, wenn die Akten das Gebäude nicht verlassen«, sagte Hansen. »Gleich hier im Gang ist ein Besprechungsraum, da können Sie sitzen.«

Und was, wenn ich den Drang verspüren sollte, die Akten der *Naples Daily News* zu übergeben? Nein, sie schrieben die Schecks aus, also bestimmten sie die Regeln. Wir standen auf, und Beaumont fragte: »Wären Sie für die Anfangsphase mit einem Honorar von 5000 Dollar einverstanden?«

Einverstanden? Ruhig, mein rasendes Herz! »Das geht in Ordnung«, sagte ich und versuchte nicht zu sabbern.

Ich fragte mich, was er mit »Anfangsphase« meinte. Mehr, als nur die Akten zu lesen und eine Meinung zu äußern? Wie auch immer, ich wurde dafür äußerst gut bezahlt. Wenn der Scheck gutgeschrieben war, dann könnte ich das Boot neu streichen lassen, könnte Marisa auf eine Kreuzfahrt in die Karibik einladen und hätte noch genügend Geld übrig, um die Kolbenringe meiner Vette checken zu lassen.

5

Folge dem Geld

Man führte mich in ein nur ein paar Meter vom Büro des Bürgermeisters entferntes Zimmer und platzierte mich an einen polierten Mahagonitisch, der so lang war wie das Soldier Field der Chicago Bears. Auf dem Tisch lagen zwei Aktenordner, daneben standen eine Tasse Kaffee und noch ein Doughnut, diesmal mit Puderzucker.

Durch die deckenhohen Fenster sah man auf einen Park. An einer Wand prangte das Wappen der Stadt Naples. Darauf waren eine Zeichnung des Rathauses, die Worte »City of Naples, Florida, On the Gulf« und darunter sieben Sterne zu sehen. Dollarzeichen, obwohl angemessener, waren wohl als zu aufdringlich erachtet worden.

Der Park war hübsch gestaltet. Blumenbeete, Palmen und ein muschelförmiger Springbrunnen mit einem Fisch aus Stein, aus dessen Maul Wasser sprudelte. Im Garten eines Freundes in Chicago stand die Statue eines Engelchen, bei dem das Wasser aus dem Penis kam. Alles eine Sache des persönlichen Geschmacks.

Hinter dem Park sah man außerdem einen einstöckigen Betonbau. Das Schild auf dem Rasen davor wies ihn als das Polizeirevier von Naples aus. Mein Revier in Chicago hatte sich auf der South Side befunden, in der South Wentworth Avenue in Chinatown. Die Atmosphäre dort unterschied sich sehr von der hier. Es war nicht annähernd so malerisch, dafür war das chinesische Essen zweifellos besser als in Naples.

Joy Yee's Noodles, wo ich oft zu Mittag aß, war unter Polizisten wie auch bei den FBI-Leuten, die ihre Büros ganz in der Nähe in der West Roosevelt Road hatten, sehr beliebt. Eines Mittags, ich selbst war nicht da, wollte ein Mann, der wohl neu in der Stadt war, den Laden ausrauben. Wie der Bursche, der die Baby Doll Polka Lounge überfallen hatte, nur noch dilettantischer. So viel zum Thema »dumm gelaufen«. Bill Stevens verwendete beide Vorfälle in seinen Jack-Stoney-Büchern.

Die Ordner enthielten Berichte von den beiden Streifenpolizisten, die bei den zwei Todesfällen in Naples zuerst vor Ort waren, von einem Detective namens Samuels, der später dazukam, vom Spurensicherer aus Naples (Idee für eine neue TV-Serie: *CSI Naples*) und vom Gerichtsmediziner des Collier County. Ich war mir nicht sicher, ob ich zu der offensichtlich lückenlosen Untersuchung überhaupt etwas beitragen konnte. Aber Wade Hansen hatte ein ungutes Gefühl. Seine Referenzen waren gut, ich maß seinen Instinkten große Bedeutung bei. Bevor er den Job in Naples angenommen hatte, war er Polizeichef in Fall River, Massachusetts, gewesen. Wie Cubby Cullen hatte er sein Handwerk im Norden gelernt und mit seiner

Kompetenz und Dienstwaffe seine Zelte unter den Palmen aufgeschlagen. Schätze, dass ich jetzt ebenfalls in diese Kategorie gehörte.

Das erste Opfer war eine Frau namens Eileen Stephenson. Wie Hansen schon erwähnt hatte, war sie achtundsiebzig Jahre alt gewesen. Der Mann vom Poolservice hatte sie um zehn Uhr morgens gefunden, mit dem Gesicht nach unten im Swimmingpool treibend.

Ihr Sohn erzählte der Polizei, dass sie jeden Morgen um sieben ein paar Runden gedreht habe. Es lagen Fotos vom Pool bei und von ihrem Körper, aufgenommen vor Ort und im Leichenschauhaus. Sie hatte kurzes braunes Haar und schien für eine Frau ihres Alters sehr gut in Form gewesen zu sein – was wahrscheinlich am Schwimmen lag.

Der Ordner enthielt auch eine Kopie eines Nachrufs in der *Naples Daily News*. Eileen Stephenson hatte bei den Olympischen Spielen 1956 in Melbourne eine Bronzemedaille im Brustschwimmen gewonnen. Deshalb schöpfte Hansen wohl Verdacht bezüglich der Todesursache, vor allem weil es keine Autopsie und keine Indizien für gesundheitliche Probleme gegeben hatte. Besagter Detective Samuels hatte ihren Arzt befragt, der zu Protokoll gegeben hatte, sie sei bei ihrem jährlichen Gesundheitscheck zwei Monate zuvor bei guter Gesundheit gewesen. Sie hätte natürlich beim Schwimmen einen Schlaganfall oder Herzinfarkt erleiden können, aber angesichts ihres gesundheitlichen Zustands und ihrer Geschichte als Schwimmerin verstand ich, warum Hansen Mord vermutete.

In dem Nachruf stand, Mrs. Stephensons Mann Bruce sei vier Jahre vorher gestorben und der Gründer einer Firma namens Stephenson Industries gewesen, die Dinge wie Titanbauteile für Raketen und Verkleidungen für Motorradmotoren produziert habe. Die Firma muss sehr erfolgreich gewesen sein, in Naples und ihrer alten Heimat Indianapolis hatten die Stephensons große Summen für wohltätige Zwecke gespendet.

Hmmm.

Die Regel Nummer eins bei Nachforschungen lautet: Folge dem Geld. Und es gibt da noch eine Regel Nummer zwei, aber da ich schon eine ganze Weile nicht mehr aktiv war, hatte ich sie vergessen. Irgendwas mit Sex, glaube ich. Wahrscheinlich waren Mrs. Stephensons Sohn und Tochter die Haupterben. Ich machte mir im Geist eine Notiz, mir die vollständige Liste der Erben zu besorgen. Wer immer da draufstand, konnte sich jetzt edelste Autos leisten.

Ich nahm mir den zweiten Ordner vor. Der andere Tote war ein Mann namens Lester Gandolf, der mit zweiundsiebzig das Zeitliche gesegnet hatte. Laut Polizeibericht hatte ihn seine Frau Elizabeth, Alter achtundsechzig, um ein Uhr nachts in ihrem Haus am Fuß der Marmortreppe gefunden. Sie sagte, sie seien an jenem Abend um zehn ins Bett gegangen. Lester hätte noch gelesen, als sie eingeschlafen sei. Sie wurde von einem Geräusch geweckt, sah, dass er nicht im Bett lag, und stand auf, um nach ihm zu sehen. Sie sagte, er sei sonst nie nachts aufgestanden und nach unten gegangen. Höchstens aufs Klo, wie das alte Männer halt machten.

Mein Chicagoer Freund – der mit der Statue im Garten – und ich hatten mal zusammen auf der Terrasse gesessen. Wir hatten Bier getrunken und seinem Engelchen dabei zugeschaut, wie es sich erleichterte, was ihn zu der Bemerkung veranlasste: »Kann mich noch an Zeiten erinnern, als sich Drang und Häufigkeit auf Sex bezogen und nicht aufs Urinieren.« Kein Zustand, auf den ich scharf war. Eine andere Perle seiner Weisheit war: »Vergiss eins nicht, Jack, auch nette Mädchen haben Spaß dran.« Vielleicht nicht so tiefgründig wie ein Wort von Konfuzius, aber trotzdem nützlich.

Elizabeth Gandolf hatte einer Autopsie zugestimmt, die ergab, dass ihr Mann bei guter Gesundheit gewesen war – abgesehen von der Tatsache, dass er sich das Genick gebrochen hatte. Sie sagte dem Gerichtsmediziner, Lester habe nie an Schwindelgefühlen oder einem anderen gesundheitlichen Problem gelitten, die zu dem Sturz geführt haben könnten. Seine Krankenakten bestätigten das.

Natürlich könnte Lester mitten in der Nacht aufgestanden sein, um sich unten in der Küche ein Schinkensandwich zu machen, und war dann auf der Treppe gestolpert. Trotzdem, wie Hansen schon geargwöhnt hatte, etwas schien durchaus faul zu sein im Staate Dänemark.

Auch Lester Gandolfs Zeitungsnachruf befand sich im Ordner. Wie die Stephensons waren auch die Gandolfs sehr reich. Genau genommen, Milliardäre, reich genug, um es in die jährliche *Forbes*-Liste der oberen ein Prozent zu schaffen. Lesters Großvater hatte in Chicago eine

Fleischverarbeitungsfabrik gegründet, die sich zu einem multinationalen Konzern namens Gandolf Foods entwickelte. Ich hatte davon gehört. In den Regalen der Supermärkte fanden sich viele bekannte Marken der Firma.

Lester und Elizabeth Gandolf waren ebenfalls bekannt für ihr Engagement als Stifter und Mäzene und unterstützten oft dieselben Wohlfahrtsorganisationen und Kunsteinrichtungen in Naples wie die Stephensons. Die Gandolfs waren auch bedeutende Spender und Spendensammler für die Republikanische Partei. Eine Wahlveranstaltung der Demokratischen Partei für das Collier County könnte man vermutlich in einer Telefonzelle abhalten, wenn man noch eine fände. Wenn nicht, würde es auch eine Besenkammer tun.

Wenn Eileen Stephenson und Lester Gandolf, beide anscheinend bei guter Gesundheit, in einer kleinen Stadt wie Naples ermordet und ihr Tod als Unfälle fingiert worden war, dann hätte jeder kompetente Ermittler versucht, alle Verbindungen zwischen den beiden Opfern zu finden, weil das auf einen einzelnen Mörder hindeuten und ein Motiv zutage fördern könnte. Eine offensichtliche Verbindung war die, dass beide reich waren und sich in den gleichen sozialen Kreisen bewegten. Jemand müsste da tiefer graben. Vielleicht meinte der Bürgermeister mit der »Anfangsphase«, dass dieser Jemand ich war.

Nachdem ich die Akten gelesen hatte, hatte ich eine Offenbarung. Ich wollte diesen dritten Doughnut. Ich stand zwar nicht besonders auf Puderzucker, aber im Dienst musste man sich den Gegebenheiten anpassen. Ich aß ihn, trank dazu den Rest des Kaffees und dachte über das gerade Gelesene nach.

Hansen kam in das Besprechungszimmer, setzte sich an den Tisch und sagte: »Nun, Jack, was meinen Sie?«

»Ich glaube, dass beide Fälle weitere Ermittlungen vertragen könnten. Ich verstehe, warum sie Ihnen Kopfzerbrechen bereiten.«

»Und, wollen Sie die Nachforschungen für uns übernehmen?«, fragte er erwartungsgemäß. Ich hatte mich noch nicht entschieden.

»Ich muss ein Lokal führen«, sagte ich.

»Die Bar in Fort Myers Beach.«

»Exakt.«

»Der Haushalt der Stadt verfügt über einen großen Etat für unvorhergesehene Ausgaben, über die der Bürgermeister nach eigenem Ermessen verfügen kann. Ebenso wie ich misst Bürgermeister Beaumont der Angelegenheit sehr große Bedeutung bei. Wir werden sicherstellen, dass Sie für Ihre Zeit anständig entschädigt werden – plus Spesen und was Sie sonst noch benötigen. Das gilt natürlich zusätzlich zu den 5000 Dollar. Die haben Sie sich schon mit Ihrer Einschätzung verdient, dass weitere Ermittlungen vonnöten sind. «

Wie gesagt, mein Leben war sehr angenehm. Das Geld, das Chief Hansen mir bot, brauchte ich nicht. Aber beim Lesen der Akten war mir aufgefallen, dass der Teil meines Gehirns, wo das deduktive Folgern seinen Platz hat – man könnte ihn den Sherlock-Holmes-Hirnlappen nennen –, zu lange untätig gewesen war. Und mein Barkeeper, der

Seminole Sam Longtree, war ein sehr fähiger Bursche, der jederzeit für mich einspringen konnte, sollte das meine Detektivarbeit erfordern. Sein Name passte zu ihm, denn er hatte etwas von einem mächtigen Mammutbaum: eins fünfundneunzig reines Muskelfleisch.

»Ich bin mir immer noch nicht sicher, Chief, ob ich zu Ihren Ermittlungen noch was Nützliches beitragen kann«, sagte ich. »Und ich will Ihnen auch keinen Ärger mit Ihren Detectives einbrocken. Sie wissen schon, was will denn dieses superschlaue Arschloch aus Chicago hier?«

»Meine Leute überlassen Sie ruhig mir. Deshalb wollen wir Sie ja haben: Damit wir die Untersuchung unter der Decke halten können. Sollte bekannt werden, dass da draußen vielleicht ein Serienmörder rumläuft, der hoch angesehene Bürger kaltmacht, dann ist hier die Kacke so am Dampfen, dass wir beide, also der Bürgermeister und ich, ganz schnell ohne Job dastehen.«

»Also dann«, sagte ich. »Auf in den Kampf.«

Kampf wie in Wettkampf, hoffte ich, nicht wie auf dem Schlachtfeld. Auf noch mehr Löcher im Pelz konnte ich verzichten.

6

Wenn der Berg nicht zum Propheten kommt

Marisa und ich aßen im Tarpon Lodge auf Pine Island zu Abend. Die noch nicht so überlaufene Barriereinsel im Golf von Mexiko ist mit dem Festland und Fort Myers durch eine Dammstraße verbunden.

Das Tarpon lebt vom Flair des alten Florida. Es war 1926 als Hotel für Jäger und Angler gebaut worden und fast vollständig in seinem Originalzustand erhalten. Deshalb mag ich es. Von der Küste Floridas ist so viel wegplaniert, zubetoniert und übererschlossen worden, dass es, abgesehen vom Wasser und den Palmen, wie überall in Amerika aussieht. Aber Teile des alten Florida existieren noch, man muss sie nur zu finden wissen.

Es war ein lauer, mondheller Abend, wir saßen an einem Tisch auf der überdachten Veranda und schauten auf das ruhige Wasser des Pine Island Sound. Weiße Tischdecke und Kerzen. Die Palmwedel raschelten in der leichten Brise, die Jacarandabäume des Anwesens standen in voller, lila Blüte. Es hat seinen Grund, warum der Abschnitt der Golfküste zwischen Fort Myers und Naples »Paradise Coast« genannt wird.

Ich aß Fisch-Tacos und Marisa gerösteten Zackenbarsch, zu dem sie Pinot grigio trank. Zeitpunkt und Ort waren bizarr für das Thema Mord, aber genau darüber sprachen wir. Als wir beim Dessert angelangt waren, Key Lime Pie für mich und Crème brûlée für sie, wusste sie alles über meinen Auftrag in Naples.

Das verstieß eklatant gegen die Vertraulichkeitserklärung, die ich unterschrieben hatte. Aber Marisa war nicht irgendwer. Sie war eine sehr schlaue Frau, und ich wollte von ihr Einblicke in und Meinungen über den Fall, zumal meine Spürhundqualitäten etwas eingerostet waren. Eingerostet in dem Sinne, dass ich jetzt schon eine ganze Weile an dem Fall arbeitete, aber keinen Schimmer hatte, wer was wem angetan hatte. Das ist nicht die Sorte Lagebericht, mit dem man vor seine Vorgesetzten tritt: Tut mir leid, Jungs, ich habe nicht mal einen Hinweis darauf, was da eigentlich abläuft, aber hier ist meine Rechnung.

»Also, was hast du als Nächstes vor?«, fragte Marisa und erwischte mich gleich auf dem falschen Fuß.

»Ich habe noch nicht genügend gerichtsfeste Beweise zusammen, aber für mich ist vollkommen klar, dass der Gärtner ihn mit dem Kerzenständer in der Bibliothek erschlagen hat.«

Marisa lächelte. »Du hast also nichts.«

»So könnte man es ausdrücken«, gestand ich kleinlaut. »Ein Detective, dem Hansen vertraut, sammelt Hintergrundinformationen über Eileen Stephenson und Lester Gandolf. Logisch, dass ich nicht selbst in Naples von Tür zu Tür latschen und Fragen stellen kann. Ansonsten halte ich mir alle Optionen offen.«

»Vielleicht habe ich da eine Idee.«

Das klang vielversprechend. Also sagte ich: »Erzähl.«

»Wenn der Berg nicht zum Propheten kommt, muss der Prophet zum Berg kommen«, sagte Marisa geheimnisvoll.

»Verstehe«, sagte ich wissend, obwohl ich nichts wusste.

»Die Lösung des Rätsels findet sich vielleicht im Innern der High Society von Naples«, fuhr sie fort. »Ich schlage vor, du verschaffst dir Zugang zu diesem exklusiven Kreis.«

»Du meinst … undercover?« Ich bin ein Schnellmerker, wenn mir jemand die Antwort vorsagt.

»Genau. Diese Leute werden dir kaum ihr Herz öffnen, dem pensionierten Detective Sergeant Jack Starkey, Besitzer des Drunken Parrot, Bewohner eines Hausboots in Fort Myers Beach«, sagte sie und fuhr mit dem Finger über den Rand ihres Weinglases, was ein schrilles, quietschendes Geräusch verursachte.

Ich hatte auf der Illinois State Fair mal einen Mann gesehen, der mit der gleichen Technik auf Wassergläsern »The Battle Hymn of the Republic« und andere patriotische Lieder gespielt hatte. Höchst unterhaltsam, wenn man sonst nicht viel zu tun hat.

»Verstehe«, sagte ich, verstand aber immer noch nichts.

»Du musst dich mit einer Art Jay-Gatsby-Nummer bei denen einschleusen«, sagte Marisa und trank einen Schluck Pinot grigio.

Ich hatte *Der Große Gatsby* gelesen, konnte ihr aber immer noch nicht folgen.

Sie aß eine Löffelchenspitze von ihrer Crème brûlée und tupfte sich mit der weißen Stoffserviette den Mund ab. »Gib dich als einer von ihnen aus, als reicher Mann«, sagte sie. »Tu dich unter ihnen um. Vielleicht findest du was raus. Ich nehme an, der Bürgermeister und der Polizeichef können dir behilflich sein. Ein Berater in Sachen Etikette könnte vielleicht nicht schaden.«

Ihre Idee beeindruckte mich. Sollte sie jemals aus dem Maklergeschäft aussteigen, könnten wir vielleicht zusammen eine Detektei aufmachen. »Starkey und Fernandez de Lopez. Kein Fall zu schwierig, kein Unrecht zu klein.« Sie das Hirnschmalz, ich das Muskelschmalz.

»Die Idee ist brillant«, sagte ich. »Das Essen geht auf mich.«

»Sowieso«, sagte sie. »Aber das ist nicht genug.«

»Sollen wir uns auf die *Phoenix* zurückziehen und mal sehen, was uns noch so einfällt?«

»Keine Einwände, mein Großer«, sagte Marisa mit verführerischem Lächeln. Eigentlich war ihr Lächeln immer verführerisch.

Ich machte mich beim Kellner bemerkbar, sagte: »Die Rechnung, bitte«, und fragte mich, ob ich das Essen schon auf mein neues Spesenkonto verbuchen konnte, jetzt, da Marisa den Fall fast schon gelöst hatte. Wenn mir das früher eingefallen wäre, hätte ich mich für Hummer entschieden.

7

Mein Name ist Frank Chance

Kreischende Möwen und an den Strand schwappende Wellen weckten mich. Ich öffnete die Augen und sah Spitzenvorhänge, die von einer warmen Brise durch das offene Fenster nach innen geweht wurden. Ich lag in einem Himmelbett unter einem lindgrünen Betttuch aus Satin.

Für einen kurzen, surrealen Augenblick wusste ich nicht, wo ich war. Sicher nicht an Bord der *Phoenix*, weil ich nämlich keine Spitzenvorhänge, kein Himmelbett und auch keine Satinbettwäsche besitze. Vor Marisa habe ich im Schlafsack auf meinem Bett geschlafen. Das Geld für die Wäscherei hatte ich mir gespart. Sie hat mir dann bei Walmart Bettwäsche gekauft.

Ich setzte mich auf, gähnte und streckte mich, wie es Joe jeden Morgen tat, und schaute mich um. Das Zimmer war größer als ein durchschnittlicher 7-Eleven-Supermarkt. Antike Möbel, auf dem Parkett ein Orientteppich, große gerahmte Ölgemälde an den Wänden, eine hohe Decke, bemalt mit fetten, kleinen Engelchen, die in den Wolken herumtollen.

Ich bin nicht homophob, aber das kam mir alles ziemlich schwul vor. War ich als der kleine Lord Fauntleroy wiedergeboren?

Ich stand auf, tappte in meinen Boxershorts zum Fenster und schaute hinaus auf einen makellosen englischen Rasen eines Parks, der sich hinunter bis zu einem Strand am Golf von Mexiko erstreckte. Marisa hatte mich darüber aufgeklärt, dass das Ein und Alles im Maklergeschäft die Lage sei. Das hier war sicher die Mutter aller Lagen.

Um einen klaren Kopf zu bekommen, gähnte und streckte ich mich noch einmal, ging dann ins Bad und drehte die Dusche auf. Bis das Wasser warm wurde, betrachtete ich mich im Spiegel und ging im Geiste die Eckdaten meiner neuen Identität durch.

Mein Name ist Frank Chance, Playboy der obersten Spielklasse. Ich verfüge über jeden materiellen Besitz, den sich ein Mensch wünschen kann. Mein Vater hat sein Vermögen als Devisenhändler in New York gemacht, und ich gebe mein Bestes, es bis an mein Lebensende aufzubrauchen. Ich bin Junggeselle. Meine Eltern sind bereits gestorben. Ich wohne so lange im Haus meiner Tante, bis ich in Naples eine passende Bleibe gefunden habe …

Ich hielt inne, zwinkerte mir im Spiegel elvismäßig zu und sang: »And I'm a hunka hunka burnin' love.«

Der letzte Teil gehörte nicht zur Undercover-Identität, die Marisa und ich uns ausgedacht hatten. Aber wenn man schon die Gelegenheit hat, sich neu zu erfinden, warum nicht gleich aufs Ganze gehen? Jack Stoney würde vor Neid platzen.

Der Name Frank Chance war meine Idee gewesen. Wie jeder wahre Fan der Chicago Cubs weiß, war Hall-of-Famer Frank Chance der First Baseman des Teams von 1908 gewesen, das zum letztenmal die World Series gewonnen hat, und außerdem ein Drittel des berühmten Double-Play-Trios Tinker-zu-Evers-zu-Chance.

Mit ordentlicher Unterweisung durch meine neue Tante, wie man sich als Lackaffe zu benehmen hat, und in der Garderobe meines neuen Onkels sollte ich das eigentlich durchziehen können.

Verdeckte Ermittler geben sich als Kriminelle aus, um Gangster zu schnappen. Ich hatte das selbst ein paarmal gemacht. Aber so gefiel es mir bei Weitem besser, auch wenn ich mich in der Welt der Kriminellen von Chicago mehr zu Hause fühlte als in der Welt der Schönen und Reichen von Naples, in die ich in Kürze eingeführt werden würde.

Ich hielt einen Finger in den Wasserstrahl, stieg in die Kabine und sang beim Einseifen ein paar Takte von Steppenwolfs »Born To Be Wild.« Bei den Marines nannten wir die morgendlichen Verrichtungen die drei S: *Shave*, *Shower* und *Shit*. Als Claire und ich noch unverheiratet zusammengelebt hatten, habe ich ihr eines Morgens mal von den drei S erzählt und ihr die Bedeutung erklärt. Ich dachte, sie würde das für ziemlich pfiffig halten. Tat sie aber nicht. Sie erinnerte mich daran, dass ich kein Marine mehr sei und diese Art Sprache vergessen solle, wenn mir daran läge, unsere Beziehung bis zum Frühstück fortzuführen.

Nach der Dusche trocknete ich mich mit einem dicken weißen Frotteebadetuch ab und betrat dann einen großen begehbaren Wandschrank, der mehr einem noblen Geschäft für Herrenbekleidung als dem Kleiderschrank eines einzelnen Mannes ähnelte. Anzüge aus weicher Tropenwolle, formellere Businesskleidung und Abendgarderobe, Schuhe für jede Gelegenheit, stapelweise Hemden in jeder Farbe des Regenbogens.

Glücklicherweise hatten mein »Onkel« und ich fast die gleiche Größe, sodass ich auf seine Ausstattung zurückgreifen konnte. Von mir stammten nur Unterwäsche, Socken, Zahnbürste und Laufschuhe.

Ich stand vor der Abteilung für Freizeitkleidung und wählte ein marineblaues Seidenhemd, eine weiße Leinenhose mit Bundfalte und schwarze Lederslipper von Gucci, in die ich ohne Socken schlüpfte. Mein Onkel und ich hatten sogar die gleiche Schuhgröße, zwölf. So wie die Ledersohlen aussahen, war das Paar noch nie getragen worden.

Von Fällen, die mich in die wohlhabenden Viertel Chicagos geführt hatten, wusste ich, dass Herren der obersten Schichten in dieser Art Freizeitlook keine Socken trugen. In dieser Hinsicht unterschieden sie sich nicht von den Obdachlosen, die auf den Straßen der Stadt bettelten, nur dass die Dandys an den Knöcheln keine offenen Geschwüre hatten.

Einmal hatte ich einen Mann verhaftet, der den Liebhaber seiner Frau umgebracht hatte. Als ich ihn auf der Veranda seines Stadthauses in Gold Coast mit Handschellen an das Geländer fesselte, fiel mir auf, dass er Schuhe ohne Socken trug. Was mich wunderte, denn es war Februar. Ein Modesklave. Ich fragte mich, ob der Bursche zu seinen Gefängnisschuhen in Stateville wohl Socken tragen würde.

Ich bewunderte mich in dem mannshohen Spiegel. Ich hatte mich wirklich hübsch gemacht, wenn ich das von mir selbst so sagen durfte, was ich dann auch tat, da sonst niemand anwesend war. Leb wohl, Jack Starkey, Barbesitzer und pensionierter Detective des Morddezernats. Gestatten, Frank Chance, Bonvivant mit Treuhandfonds.

Um ein bisschen mehr Brusthaar zu zeigen, knöpfte ich noch einen Knopf meines Hemds auf, schaute in den Spiegel und knöpfte ihn wieder zu. Frank Chance war ein Salonlöwe, kein Zuhälter. Ich war bereit für den ersten Tag des möglicherweise ungewöhnlichsten Undercover-Einsatzes meines Lebens.

Es war Zeit, nach unten zu gehen und meiner Tante beim Frühstück Gesellschaft zu leisten.

8

Onkel Reggie und Tante Ashley

Zunächst waren der Bürgermeister und der Polizeichef verärgert gewesen, dass ich Marisa in die Einzelheiten meines Auftrags eingeweiht hatte. Aber für schöne Frauen gelten besondere Regeln, und diese besonders schöne Frau hatte auch noch eine gute Idee zur möglichen Lösung des Falles beigetragen.

Ich hatte für sie einen Termin im Büro des Bürgermeisters vereinbart, damit sie ihren Plan erklären konnte. Nach dem Treffen bedankte sich Bürgermeister Beaumont bei Marisa für ihren Beitrag, sagte, die Undercover-Idee sei brillant und sie werde den Ermittlungen hoffentlich auch weiterhin mit Rat und Tat zur Seite stehen. Chief Hansen nickte zustimmend und betrachtete dabei Marisas Beine. Vielleicht hätte sie Cop und ich Makler werden sollen.

Lady Ashley Howe, meine neue falsche Tante, war eine gute Bekannte von Bürgermeister Beaumont und seiner Frau. Sie war die Witwe des australischen Pressezaren Sir Reginald Howe, dessen Privatjet fünf Jahre zuvor auf dem Flug von Sydney nach Hongkong spurlos verschwunden war. Er hatte Boulevardblätter in England, Australien, Kanada und den Vereinigten Staaten besessen. Königin Elizabeth hatte ihn in derselben Zeremonie zum Ritter geschlagen wie Elton John.

Lady Ashley war Amerikanerin und hatte Sir Reginald im Alter von neunzehn Jahren kennengelernt. Sie habe bei der »Detroit Auto Show« auf einer Drehscheibe neben einem Lincoln Continental gestanden, hatte der Bürgermeister erzählt. Sir Reginald war Autosammler gewesen und hatte die neuen Modelle begutachtet. Offensichtlich hatte Sir Reggie ein Modell gefunden, das ihm gefiel, und das war nicht der neue Lincoln Continental gewesen.

Nach dem Tod ihres Mannes hatte Lady Ashley – laut Beaumont nannten sie alle nur »Ash« – die Wohnsitze in Australien, der Toskana, in Sankt Moritz, Cannes und Paris verkauft und war nach Naples gezogen.

Nach der Besprechung mit Marisa hatte sich Beaumont an Ash gewandt und ihr die Idee präsentiert, dass ich mich als ihr Neffe ausgeben solle. Er hatte ihr gesagt, mein Undercover-Auftrag sei geheim und deshalb könne er ihr keine Einzelheiten nennen, nur dass ich ein Chicagoer Detective im Ruhestand sei, der der Stadt bei einer wichtigen und heiklen Ermittlung behilflich sei. Ihr falle die Rolle zu, mich in ihre Kreise einzuführen.

Ash war begeistert und sagte, sie werde sich an der Untersuchung gern beteiligen, egal, worum es gehe. Sie werde mich nicht nur in die besseren Kreise von Naples einführen, sondern auch Verhaltensregeln für ihre Welt an die Hand geben. Wahrscheinlich hatte ich das ihrer

Meinung nach nötig, und schließlich gab es – so nahm ich zumindest an – kein Buch mit dem Titel *Umgangsformen für Dummies*.

Marisa hatte mich davor gewarnt, zu vertraut mit einer von diesen »Societyschlampen« zu werden, die ich jetzt kennenlernen würde. »Cougars«, nannte sie sie, »immer auf der Jagd nach einem attraktiven reichen Burschen, mit der Betonung auf reich.«

Ich hatte ihr versichert, dass sie sich keine Sorgen zu machen brauche. Wenn diese Frauen meine wahre Identität erführen, würden sie mich ausspucken wie eine verdorbene Auster. Marisa hatte mir hart auf den Arm geschlagen, anscheinend war das nicht die Antwort, die sie hatte hören wollen.

Ich widerstand dem Verlangen, auf dem breiten Geländer nach unten zu rutschen, und ging gesittet zu Fuß die geschwungene Marmortreppe vom ersten Stock hinunter, wobei ich durch große Venezianische Fenster den von Palmen und Banyanbäumen gesäumten Golf von Mexiko sehen konnte.

Am Fuß der Treppe hing ein Gemälde an der Wand, auf dem ein kleiner grüner Steg zu sehen war, der vor einem Hintergrund mit violett blühendem Gebüsch über einen Teich führte. Ich wusste, dass es sich nicht um die Michigan Avenue Bridge und den Chicago River handelte, weil die Brücke zu klein war und das Wasser nicht verseucht aussah. Ein Messingschild am unteren Rand des verzierten Holzrahmens wies das Bild als *Die japanische Brücke in Giverny* von Claude Monet aus.

Das einzige Kunstwerk, das ich besaß, war ein Aquarell von einem Chicagoer Maler namens Paul Ashack, das mir meine Ex-Frau einmal zum Geburtstag geschenkt hatte. Es zeigte das Baseballstadion »Wrigley Field«, und obwohl es ein Original war, nahm ich an, dass das Gemälde von diesem Monet vielleicht nicht mir, aber einem Kunstkenner mehr bedeutete.

Das »Wrigley Field«-Bild hing über meinem Bett auf der *Phoenix* und war eins von den Dingen, auf die Claire in unserer Scheidungsvereinbarung keinen Anspruch erhob. Die Softballschläger, die Schützenpokale meiner Abteilung im Dezernat, die Barschköder und die umfangreiche Sammlung Bierflaschenöffner wollte sie auch nicht. Freud hatte mal gestanden, dass er nicht wusste, was Frauen wollten. Ich wusste es auch nicht. Manche von diesen Öffnern sind echte Raritäten.

Aber wie sagte schon Dorothy im *Zauberer von Oz*: Wir sind eindeutig nicht mehr in Wrigleyville, Toto. Mit diesem Gedanken trat ich durch die Glastüren hinaus in den Garten.

Ash saß an einem runden Glastisch mit schmiedeeisernen Beinen und las eine von Sir Reginalds Zeitungen, den *National Tattler*. Eine große fette Schlagzeile auf Seite eins enthüllte, dass der russische Präsident Wladimir Putin insgeheim schwul sei. Der *Tattler* hatte es mal wieder vor der *New York Times,* der *Chicago Tribune, Prawda* und den *60 Minuten* erfahren.

Am Abend zuvor bei einem Essen in einem noblen französischen Restaurant namens Provence hatte Beaumont mich Ash vorgestellt. Da hatte ich noch Jack-Starkey-Garderobe getragen. Die anderen Gäste hielten mich wahrscheinlich für Ashs Fahrer oder Bodyguard, besonders als ich dem Kellner auftrug, mir für mein Filet Mignon anstatt der schwarzen Trüffelsoße Ketchup zu bringen. Ich meinte es ernst, und der Kellner zuckte nicht mit der Wimper. Ich schätze, der Koch machte das Ketchup selbst, denn es schmeckte nicht nach Heinz. Aber es ging. Ich wusste, dass ich mir für die Rolle als Frank Chance bessere Tischmanieren zulegen musste.

Beim Essen fiel mir auf, dass Ash ganz aufgeregt war wegen ihrer Rolle in dem bevorstehenden Drama. Sie räumte ein, dass das Leben in Naples sie ein klein wenig langweile, besonders seit dem Tod ihres Mannes. Sie finde es »zum Brüllen«, wenn wir »diese Lackaffen austricksen«, auch wenn sie nicht wisse, worum es eigentlich gehe.

Sie war – ich werde bei einer feinen Dame nicht so herablassend sein, das Wort »noch« anzufügen – eine sehr attraktive Frau. Bei Tisch trug sie ihr langes blondes Haar zu einem einzigen Zopf geflochten, der ihr auf den Rücken fiel. Ihre Sanduhrfigur war in ein tief ausgeschnittenes, rotes Satinkleid gehüllt. Sie hatte grüne Augen und die glatte Haut einer viel jüngeren Frau.

Als ich ihr gesagt hatte, sie sehe viel zu jung aus, um als meine Tante durchzugehen, hatte sie erwidert, das sei das Resultat von plastischer Chirurgie, einem Personal Trainer, der sie »schinde wie einen Mietesel«, und »den Wundern von Botox«.

»Wenn Sie erst mal so alt sind wie ich, Schätzchen, ist

die Natur nicht mehr Ihr Freund«, hatte sie gesagt. »Sie braucht dann jede Hilfe, die sie kriegen kann.«

Als ich mich jetzt dem Tisch näherte, schaute Ash von ihrer Zeitung auf, lächelte, zwinkerte und sagte: »Na also, der Frosch hat sich in einen stattlichen Prinzen verwandelt.«

»Quak, quak«, sagte ich und setzte mich.

»Also dann«, sagte sie. »Frühstücken und plaudern wir ein bisschen.«

Sie nahm eine kleine Kristallglocke und klingelte. Aus dem Durchgang zur Küche erschien ein Mann, der wie die Zimmerkellner im Hotel einen Messingwagen vor sich herschob. Er war in den Sechzigern, hatte schütteres Haar und ein Menjoubärtchen. Er trug eine gestärkte weiße Jacke und eine ordentlich gebügelte schwarze Hose. Der Butler, nahm ich an. Ich fragte mich, ob er Jeeves hieß.

»Danke, Martin«, sagte sie. »Wir nehmen uns selbst.«

Nachdem Martin ins Haus zurückgegangen war, sagte Ash: »Ich habe Suzette – meine Köchin – gebeten, uns French Toast aus Sauerteig mit Zimtzucker und in Butter und Brandy sautierte Kochbananen zu machen. Außerdem starken Espresso, um Ihren Motor in Gang zu bringen, frisch gepressten Orangensaft von Orangen auf meinem Besitz hier, außerdem geräucherten Speck, gegrillte Chorizo-Würstchen, Bananenmuffins mit Nüssen und eine Schüssel mit frischem Obst. Ich hoffe, das ist okay.«

Okay? Mir lief das Wasser im Mund zusammen – wie bei einem von Pawlows Hunden. »Klingt fantastisch«, sagte ich. »Normalerweise reicht mir Filterkaffee, Orangensaft aus der Tüte und ein Pop-Tart.«

Während ich einen Gecko beobachtete, der über die Marmorbalustrade des Patios spazierte, legte mir Ash von allem großzügige Portionen auf. Ich langte kräftig zu, und sie beobachtete mich mit ernstem Blick. Sie hatte sich nur Obst und einen bescheidenen Kleiemuffin auf ihren Teller gelegt.

»Ist der Auftrag gefährlich?«, fragte sie.

Ich hatte das Gefühl, dass sie vielleicht hoffte, dass es so wäre. »Nein, ich glaube nicht«, sagte ich. »Für Sie sicher nicht.«

Sie lächelte. »Ich habe nicht den geringsten Zweifel, dass Detective Jack Stoney den Fall knacken wird.«

Ich war überrascht. »Sie kennen Bill Stevens' Bücher?«

»O ja. Ich habe alle gelesen. Ich war erstaunt, als Charlie sagte, dass Sie das Vorbild sind. Eine Berühmtheit unter meinem Dach! Zu schade, dass ich das niemandem erzählen darf.«

Sie nahm eine reife Erdbeere und biss ein Stückchen ab. »Sagen Sie, ob ... wie heißt er noch mal, der Autor, ob er wohl eine Figur nach meinem Vorbild erfinden könnte?«

»Ich werde Sie Bill Stevens vorstellen, wenn er das nächste Mal in der Stadt ist«, sagte ich. »Und ich werde ihm genau das vorschlagen.«

»Sie sind ein Schatz«, sagte sie, nachdem sie die Erdbeere ganz verspeist hatte. »Und bitten Sie ihn, mich jünger zu machen. Ist zwar schon drei oder vier Präsidenten her, aber die Männer haben sich mal nach mir umgedreht.«

»Das tun sie immer noch, Ash. Trotzdem sehe ich keinen Grund, warum er Sie nicht so jung machen sollte, wie Sie es wollen«, sagte ich. »Schließlich hat er ja mein reales Ich auch aufpoliert.«

Sie beugte sich über den Tisch und zwickte mir in die Backe. »Ich bin sicher, Schätzchen, dass Sie sich, so wie Sie sind, auch gut halten.«

Martin erschien, um den Tisch abzuräumen. Es war das erste Frühstück gewesen, das mir von einem Butler serviert worden war. Ich fragte mich, wie ich jemals ohne hatte auskommen können.

Als er wieder im Haus verschwunden war, sagte Ash: »Reggie hat ihn vor ein paar Jahren aus dem Boodle's mitgebracht, einem seiner Herrenklubs in London. Er ist ein Schatz. Suzette ist aus Straßburg. Reggie hat sie aus seinem Lieblingsrestaurant angeheuert, den Namen habe ich vergessen. Sie hat da diese wundervolle Pâté de foie gras gemacht, die er zu fast jeder Mahlzeit gegessen hat, einschließlich Frühstück. Das Zeug verstopft einem die Arterien, aber wie sich herausstellen sollte, brauchte sich Reggie um sein Herz keine Sorgen zu machen.«

»Also, was steht heute auf dem Programm?«, fragte ich.

»Zum Lunch gehen wir in meinen Country Club, da können Sie damit anfangen, ein paar Leute kennenzulernen. Und für heute Abend habe ich Ihnen zu Ehren ein paar Freunde eingeladen. Betrachten Sie es als Ihre Coming-out-Party.«

»Hört sich nach einem Plan an.«

»Und dann habe ich noch etwas für Sie, das Ihnen jetzt sofort Spaß machen könnte, Jack. Nach der Corvette zu urteilen, mit der Sie hergekommen sind, scheinen Sie Autos zu mögen.«

»Stimmt.«

»Werfen Sie einen Blick in die Garage. Die Schlüssel hängen in dem Schränkchen an der Wand.«

9

Jungs und ihre Spielzeuge

Wie das Haupthaus war auch die Garage im Fachwerkstil erbaut. Hellbrauner Backstein, schwarzes Schieferdach. Das Haus hatte die Ausmaße von Windsor Castle, so kam es mir zumindest vor, und die Garage war größer als der Amtssitz des Erzbischofs von Chicago am North State Parkway.

Ich ging durch eine unverschlossene Seitentür hinein, fand einen Lichtschalter, knipste ihn an und wurde eines Anblicks gewahr, der mich froh sein ließ, ein so kräftiges Herz zu haben. Ansonsten hätte ich vielleicht den Stromstoß eines Defibrillators benötigt, denn vor mir parkte auf großen schwarz-weißen Bodenfliesen Sir Reginalds prachtvolle Automobilsammlung.

Ich hatte mal ein TV-Special über Jay Lenos Auto- und Motorradsammlung gesehen. Die hier war kleiner, aber in ihrer Qualität und Vielfalt nicht minder eindrucksvoll. Wahrscheinlich hatte Reggie an seinen anderen Wohnsitzen noch mehr Autos gehabt. Vielleicht hatte Ash sie versteigern oder einlagern lassen.

Jungs und ihre Spielzeuge.

Ich wanderte mit großen Augen zwischen den Wagen

umher und streichelte Kotflügel, wie man seinen Hund streichelt. Da standen ein roter Porsche Carrera GT, ein silberner Stutz Bearcat, ein schwarzes Mercedes 300 SL Flügeltür-Coupé, ein schwarzer Rolls-Royce Corniche, eine blaue Shelby Cobra mit weißem Racing-Streifen, ein grüner MGB GT, ein rosarotes Cadillac-Cabrio und ein weißes Corvette-Cabrio von 1953, dem ersten Jahr, als Chevy sie gebaut hatte. Und viele mehr. Ich war wie geblendet.

An den Wänden hingen gerahmte Poster von Formel-1-Rennen aus aller Welt – Monaco, Deutschland, Spanien, Frankreich, Japan, Italien, den USA, alle signiert von berühmten Fahrern. Ein Foto zeigte Sir Reginald in Fahrermontur neben einem weißen Jaguar-Rennwagen, breit grinsend, den Helm in der linken Hand.

Der verstorbene Sir Reggie war ein attraktiver Mann gewesen, groß, mit kantigem Gesicht, dunklem Haar und athletischer Statur. Das breite Lächeln entblößte eine perfekte Zahnreihe, ungewöhnlich im britischen Empire jener Zeit. Er stand stocksteif da und erinnerte mich an ein Foto von Lord Mountbatton.

An vorderster Front in einer der Reihen stand das Coupé ohne Hardtop, das ich heute fahren würde. Ich holte den Schlüssel aus dem Schränkchen und drückte auf einen Knopf an der Wand, worauf die großen Doppeltüren aufschwangen. Ich setzte mich vorsichtig ins Cockpit des eisblauen Ferrari F149 California.

Undercover-Ermittlungen hatten ihre Momente.

Ich steckte den Schlüssel in die Zündung und startete

den Motor. Er ließ das tiefe, gutturale Grollen einer erwachenden Dschungelkatze hören. Ich fuhr hinaus auf den mit Ziegelplatten ausgelegten Innenhof, ließ die Bestie im Leerlauf stehen und schloss die Garagentore. Die Brise vom Golf hatte duftende, violette Fliederblüten ins Cockpit des Ferraris geweht. Ich wischte sie vom Fahrersitz, stieg ein und blinzelte in die grelle tropische Sonne. Auf dem Armaturenbrett lag eine Pattschildsonnenbrille. Vielleicht war dies der letzte Wagen, den Sir Reginald hier in Florida gefahren hatte. Oder überhaupt gefahren hatte.

Ich tippte die F1-Schaltwippe an, der Motor schaltete in den ersten Gang, und ich röhrte auf dem palmengesäumten Gordon Drive davon. Links rollten sanft die Wellen des Golfs an Land, rechts zogen palastartige Eigenheime an mir vorüber, die der Pracht des Anwesens von Ashley Howe in nichts nachstanden. Ich hatte noch nie einen Wagen mit Schaltwippe gefahren, aber ich war ein Autonarr, gewöhnte mich schnell daran und konnte das Bocken und Rucken auf ein Minimum begrenzen.

Ich schaltete das Radio ein und fand eine UKW-Station, die Jon Bovis »Livin' on a Prayer« spielte.

Ein unschlagbar perfekter Augenblick. Eine Seltenheit im Leben. Wenn einem solche Augenblicke widerfahren, muss man sie genießen. Ich zog mein Handy aus der Hosentasche und rief Marisa an. Sie meldete sich beim ersten Klingeln.

»Wie läuft's bis jetzt?«, fragte sie.

»Hervorragend. Zeit für eine kleine Spritztour mit meinem neuen Untersatz?«

»Solange es kein Motorrad ist. Ich bin keine Bikerschlampe.«

Auf dem Weg nach Fort Myers Beach kassierte ich einen Strafzettel, aber das war mir egal. Wenn man sich mit so einem Wagen ans Tempolimit hielt, lief man Gefahr, den Geist von Enzo Ferrari höchstpersönlich zu beleidigen.

Die Spritztour mit Marisa war kurz, gerade mal von ihrem Büro zur *Phoenix*. Sosehr ich auch die Rundungen bewunderte, die die Karosseriebauer von Pininfarina für Ferrari entworfen hatten, die Rundungen, die Gott für Marisa entworfen hatte, gefielen mir besser.

Nachdem ich sie wieder im Büro abgesetzt hatte, fuhr ich zu ihr nach Hause, holte den Schlüssel aus dem Geranientopf, der auf der Veranda hinterm Haus stand, und ging hinein, um Joe zu besuchen. Marisa hatte sich angeboten, ihn während meines Aufenthalts in Naples zu versorgen. Sie mochte Joe und er sie. Ich wusste das, weil er sie nie gebissen hatte, was er bedenkenlos tat, wenn er sich falsch gekrault fühlte oder manchmal auch aus keinem erkennbaren Grund.

Er hatte sich für ein Nickerchen auf die Couch im Wohnzimmer gelegt. Als er die Tür hörte, hob er den Kopf und sprang auf den Boden, spazierte gelangweilt auf mich zu und rieb sich schnurrend an meinem Bein. Ich kraulte ihn hinter den Ohren und sagte: »Das ist nur vorübergehend, genieße einfach die gute Küche. Ich bin so schnell wie möglich wieder für dich da.«

Auf dem Rückweg nach Naples bekam ich wieder einen Strafzettel für zu schnelles Fahren. Hundertdreißig in einer Sechzigerzone, angeblich. Diesmal hatte ich keine Wahl gehabt, ich war zu spät. Ich musste rechtzeitig zum Mittagessen zurück sein, und immer wenn ich mit Marisa zusammen bin, fliegt die Zeit, besonders in der Horizontalen. In Chicago verteilen die Politiker an ihre Kumpels Du-darfst-das-Gefängnis-verlassen-Karten: Man hält dich an, du zeigst dem Cop deine Karte, und schon geht's fröhlich weiter. Vielleicht konnte mein Kumpel Cubby Cullen das mit den beiden Strafzetteln regeln – andernfalls würde meine Versicherungsprämie steigen.

Der junge Deputy vom Collier-County-Sheriffbüro, der mich auf dem Rückweg anhielt, fragte: »Wohin so eilig, Sir?«

Das war natürlich eine rhetorische Frage, meine Antwort spielte keine Rolle – außer ich würde sagen, ich sei als Bombenentschärfer auf dem Weg zu einer Grundschule. Also behelligte ich ihn erst gar nicht mit der Wahrheit, dass ich in einem teuren Country Club zum Essen eingeladen sei und mich nicht verspäten wolle, besonders weil ich in einem Auto saß, das ein Mehrfaches seines Jahresgehalts kostete. Warum einen weniger Begüterten provozieren? Besonders wenn er eine 45er Sig Sauer trug.

10

Was die Männer früher mal gewesen waren

Eine halbe Stunde später fuhr ich mit Ash auf einer geschwungenen, mit Palmen, Blumenbeeten und getrimmten Büschen gesäumten Straße Richtung »The Olde Naples Country Club«. Schätze, das zusätzliche »e« verleiht so einem Laden einen Extrahauch Klasse. Vielleicht sollte ich den Namen meiner Bar in »The Olde Drunken Parrot« ändern und die Getränkepreise erhöhen.

Ich hatte aus Sir Reginalds Sammlung den rosaroten Cadillac gewählt. Ash erzählte mir, der Wagen habe ursprünglich Elvis gehört, und der Ferrari, mit dem ich nach Fort Myers Beach gefahren war, sei das Privatauto des großen Formel-1-Fahrers und siebenfachen Weltmeisters Michael Schumacher gewesen. Laut Papieren hatte meine Corvette früher Tony Cavalari gehört, einem Sanitärunternehmer aus Tampa.

Auf der Fahrt versorgte Ash mich mit Informationen über den Olde Naples Country Club. In einer Stadt mit vielen exklusiven Klubs gehöre der Olde Naples mit einer Warteliste von sieben Jahren zur Crème de la Crème, sagte sie. Das erhöhe sein Prestige. Wer man sei, spiele keine Rolle, man müsse warten, bis man drankommt.

Eine oft erzählte Geschichte, sagte Ash, sei die über einen ehemaligen Vorstandsvorsitzenden von einem der großen drei Automobilkonzerne – von welchem, hatte sie vergessen –, der seinen Altersruhesitz in Naples genommen hatte. Eines Tages spazierte er ins Büro des Country Clubs und sagte, er wolle Mitglied werden. Wenn sie den Papierkram gleich erledigen würden, dann könne er vor dem Mittag noch eine Achtzehner-Runde schaffen. Er hatte sein Scheckbuch und seine Golfschläger dabei.

Die zuständige Angestellte informierte ihn darüber, dass es eine lange Warteliste gebe.

»Wissen Sie, wer ich bin?«, fragte er.

»Ja«, sagte sie. »Jemand, den ich ans Ende unserer Warteliste setze.«

Und das tat sie.

Selbst für »Gottes Wartezimmer«, wie Naples genannt wird, waren die meisten Mitglieder des Klubs sehr alt. Wann immer man auf der Straße einen Leichenwagen vorbeifahren sieht, so der Witz, ist gerade jemand auf der Olde-Naples-Warteliste um einen Platz nach oben gerutscht.

Ich fuhr die geschwungene Auffahrt hinauf, hielt vor dem Klubhaus, einem weitläufigen, einstöckigen Gebäude aus weißem Backstein und übergab den Wagen einem Parkplatzboy, der Ash mit den Worten begrüßte: »Guten Tag, Lady Howe, schön Sie wiederzusehen.«

Der Oberkellner im Speiseraum, der Ash ebenfalls herzlich und mit Namen begrüßte, hatte irgendeinen europäischen Akzent und hieß laut Messingnamensschild an seiner Jacke Philippe. In einem Theater in Rockford, Illinois, hatten Claire und ich einmal eine Show des Komikers Dennis Miller gesehen. Ich weiß noch, dass er sagte, wer bei der Arbeit seinen Namen auf dem Hemd trage, dem sei bei der Berufswahl ein schwerwiegender Fehler unterlaufen. Lustig. Damals war ich Streifenpolizist mit Namensschild auf der Uniform.

Philippe geleitete uns zu einem Tisch vor raumhohen Fenstern, von wo man einen Blick auf einen Park hatte, der dem auf Ashs Anwesen sehr ähnelte, nur dass er zusätzlich einen Golfplatz umfasste. Das Grün vor unserem Fenster sei das achtzehnte, sagte Ash.

»Spielen Sie?«, fragte sie.

»Nein. Aber wenn die hier auch eine Bowlingbahn haben, bringe ich das nächste Mal meine Kugel und meine Schuhe mit.«

Sie lachte. »Keine Bowlingbahn, aber wir haben ein Cricketfeld.«

Natürlich.

Der Kellner brachte die Speisekarten. Das Schild auf seiner Jacke wies ihn als Michael aus. Auch er begrüßte Ash mit Namen. Mit einer Aufnahmegebühr von 250 000 Dollar und Jahresgebühren von 25 000 Dollar – Zahlen, die Ash mir auf der Fahrt genannt hatte –, sollten sie die Namen allerdings kennen, und die der nächsten Verwandten dazu, nur für den Fall, dass einer der Kunden mal über seinem pochierten Lachs zusammenklappte.

»Was gibt es heute für Suppen, Michael?«, fragte sie.

»Heute haben wir Vichyssoise und Schälerbsensuppe mit Schinken, und wie immer Gazpacho und New England Clam Chowder«, sagte Michael.

Ich fragte mich, wie die Angestellten eines Klubs wie diesem wirklich über die Mitglieder dachten? Spuckten sie in die Suppe, bevor sie sie servierten? Oder Schlimmeres?

»Vichyssoise und Gazpacho sind kalt, die beiden anderen warm«, erläuterte Ash dankenswerterweise. So begann meine Unterweisung in die Sitten und Gebräuche der High Society von Naples. Ich wusste, dass Clam Chowder und Schälerbsensuppe warme Speisen waren, aber bei einem kulinarischen Multiple-Choice-Test für die beiden anderen hätte ich vielleicht falschgelegen.

Ash bestellte einen Cobb-Salat, Dressing auf einem extra Tellerchen. Ich wollte eigentlich einen Cheeseburger, den Käse obendrauf, nicht auf einem extra Tellerchen. Aber ich war Frank Chance, also bestellte ich pochierten Lachs, der tatsächlich, obwohl gesund, ziemlich gut schmeckte. Keine Suppe.

Beim Essen ließ ich den Blick durch den Raum schweifen. Was das Alter der Mitglieder anging, hatte Ash recht. Wir hätten uns in einem sehr noblen Altenheim befinden können. Anscheinend erriet sie meine Gedanken.

»Eines Morgens wacht man auf und ist alt und hat keine Ahnung, wo all die Jahre geblieben sind«, sagte sie seufzend. »Ab wann ist man alt? Schätze, wenn die Leute nach deinem Tod nicht mehr sagen, es war zu früh, sondern, es war an der Zeit.«

Sie begann, mir die Geschichten der anderen Gäste zu erzählen.

»Der Typ, der da drüben allein am Fenster sitzt, der hatte in Wisconsin eine Firma für Sanitäreinrichtungen. Seine Produkte finden sich auch in meinem Haus, einschließlich einer Supertoilette, die außer Schuheputzen alles macht. Vor zwei Jahren ist seine Frau gestorben. Sie sind jeden Montag zum Mittagessen hergekommen und haben immer genau an dem Tisch gesessen. Das auf dem Teller ihm gegenüber ist Waldorfsalat. Den hat seine Frau immer gegessen. Der Kellner bringt ihn unaufgefordert. Traurig, aber auch rührend.«

Sie deutete mit einem Nicken zu einem anderen Tisch. »Der Mann mit der weißen Mähne und der alten Knickerbocker-Golfhose aus den Fünfzigern? Ein ehemaliger Armeegeneral, der später Chef von einem großen Rüstungskonzern wurde. Jeder nennt ihn General. Ich glaube, er hätte es ganz gern, wenn wir vor ihm salutieren würden. Und der Kerl da drüben neben der Topfpflanze, der in dem rosa Hemd und der roten Hose, der hat zusammen mit drei anderen eine der größten Investmentbanken an der Wall Street geleitet. Dann wurde er angeklagt und hat ein paar Jahre in einem von diesen Bundesgefängnissen gesessen, die sie Club Fed nennen und wo es recht locker zugeht. Er sagt, dass er da seine Rückhand verbessert habe.«

Wir aßen, und Ash erzählte mir dabei weiter die Geschichten der Menschen im Speisesaal. Von den Männern erzählte sie, was sie »früher mal« gewesen waren, für die Frauen hatte sie nur Bosheiten übrig:

»Die vögelt den Tennislehrer, und ihr Mann besorgt es der kleinen schnuckeligen Kellnerin, die gerade in die Küche geht. Aber wer bin ich, darüber zu urteilen? Wenn es ihnen Spaß macht.«

»*Die* hat so viel an sich herumschnippeln lassen, dass von ihrem Originalkörper nur noch die Innereien übrig sind. Und die vielleicht auch nicht alle.«

»Die Frau mit den braunen Haaren da drüben war das letzte Mal, als ich sie gesehen habe, noch blond und davor rot. Ich wette, dass die sich gar nicht mehr an ihre natürliche Farbe erinnert.«

Und so weiter.

Sie berichtete, wie die Männer zu ihrem Geld gekommen waren. Manche durch harte Arbeit, manche durch Glück, manche durch die richtigen Eltern, manche durch eine Kombination von allem.

Es gab noch einen Weg ins warme Nest, einen, mit dem mich meine Zeit als Detective vertraut gemacht hatte. Balzac hatte mal geschrieben: »Hinter jedem großen Vermögen steckt ein Verbrechen.« Eine Übertreibung, sicher, der Mann war schließlich Dichter, aber wahrscheinlich aß ich gerade in Gesellschaft einiger nicht angeklagter Mitverschwörer zu Mittag.

Ich sagte Ash, jeder hier sei anscheinend früher mal etwas gewesen – Vergangenheitsform. Wie als Cubby Cullen zu mir gesagt hatte, ich sei früher mal ein guter Detective gewesen.

»Das stimmt. Früher waren sie alle mal reich und mächtig. Jetzt sind sie nur noch reich. Man sollte meinen, das genügt, aber vielen von denen offenbar nicht. Sie waren an Personal gewöhnt und daran, Anweisungen zu geben, die, ohne zu murren, befolgt wurden. Sie hatten Fahrer. Wenn sie wen angerufen haben, natürlich ohne selbst die Nummer gewählt zu haben, wurde immer abgehoben oder umgehend zurückgerufen. Jetzt spielen sie Golf, sitzen danach in der Bar, spielen Karten und erzählen sich Geschichten über die alten Zeiten, die niemand zum tausendsten Mal hören will.«

»Kein allzu großer Unterschied zum Ehemaligenverein der Polizei von Chicago«, lautete mein Kommentar. »Da treffen sich Polizisten im Ruhestand, trinken Bier und Schnaps und reden über die alten Zeiten. Heute hast du noch Marke und Pistole, und morgen bist du schon ein normaler Zivilist. Wenn ich nicht nach Fort Myers Beach gezogen wäre, würde ich da jetzt auch rumhängen.«

Ein Handy klingelte, und jede Konversation im Speisesaal verstummte. Bei dem Klingelton handelte es sich um John Philip Sousas »Washington Post March«. Er war sehr laut.

Ein Mann ein paar Tische weiter griff hastig in die Tasche seiner Golfhose, zog das klingelnde Handy hervor und schaltete es aus. Die Beschämung war ihm anzusehen. Seine Tischgenossen, ein Mann und zwei Frauen, schauten in eine andere Richtung, als wollten sie sich von dem Übeltäter distanzieren.

Sekunden später tauchte Philippe am Tisch des Mannes auf und streckte seine Hand aus wie ein Lehrer, der einen Schüler mit einem Spickzettel erwischt hatte. Der

Mann übergab das Handy ohne Widerworte. Philippe entfernte sich, und erst dann wurden die Unterhaltungen wieder aufgenommen.

»Der Kerl mit dem Handy ist James Cunnane, in der Regierungszeit von Reagan Unterabteilungsleiter im Außenministerium«, sagte Ash. »Seine Frau Edith macht ein Gesicht, als wollte sie ihn enterben. Handys sind im Klubhaus strengstens und absolut verboten. Draußen auf dem Golfplatz darf man eins mitnehmen, falls einer in der Gruppe ärztliche Hilfe braucht, aber es muss auf stumm geschaltet oder ganz aus sein. Wenn Jimmy sein Handy zurückhaben will, kostet ihn das eine 500-Dollar-Spende an die Wünsch-dir-was-Stiftung des Collier County.«

Ich fragte mich, was mich ein Rülpser im Speisesaal wohl kosten würde. Glücklicherweise war das heutige Special kein Krakauer-mit-Kraut-Sandwich, was ich im Baby Doll immer am liebsten gegessen hatte.

»Über welche anderen Vorschriften sollte ich noch Bescheid wissen?«, fragte ich Ash. »Ich meine, falls man mich jemals wieder hierher einladen sollte.«

Sie lachte. »Das wird man, mein Lieber, keine Sorge. Hm ... Das Hemd muss immer in der Hose stecken. Im Klubhaus dürfen Sie keinen Hut tragen. Auf dem Golfplatz müssen Sie sich benehmen wie ein Gentleman, buchstabengetreu die Golfregeln befolgen und mit angemessener Geschwindigkeit spielen. Ansonsten können Sie mit der Gattin von wem auch immer schlafen oder wen auch immer geschäftlich übers Ohr hauen.«

Nach dem Essen führte mich Ash im Speisesaal herum und stellte mich einigen der Früher-mal-Großen und deren Frauen als ihren Neffen Frank Chance vor. Alle waren sehr herzlich zu mir. Während wir darauf warteten, dass der Parkplatzboy Elvis' Cadillac holte, berührte sie meinen Arm und sagte mit schelmischem Blick: »Über wen oder was Sie auch immer Recherchen anstellen, das wird sicher ein großer Spaß.«

11

Das Mädchen hat die Wahrheit gesagt

Nach dem Essen fuhren wir zu Ashs Haus zurück. Die freie Zeit bis zur Abendgesellschaft zu meinen Ehren nutzte ich, um weiter an Bill Stevens' Buch zu arbeiten.

Ich hatte Bill kennengelernt, als er für die *Tribune* über einen meiner Fälle berichtete. Ich war hinter einer Frau her, die eines Nachts in ihrem Ehebett ihren Mann erschossen hatte, weil er einfach nicht aufhörte zu schnarchen – oder, was sie als entlastenden Umstand anführte, weil er nicht aufhören *wollte*. Sie ließ ihren Mann in seinem Blut liegen, packte eine Tasche und fuhr zum Haus ihrer Schwester in Naperville, wo ich sie auch sofort fand.

Im Allgemeinen mochten Cops keine Reporter, aber Bill und ich verstanden uns – zum Teil, weil wir beide lebenslange Cubs-Fans waren, außerdem, weil er bekannt dafür war, seine Hausaufgaben zu machen und nur überprüfte Tatsachen zu veröffentlichen. Als wir uns besser kannten, rief er mich manchmal vor Redaktionsschluss an, um noch einmal die Fakten einer Geschichte zu checken. Ich nehme an, dass er dabei auf die Idee kam, mich seine fiktiven Geschichten gegenlesen zu lassen.

Bill führt noch so ziemlich das gleiche Leben wie vor seiner Zeit als Bestsellerautor. Er gibt nicht viel für seine Garderobe aus, und er fährt einen weißen 96er Ford Bronco, den er bei einer Polizeiauktion ersteigert hat. Er nennt ihn einen »Klassiker«. Sein einziger Luxus ist eine Zwölf-Meter-Motorjacht, eine Sea Ray namens *The Maltese Falcon*, die im Jachthafen von Belmont liegt. Ich kann mich nicht erinnern, dass er mit ihr auch nur einmal hinaus auf den Lake Michigan gefahren ist. Stattdessen nutzt er die Jacht bei gutem Wetter als schwimmendes Arbeitszimmer. Für den langen Chicagoer Winter wird das Boot aus dem Wasser gehoben und in einem Werftgebäude eingelagert.

Bill lebt in einem Apartmenthaus, das ihm selbst gehört, in der Waveland Avenue direkt gegenüber vom Wrigley Field. Die Gebäude in seiner Straße und in der Sheffield Avenue sind auch als »Wrigley Rooftops« bekannt, weil man von den Flachdächern einen guten Blick auf das Spielfeld hat. Die Besitzer der Häuser haben die Dächer mit Sitzplätzen und anderen Annehmlichkeiten ausstatten lassen und verkaufen für die Spiele der Cubs Eintrittskarten – Live-Kommentar aus Radio- und Fernsehübertragungen inklusive.

Nicht wegen des Komforts, sondern weil es authentischer ist, hat Bill auf seinem Dach aufsteigende Sitzreihen wie im Stadion errichten lassen. Außerdem gibt es eine Bar mit kaltem Goose Island vom Fass, Softdrinks auf Eis und einen Gasgrill für Hotdogs, Hamburger und Bratwürste. Ein warmer Sommerabend auf diesem Hausdach, umgeben von Freunden, das Spiel läuft – näher bin ich dem Himmel auf Erden nie gekommen.

Zum typischen Publikum auf Bills Dach gehörten Zeitungs- und Radiojournalisten (Bill hasst die »Quatschköpfe« aus dem Fernsehen), Anwälte, Richter, Cops, Geschäftsleute, Gastwirte, Manager, Taxifahrer und ein paar Ex-Knackis, die Bill bei seiner Arbeit in den Gerichtssälen kennengelernt hatte. Mit anderen Worten, die gleiche demografische Mischung, die man auf den Rängen des Wrigley Field antrifft.

Die Mieter der Wohnungen in seinem Haus sind von Bill zu jedem Spiel eingeladen. Er veranstaltet Abende für Pfadfindergruppen und die Jugendlichen des Cook-County-Kinderheims. Ich habe da oben mit Landstreichern zusammengesessen und habe sie als hervorragende und dankbare Gesellschaft erlebt.

Ich bin immer noch Fan der Cubs und schaue mir nach Möglichkeit jedes Spiel im Fernsehen an. Sie werden nicht ohne Grund »Verlierer der Herzen« genannt. Seit 1945 haben sie nicht mehr die World Series erreicht. Die Zeit seit ihrem letzten Sieg, 1908, stellt die längste Durststrecke einer Sportmannschaft in Amerika dar. Das war nur fünf Jahre nach dem ersten Flug der Brüder Wright. Die Luftfahrt hat es seither weit gebracht, das Spiel der Cubs eher nicht.

Das ist nicht die Schuld der Mannschaft. Das Problem ist der Fluch des Billy Goat, mit dem Billy Sianis das Team im Jahr 1945 belegt hatte. Billy war der Besitzer der »Billy Goat Tavern«, die es immer noch gibt. Billy nahm zu den Cubs-Spielen immer seine Ziege als Glücksbringer mit. Bei einem World-Series-Spiel 1945 wurde er aufgefordert, das Stadion zu verlassen, weil der Gestank seiner Ziege die Fans störte. Er war empört und verkündete: »Die Cubs werden nie mehr ein Spiel gewinnen!« Und so kam es denn auch.

Trotzdem hoffen wir eingefleischten Fans immer, dass es vielleicht in *diesem* Jahr klappen könnte. Mein Lieblingssong aus dem Broadway-Stück über die Cleveland Indians, *Damn Yankees*, ist »You've Gotta Have Heart«. Mit anderen Worten: Man muss dran glauben. Ich kann den Text auswendig, und manchmal singe ich das Lied unter der Dusche.

Mit seinen Buchtantiemen könnte Bill sich leicht aufs Altenteil zurückziehen. Aber mit dem Reporterblock in der Gesäßtasche treibt er sich noch immer in den Straßen Chicagos herum. Er sagt, so halte er sich als Krimischreiber in Form.

Angesichts des rasanten Niedergangs des Printjournalismus kann Bill sich glücklich schätzen, einen zweiten Beruf zu haben. Viele seiner Kollegen, sagt er, seien entlassen worden oder hätten sich abfinden lassen. In der Redaktion der *Tribune* könne man bedenkenlos eine Schrotflinte abfeuern, ein Mitglied der Journalistengewerkschaft würde man so leicht nicht treffen. In der Billy Goat Tavern konnte man jeden Tag arbeitslose Reporter und Redakteure antreffen, die bei Burgern und Goose Island vom Fass den guten alten Zeitungstagen in Chicago nachtrauerten, als Mike Royko noch seine Kolumne in der *Chicago Daily News* hatte und Reporter nach einem Großbrand oder Dreifachmord in die Telefonzelle stürzten und in den Hörer brüllten: »Gib mir den Redakteur vom Dienst!«

Bill hat angeboten, für einen Dollar pro Jahr zu arbeiten, um einem Kollegen oder einer Kollegin den Job zu retten. Aber für das obere Management ist der Gedanke wohl zu komplex. Also unterstützt er großzügig den Gesundheits- und Sozialfonds der Gewerkschaft und hilft Not leidenden Reportern auf andere Weise.

Ich holte aus meinem Zimmer das Manuskript von *Stoneys letztes Gefecht* und einen Stift, setzte mich an den Tisch auf der Terrasse und las an der Stelle weiter, wo ich aufgehört hatte:

Stoney sah Lamont mitten im Raum stehen, splitternackt, mit der Schrotflinte auf Brusthöhe zielend, als erwarte er, dass der Wichser, der da durch die Tür käme, das aufrecht gehend tun würde.

Nicht das erste Mal, dass Lamont falschlag in seinem kläglichen Leben.

Stoney rollte sich auf den Bauch und jagte Lamont drei Hohlspitzgeschosse Kaliber 357 Magnum in die Brust. Die Wucht der Salve riss ihn nach hinten gegen eine Wand, seine Schrotflinte fiel zu Boden. Er schaute überrascht zu dem sich ausbreitenden purpurroten Fleck hinunter und sackte dann auf dem Boden zusammen.

Stoney stand auf, zielte mit der S&W weiterhin auf

Lamont, ging auf ihn zu und stieß mit dem Fuß die Schrotflinte zur Seite, eine Benelli Super Black Eagle.

Das hätte er sich sparen können. Marcus Lamont war kein knallharter Bursche mehr, sondern nur noch ein Haufen lebloses Fleisch.

Wie schon gesagt: Stoney überlebte unverletzt. Was praktisch ist, denn Bill arbeitet schon am nächsten Stoney-Roman.

Ich unterstrich den Namen von Marcus Lamonts Schrotflinte – »Benelli Super Black Eagle«. Ein schönes Exemplar einer halb automatischen Schrotflinte, zusammen mit der Beretta, Franchi und Mossberg vielleicht die beste ihrer Art. Die Benelli habe ich einmal benutzt, bei einer Fasanenjagd im Norden von Illinois, in einem privaten Jagdrevier, die einem früheren Kommilitonen von der Loyola University gehörte. Er war statt zur Polizei in den Rohstoffhandel gegangen. Anscheinend sind Kenntnisse in Sachen Schweinebauch-Futures-Markt sehr lukrativ.

Meiner Meinung nach passte eine Benelli nicht zu Abschaum wie Lamont. Also notierte ich das am Rand. Eine Remington, Model 870 Pump Action, würde besser passen, die kostet nur ein Zehntel und erledigt die Arbeit genauso gut. Außer Lamont hätte die Benelli gestohlen, dann musste Bill das erwähnen. Wenn nicht, würde er garantiert Post vom Mitglied eines Angel- und Schützenvereins aus Louisville bekommen, oder aus Lettland.

Ich las weiter:

Der Detective registrierte mit professionellem Interesse, dass die Einschusslöcher in der Brust des gerade Verblichenen nicht so eng beieinanderlagen, wie er sich das gewünscht hätte. Was soll's, er war hier nicht auf dem Polizeischießstand. Wenn man nach einem Schusswechsel auf zwei Beinen nach Hause ging, dann war es ein guter Schusswechsel gewesen.

Als die durch den Schusslärm verursachte Taubheit nachließ, hörte Stoney das Schreien. Er drehte sich um und sah eine Frau, die auf einem Bett saß und sich mit verkrampften Fingern ein Bettlaken unters Kinn hielt.

Sie war sehr jung und sehr hübsch.

Er zielte mit der S&W auf sie, ging zum Bett und zog das Laken herunter.

Sie war nicht nur unbewaffnet, sondern auch unbekleidet und fast sicher minderjährig. Mit ihrem Körper hätte sie es im Leben wesentlich weiter bringen können als bis zu diesem Tatort, der mal ihr Schlafzimmer gewesen war.

Sie hörte auf zu schreien. Zitternd schaute sie Stoney aus nassen, entsetzten Augen an.

Er ließ die Waffe sinken und sagte: »Polizei Chicago, Ma'am. Bitte ziehen Sie sich was an. Ich rufe jetzt die Kollegen.«

»Ich will nur weg, Mister«, sagte sie. »Bitte, lassen Sie mich gehen. Ich hab nichts gemacht ...«

»Tut mir leid«, sagte Stoney.

Sie hatte das Laken nicht wieder über ihren nackten Körper gezogen, und Stoney legte es ihr auch nicht nahe.

»Sie sind Zeugin eines Schusswechsels«, sagte er. »Sie müssen eine Aussage machen.«

Er zog sein Handy aus der Hosentasche und rief im Revier an. Als Erste würden seine uniformierten Kollegen eintreffen und den Tatort sichern, dann die Detectives, um herauszufinden, warum der Bursche da auf dem Boden lag, wo er lag. Danach würden die Arschlöcher von der Internen untersuchen, ob es ein gerechtfertigter Schusswaffengebrauch war oder nicht.

Detective Jack Stoney hatte das alles schon früher durchexerziert. Er hoffte, das Mädchen würde über den Ablauf die Wahrheit sagen. Sein Ruf in der Abteilung war der eines Revolverhelden, noch einen Vermerk in seiner Akte konnte er nicht gebrauchen.

Ich lehnte mich zurück und lächelte. Für den letzten Teil hatte Bill Stevens meine Begegnung mit einer Dumpfbacke namens Demarius Little verwendet, als er zum ersten und zum letzten Mal nicht sofort Verstärkung gerufen hatte.

Zum Glück für meine Karriere hatte das Mädchen die Wahrheit gesagt.

12

Das Besteckrätsel

In meiner Welt besteht eine Abendgesellschaft für »ein paar Freunde« aus Burgergrillen und Biertrinken im Garten. Ashs Version ähnelte einem Staatsbankett im Weißen Haus oder was ich mir darunter vorstellte.

In einem großen weißen Zelt auf dem Rasen hinter dem Haus standen etwa dreißig Männer und Frauen herum, plauderten und nippten an ihren Drinks. Ein Streichquartett, bestehend aus Mitgliedern der Naples-Symphoniker, hatte neben der Bar Aufstellung genommen.

Abendgarderobe war angesagt. Ich trug einen von Sir Reginalds Smokings. Ich glaubte eine ziemlich schneidige Figur abzugeben, etwas in der Richtung James Bond, nur dass in dem Schulterholster unter meinem Jackett nicht Bonds Walther PPK steckte. Ich hatte überlegt, in einem Knöchelholster meine kleine Glock 26, alias »Baby Glock«, mitzunehmen, hatte mich aber dagegen entschieden. Ein Duell mit einem KGB-Agenten bei der Abendgesellschaft erschien mir nicht wahrscheinlich. Wenn es Probleme geben sollte, müsste ich sie Mann gegen Mann mit einem Buttermesser lösen.

Ash sah umwerfend aus. Sie trug ein bodenlanges lila

Seidenabendkleid, dessen Seitenschlitz von Maine bis Florida ein wohlgeformtes Bein entblößte. Ich sagte ihr, dass sie sehr schön aussehe, worauf sie erwiderte: »Und Sie sehen heute Abend so gut aus, dass ich Sie nur deshalb nicht anfalle, weil ich mir dabei die Hüfte brechen könnte.«

Sie führte mich im Zelt herum und stellte mich ihren Freunden vor. Als sie sah, dass auf einem der Tische mit Speisen etwas fehlte, ließ sie mich stehen, um das in Ordnung zu bringen. Ich war plötzlich allein mit einer jungen Schönheit namens Jennifer, die ein rotes Kleid trug, das aussah, als sei es ihr mit der Spritzpistole auf den Körper gesprayt worden.

Ich hatte sie auf knapp unter oder über zwanzig geschätzt und zunächst angenommen, sie sei die Enkelin von einem der Gäste. Aber Ash hatte sie mir als Mrs. Jennifer Lemaire vorgestellt und auf einen Mann von über siebzig Jahren gedeutet, der an der Bar stand. Peter Lemaire, sagte Ash, sei geschäftsführender Teilhaber einer Private-Equity-Firma in New York und Jennifers Ehemann.

Aha, Trophäenfrau. Sicher keine Seltenheit in einer Stadt wie Naples. Meiner Meinung nach spricht nichts dagegen, dass ein älterer Herr mit einer jungen Dame ausgeht oder sie heiratet, solange sie volljährig ist und ihm nicht von Menschenhändlern verkauft wurde.

»Und, Frank, wie gefällt Ihnen Naples?«, fragte Jennifer und nippte an ihrem Drink. Sie trank Martini, ich nicht. »Ich höre, Sie suchen nach einer Bleibe in der Stadt.«

»Wie kann es einem hier nicht gefallen?«, sagte ich. »Palm Beach ist ein bisschen zu protzig, meinen Sie nicht auch? Naples ist da doch viel dezenter.«

Habe ich das wirklich gesagt? Nein, das war Frank Chance.

»Wir haben hier ein Haus und eins in Palm Beach«, sagte Jennifer.

Ups.

»Aber ich stimme Ihnen zu«, sagte sie. »Peter und ich verbringen mehr Zeit hier als in Palm. Das Boot und unsere Polo-Ponys sind da, aber nach Naples kommen wir, wenn wir uns von dem gesellschaftlichen Trubel erholen wollen.«

Ich erzählte ihr nicht, dass mein Boot in Fort Myers Beach lag und ich nach Naples gekommen war, um Mörder zu jagen. Ich sah, dass ihr Göttergatte auf uns zukam. Sie drückte meinen Bizeps und sagte: »Peter ist viel auf Reisen und hält Ausschau nach Firmen, die er kaufen kann. Da habe ich viel freie Zeit.«

Petey-Boy erreichte uns, bevor ich antworten konnte. Ich bin Marisa treu, aber Jennifer hat nicht mit mir, sondern mit Frank Chance gesprochen. Wer konnte wissen, wie Frank auf so ein Angebot reagieren würde.

Wir saßen alle in Ashs Speisesaal. Seit der Zeit in den Kantinen des Marinekorps hatte ich nicht mehr an einem Tisch gesessen, der so vielen Menschen Platz bot. Hier sagte auch niemand: »Gib mal das scheiß Salz rüber.«

In meiner Kindheit wurden zu Thanksgiving immer

zusätzlich Kartenspieltische und Klappstühle aufgestellt, und es war eine große Sache, wenn jemand vom »Kindertisch« zum Haupttisch aufstieg.

Das hier war eindeutig der Haupttisch. An jedem Platz lagen Gabeln und Löffel in allen Formen und Größen. Vor der Ankunft der Gäste hatten Ash und ich uns an den Tisch gesetzt, und sie hatte mich mit großem Vergnügen darin unterwiesen, wie welches Utensil zu handhaben sei. Da ich das aber schon wieder vergessen hatte, befreite ich mich aus meiner Zwangslage, indem ich für alles dieselbe Gabel und denselben Löffel nahm. Möglich, dass sich meine Tischgenossen auf dem Heimweg über mich das Maul zerrissen: »Hast du diesen grässlichen Burschen gesehen, Clarence? Hat die Suppe mit dem Sorbetlöffel gegessen. Mir ist regelrecht übel geworden.«

Ich saß neben einer Frau namens Marcie, die ich wohl schon beim Lunch im Country Club kennengelernt hatte. Was ihr Mann früher mal gewesen war, hatte ich vergessen. An meiner anderen Seite saß ein distinguiert aussehender Herr namens Vasily Petrovitch. Er sprach mit osteuropäischem Akzent, war Mitte bis Ende sechzig, mittelgroß, hatte glatt zurückgekämmte, schwarze Haare mit grauen Einsprengseln und einen dazu passenden Knebelbart. Er trug ein weißes Jackett mit einer Reihe Orden an der linken Brusttasche, darunter ein gestärktes weißes Hemd mit roter Fliege sowie Smokinghose. Fehlten nur noch Schärpe und Degen.

Marcie hatte sich freundlich vorgestellt und sich dann den weiteren Abend mit der Frau zu ihrer Linken unterhalten. Aber Vasily war ziemlich kontaktfreudig. Er sprach über Kunst, Antiquitäten und den globalen Finanzmarkt, und ich hörte zu, nickte gescheit und fragte mich, wie sich wohl gerade die Blackhawks gegen die Islanders schlugen.

Als ein brennender Nachtisch serviert wurde, sagte Vasily: »War mir ein Vergnügen, Frank. Ich hoffe, wir können unsere Unterhaltung ein andermal fortsetzen.«

»Ja, würde mich freuen«, sagte ich und erkannte, dass er ziemlich viel von Frank Chance' Leben erfahren hatte (fast alles, was es da zu erfahren gab), ich aber sehr wenig über seins, außer dass er vor seinem Umzug nach Naples in London und New York gelebt hatte und in der Vermögensverwaltungsbranche tätig war.

Später, nachdem alle Gäste gegangen waren, fragte ich Ash, ob ich ihr beim Aufräumen helfen solle. Ein Witz. Nach einem Familiengrillabend im Garten war ich immer dafür zuständig gewesen, den Grill zu schrubben und die Pappteller und Plastikbecher zu entsorgen. Jetzt dagegen saß ich mit Ash in der Bibliothek mit einem Schwenker Brandy (einem sehr alten), während Martin und Suzette sich um den Haushalt kümmerten.

»Sie haben sich beim Essen viel mit Vasily unterhalten«, sagte Ash.

»Scheint ein interessanter Bursche zu sein.«

»O ja. *Graf* Vasily Petrovitch. So viel ich weiß, entstammt er russischem Adel. Unverheiratet, zumindest ist von einer Ehefrau nichts bekannt. Er geht meist mit jüngeren Frauen aus.«

Wie unübersehbar viele alte Knacker in der Stadt. Ich fragte mich, ab welcher Vermögensuntergrenze ein Cheerleader-Mädel Notiz von einem nehmen würde.

»Was war er früher mal?«, fragte ich sie.

»Was er immer noch ist. Er betreibt irgendeine Investmentfirma. Reggie hatte Geld in einem von seinen Fonds. Ich glaube, das habe ich immer noch. Aber das erledigen meine Finanzberater. Um diese Dinge kümmere ich mich nicht. Ich glaube, ein paar von den Gästen heute Abend haben auch Geld in dem Fonds. ›Atocha Fund‹, ich glaube, so heißt der. Anscheinend sehr exklusiv. Bei der Auswahl seiner Klienten soll Vasily sehr wählerisch sein. Er muss sie kennen und mögen, heißt es.«

Das wurde von einem Verbrecher wie Bernie Madoff auch immer behauptet.

Am nächsten Morgen stand ich um halb sieben auf, absolvierte hundert Liegestütze und Sit-ups, machte einen Strandlauf und setzte mich dann auf der Terrasse an den Frühstückstisch. Ash hatte eine Verabredung, konnte mir also keine Gesellschaft leisten.

Am Strand hatte ich eine Tai-Chi-Klasse gesehen, deren uralte weiße Teilnehmer fließend und anmutig die uralten chinesischen Körperübungen vollführten, Poesie in Bewegung, angeleitet von einer jungen Lehrerin, die einen rosa Gymnastikanzug trug, bei dessen Anblick ich fast über einen Felsbrocken gestolpert wäre.

Die Trainingseinheit erlaubte mir, mich ohne Schuldgefühle mit Suzettes üppigem Frühstück vollzustopfen.

Da ich mutterseelenallein war, versetzte ich mich zum Nachtisch im Geiste nach China und gönnte mir einen wohltuenden Rülpser.

Ich hatte Ash gefragt, ob sie etwas gegen einen weiteren Gast im Haus einzuwenden hätte, und erzählte ihr, wen ich im Auge hatte. Sie sagte, klar, würde sie freuen. Also borgte ich mir nach dem Frühstück die Shelby Cobra aus und fuhr nach Fort Myers Beach, um Joe abzuholen. Ich vermisste ihn, und mir war klar, dass ich eine Zeit lang in Naples bleiben würde.

Da ich nicht daran gedacht hatte, Joes Sachen einzupacken, schickte Ash Martin zu PetSmart, der das Notwendigste für ihn einkaufte: ein Katzenbett, das er nie benutzen würde, Katzenklo, Futter- und Wassernapf und einen Vorrat einer bestimmten Marke Katzenfutter, das mit dem veredelt werden würde, was Ash und ich aßen.

Bevor ich zu Marisas Haus fuhr, um Joe zu holen, schaute ich im Polizeirevier von Fort Myers Beach bei Cubby Cullen vorbei. Ich fand ihn auf dem Parkplatz hinter dem Gebäude. Er stand neben einem hellbraunen Armee-Humvee, auf dessen Dach ein Maschinengewehr Kaliber 50 montiert war.

»Der Spring Break wird auch jedes Jahr wilder, was?«, sagte ich.

Cubby grinste und tätschelte den Kotflügel, als sei es ein Pferd. »Mit besten Wünschen von der Regierung. War nie der Meinung, dass wir so ein garstiges Gerät brauchen würden, aber warum ein Geschenk von Uncle Sugar ablehnen?«

Über die Aufrüstung der Polizei durch überschüssiges Gerät aus Armeebeständen war im ganzen Land Streit entbrannt. An bestimmten Tagen gegen Ende meiner Dienstzeit in Chicago hätte ich einen von diesen Humvees brauchen können, wenn ich zur South Side oder zur West Side gerufen wurde. Keine Diskriminierung, keine Voreingenommenheit, nur eine einfache Tatsache. Da wurde scharf geschossen, und ich war nicht im Geringsten erpicht darauf gewesen, noch eine Kugel abzubekommen.

»Ich wollte dir bloß kurz Bescheid sagen, dass ich den Beraterjob in Naples angenommen habe«, sagte ich zu Cubby.

»Hab ich schon gehört. Und, wie läuft's?«

»Stellt sich gerade heraus, dass es wohl etwas mehr als Beratung werden wird.«

»Wade hat so was erwähnt. Du kannst dir den Humvee ausleihen, wann immer du willst. Einfach die verbrauchten Kugeln abrechnen und volltanken, bevor du ihn zurückbringst.«

»Gut möglich, dass ich darauf zurückkomme.«

»Komm mit, ich zeig dir was«, sagte Cubby.

Ich folgte ihm zum Heck des Humvee. Die weiße Farbe auf der Stoßstange war noch feucht. MYRNA stand da.

»So hieß meine Mutter«, sagte Cubby. »Die hat auch alles plattgemacht.«

Auf der Rückfahrt nach Naples stand Joe mit den Hinterbeinen auf dem Beifahrersitz und den Vorderpfoten auf dem Armaturenbrett, genoss den Ausblick und ließ sich vom Wind das Fell zerzausen.

Ich erklärte ihm, was es mit meinem Beraterjob auf sich hatte. Dass ich jetzt Ashs Neffe sei und auch er sich jetzt – als Frank Chance' Katze – als undercover zu betrachten habe. Auf diese aufregenden Nachrichten hin rollte er sich auf dem Sitz zusammen und schlief ein.

13

Der Bestatterkönig von Iowa

Ich trug Joe durch den Vordereingang ins Haus. In der Diele erwartete uns Ash, die Joe hinter den Ohren kraulte und sagte: »Freue mich, dich kennenzulernen, Joe. Was für ein hübscher Kerl du bist.«

Er schaute sie an und miaute.

»Ich glaube, er hat gesagt, dass ich einen guten Katzengeschmack habe«, sagte Ash und lachte.

In meiner Abwesenheit habe ein Bote einen großen Umschlag für mich abgegeben, fügte sie hinzu. Martin hatte ihn in mein Zimmer gebracht. Ich setzte Joe auf dem Boden ab, und er folgte mir nach oben.

Der Umschlag lag auf der Kommode. Er enthielt zwei Aktenmappen mit weiteren Hintergrundinformationen über die verstorbenen Eileen Stephenson und Lester Gandolf, um die ich Chief Hansen gebeten hatte. Joe hüpfte für ein Nickerchen aufs Bett. Das Nickerchen auf der Fahrt hatte ihn anscheinend erschöpft. Ich ging mit den Mappen nach unten.

Ich setzte mich an den Tisch auf der Terrasse und fing an zu lesen. Martin erschien mit einem Krug Eistee, einem hohen Glas, einem vollen Eiskübel und einem kleinen Teller mit Zitronenscheiben. Er stellte alles auf den Tisch und ging wieder ins Haus, ohne ein Wort gesagt zu haben. Anscheinend sollen Butler gesehen und nicht gehört werden. Mir ist das recht, solange sie immer etwas Essbares bringen.

Die Informationen über Eileen und Lester waren detaillierter als die in den Fallakten. Ich machte mir Notizen auf dem Block, den ich mir von Martin hatte bringen lassen. Eileens und Lesters Leben wiesen mehrere Berührungspunkte auf. Beide hatten sie die Gottesdienste in der First Episcopal Church besucht. Beide waren Mitglied im Olde Naples Country Club und im Collier Yacht Club gewesen. Und beide saßen gemeinsam in den Vorständen von mehreren Wohltätigkeitsorganisationen. Sie hatten nicht den gleichen Finanzberater, hatten aber beide in Vasily Petrovitchs Atocha Fund investiert. Ich ging davon aus, dass Bürgermeister Beaumont über Verbindungen verfügte, die ihm Zugriff auf diese Informationen erlaubten, ohne eine Vorladung fürchten zu müssen.

Hm. War das ein erster Anhaltspunkt? Geld ist einer der stärksten Antriebe für Mord, und bei einem Hedgefonds geht es ausschließlich darum, Vermögen aufzubauen. Vielleicht sah der Atocha Fund eine beträchtliche Vertragsstrafe vor, wenn man früh ausstieg. Ich notierte mir, dass ich auch auf Vasilys Hintergrund einen Blick werfen musste.

Gerade als ich fertig war, tauchte Martin mit Wade Hansen im Schlepptau auf. Hansen setzte sich zu mir an den Tisch und wartete, bis Martin wieder gegangen war.

Er sah mitgenommen aus. Er rieb sich die Augen, seufzte und sagte: »Noch einer. Noch ein verdächtiger Todesfall. Herrgott, Jack, die Sache läuft langsam aus dem Ruder ...«

»Was ist passiert?

»Er heißt Bob Appleby. Er und seine Frau stammen aus Cedar Rapids. Sie haben ein Haus an einem der Kanäle in Port Royal. Ihm gehört eine Kette von Bestattungsunternehmen. Gestern Morgen wollte er offenbar eine Spritztour mit seinem Boot machen, eine große Carver-Motorjacht, die an einem Steg hinter seinem Haus lag. Sieht ganz so aus, als hätte er die Motoren gestartet, auf jeden Fall ist das Boot in die Luft geflogen. Die Einzelteile von ihm und dem Boot haben sich über die ganze Nachbarschaft verteilt. Wir versuchen immer noch herauszufinden, was genau passiert ist. Auch eine Bombe können wir nicht ausschließen.«

»Manchmal explodieren Boote«, sagte ich. »Abgase sammeln sich im Motorraum, die Benzinleitung leckt, die Batterie sprüht Funken, und schon brennt es. Passiert meist bei älteren Booten.«

Ein Grund mehr, die *Phoenix* schön festgezurrt am Steg zu lassen.

»Stimmt«, sagte Hansen. »Aber das Boot war nagelneu, ist erst vor ein paar Wochen geliefert worden. Einer meiner Leute hat mit dem Händler gesprochen. Es ist erst kurz vor der Auslieferung auf seine Seetüchtigkeit überprüft worden. Klar, es *könnte* ein Unfall gewesen sein. Aber jetzt haben wir einen dritten Todesfall, der verdächtig ist.«

»Wer untersucht das Wrack?«

»Die Küstenwache, die ist dafür zuständig, wie die Bundesluftfahrtbehörde nach einem Flugzeugabsturz. Ich kenne den Unteroffizier, der die Untersuchung leitet. Er schuldet mir noch einen Gefallen. Neulich waren zwei von seinen Leuten in eine Barschlägerei verwickelt, ich habe das ohne großes Aufsehen aus der Welt geschafft. Er hält die Ergebnisse so lange wie möglich unter der Decke.«

»War die Frau auch an Bord?«

»Nein. Janet Appleby war zu Hause in Cedar Rapids, hatte da irgendwas zu erledigen. Aber wir haben die Leiche einer jungen Frau gefunden. Zumindest Teile von ihr. Applebys Freundin, nehme ich an. Identität konnten wir noch nicht klären.«

»Ich brauche detaillierte Informationen über den Mann.«

»Ist schon in Arbeit. Aber eins kann ich Ihnen jetzt schon sagen. Er hatte zwar jede Menge Kohle damit gemacht, seine Kunden in den Great Plains unter die Erde zu bringen, aber hier passte er nicht hin.«

»Warum?«

»Die Leute haben ihn für einen ... na ja, er soll ein ziemlich grobschlächtiger Kerl gewesen sein. Laut, unausstehlich. Keiner, den man in die besseren Kreise aufgenommen hätte. Sein Spitzname war ›der Bestatterkönig von Iowa‹, und auf den war er anscheinend stolz. Was man so hört, hat er den Namen sogar selbst in die Welt gesetzt. Ich glaube nicht, dass er mit Leuten wie Eileen Stephenson und Lester Gandolf viel gemein hatte.«

Er lächelte.

Ich wusste nicht, was daran lustig war. »Was amüsiert Sie?«

»Na ja, dass wir ausgerechnet vom Bestatterkönig nicht mehr viel gefunden haben, was man bestatten könnte.«

14

Blutrünstiger Killer im Paradies

Frank Chance und ich genossen ein paar Tage das Leben eines Mitglieds der herrschenden Klasse, während ich auf den Bericht der Küstenwache und die Informationen über Bob Appleby wartete.

Ich habe schon erwähnt, dass ich den Cop-Traum mit Bar und Boot lebte. Aber mein Leben als Frank Chance war so maßlos, dass ein Cop es sich nicht mal zu erträumen wagte.

Ich ging mit Ash zu einer Wohltätigkeitsauktion, bei der ein Bieter für eine Flasche Vino mehr zahlte, als ein Mittelklassewagen kostete. Ein anderer ersteigerte eine Alaska-Kreuzfahrt für zwei, für die er das Schiff hätte kaufen können. Wir gingen in den Olde Naples Country Club zum Meeresfrüchte-Abend mit Eisskulpturen und All-you-can-eat-Hummer-Büfett. Ich fand heraus, dass ich drei essen konnte. Ich hätte noch mehr geschafft, wenn ich nicht auch von Steinkrabbenklauen, Garnelen, Austern und allerlei anderem Land- und Meeresgetier plus Nachtisch genascht hätte. Ich fand außerdem heraus, dass ich zwei Stück Zitronen-Baiser-Kuchen essen konnte und noch genügend Platz für einen großen Karamelleisbecher war. Sollte ich so weitermachen, würde ich für Onkel Reggies und meine eigene Garderobe bald zu fett sein.

Ash nahm etwas pochierten Lachs mit nach Hause. Für Joe. Als sie den Lachs in seinen Napf legte, rieb er sich erst an ihrem Bein, bevor er reinhaute.

»Gern geschehen«, sagte sie.

Das Team der Küstenwache benötigte zwei Tage, um das Wrack von Bob Applebys Boot, das *Condolences* hieß, eingehend zu untersuchen. Der Name war perfekt für ein Schiff des Bestatterkönigs aus Iowa.

Ich wusch in der Auffahrt von Ashs Haus gerade mein Auto, als ein Bote den Bericht der Küstenwache und die Detailinformationen über Bob Appleby ablieferte. Als ich mit dem Wagen fertig war, ging ich in die Küche, um mir eine Tasse Kaffee zu holen.

Als ich mir gerade den Kaffee aus einer Kanne einschenkte, die auf der Küchentheke stand, kam Martin herein. Anscheinend war es ihm peinlich, dass er nicht da gewesen war, um mir meinen Wunsch von den Lippen abzulesen. Ich fragte, ob ich ihm auch eine Tasse einschenken solle. Angesichts der Unangemessenheit der ganzen Situation schien er der Ohnmacht nahe zu sein. Ich lächelte und sagte: »Marty, alter Junge, das war ein Scherz.«

Worauf er antwortete: »Sehr wohl, Sir«, und rückwärts den Raum verließ.

Ich ging auf die Terrasse. Aus dem Bericht der Küstenwache erfuhr ich, dass es keine Bombe gewesen war. Die

Benzinleitungen und der Lüftungsmotor waren manipuliert worden. Im Motorraum hatten sich Abgase gesammelt, die explodierten, als die Motoren gestartet wurden.

Damit war klar, dass Bob Appleby und seine Freundin, identifiziert als die vierundzwanzigjährige Kellnerin Tess Johannsen aus dem Port Royal Club, ermordet worden waren. Falls Eileen Stephenson und Lester Gandolf auch ermordet worden waren, waren es jetzt vier.

Sollten sie alle Opfer ein und desselben Täters gewesen sein, kann man diesen gemäß der Standarddefinition der Strafverfolgungsbehörden offiziell als Serienmörder klassifizieren, da dafür eine Mindestzahl von drei Leichen erforderlich ist.

Sollte das jemals publik werden, würden sich Sir Reginalds Zeitungen fühlen wie im Boulevard-Himmel. Ich sah die Schlagzeile des *Tattler* schon vor mir: *Blutrünstiger Killer im Paradies*. Das würde mehr einschlagen als Wladimir Putins sexuelle Neigungen oder die zahllosen Geschichten über die UFO-Zentrale, die sich vermeintlich in der Wüste von Nevada im militärischen Sperrgebiet Area 51 der Air Force befand.

Im Bericht über Bob Appleby hieß es, dass er nichts mit Eileen und Lester gemein hatte, außer dass auch er in den Atocha Fund investiert hatte. Vielleicht war Graf Vasily Petrovitchs Hedgefonds doch nicht so exklusiv. Ich machte eine Notiz und unterstrich die ältere Notiz bezüglich Vasily.

Ohne einen stichhaltigen Beweis oder wenigstens ein überzeugendes Indiz für ein Fehlverhalten Vasilys würde kein Richter einen Beschluss unterzeichnen, der mir Zugang zu den Unterlagen des Atocha Fund gewährte. Wenn Bürgermeister Beaumonts Verbindungen mir diese Art Informationen nicht verschaffen konnten, musste ich einen anderen Weg finden, um dieser Spur nachgehen zu können.

Die Ermittlung nahm endlich Fahrt auf. Ich hatte nicht nur einen handfesten Anhaltspunkt, ich hatte auch eine Spur, was laut *Ermittlerhandbuch* eine Stufe über einem Hinweis anzusiedeln ist.

Ich hob den Blick von den Berichten und sah, dass Joe neben dem Tisch auf dem Boden saß und zu mir hochschaute. Das bedeutete gewöhnlich, dass er etwas wollte. Ich warf einen Blick auf meine Uhr und stellte fest, dass Mittagszeit war. Martin erschien mit einem Telefon. Bis man sich daran gewöhnt hatte, jagte einem die Art, wie er plötzlich auftauchte, einen Schauer über den Rücken. Wahrscheinlich lernte man dergleichen in der Butlerschule.

»Ein Anruf für Sie, Mr. Chance«, sagte er und gab mir das Telefon. Joe folgte ihm ins Haus, vermutlich auf der Suche nach etwas Essbarem.

»Frank, Vasily Petrovitch hier«, sagte die Stimme im Hörer. »Sie erinnern sich vielleicht, wir haben uns neulich bei Lady Ashleys Abendgesellschaft kennengelernt.«

»Ja, natürlich«, sagte ich, ließ aber weg, dass ich gerade darüber nachgedacht hatte, wie ich herausfinden könnte, ob er drei seiner Kunden und eine Unbeteiligte umgebracht hatte. Wenn ich ihn in einem Verhörraum in

Chicago in der Mangel hätte, würde ich ihn einfach danach fragen. Manche meiner Kollegen hätten ihm vielleicht vorab ein Telefonbuch vor den Kopf geknallt, um seine volle Aufmerksamkeit zu erregen. Aber unter diesen Umständen hielt ich eine direkte Beschuldigung nicht für zielführend.

»Unser Gespräch hat mir sehr viel Vergnügen bereitet. Vielleicht könnten wir das mal beim Mittagessen fortsetzen.«

Bingo.

»Warum nicht, hört sich gut an.«

»Wenn Sie morgen Zeit haben, könnten wir uns in meinem Büro treffen und dann irgendwohin gehen.«

Seltsam, dass er sich erst in seinem Büro und nicht gleich in einem Restaurant mit mir treffen wollte. Vielleicht wollte Vasily mir ein Angebot für den Atocha Fund machen. Frank Chance war schließlich äußerst wohlhabend.

Ich fragte mich, ob ich die S&W einstecken und unter meinem marineblauen Blazer die Kevlarweste anziehen sollte, nur für den Fall, dass er ungehalten reagierte, sollte ich eine Investition ablehnen.

»Ich checke das in meinem Terminkalender und rufe Sie dann zurück, okay?«, sagte ich und machte mir im Geist eine Notiz, bei OfficeMax vorbeizuschauen und einen Terminkalender zu kaufen, damit ich was zum Checken hatte. Wir legten auf. Wieder erschreckte mich Martin, weil er plötzlich neben mir stand. Vielleicht sollten Butler Glocken um den Hals tragen.

»Lady Ashley ist nicht im Hause, Mr. Chance«, sagte er. »Wünschen Sie Ihre Mahlzeit hier draußen einzunehmen? Die Küche hat einen delikaten Salat mit scharf angebratenem Ahi-Thunfischsteak zubereitet.«

»Ja, bestens«, sagte ich und ging davon aus, dass Joe in der Küche das Gleiche genoss – ohne Salat.

Nach dem Essen ging ich in die Bibliothek, setzte mich an einen antiken Schreibtisch mit roter Lederauflage und arbeitete weiter an Bill Stevens' Manuskript. Mein Abgabetermin war nicht mehr fern.

Unserm Schlawiner Jack Stoney stand die Scheiße mal wieder bis zum Hals. Diesmal war er mit einer Lady in die Kiste gehüpft, ohne zu wissen, dass sie die Frau eines Mafiabosses war. Das war erfunden, ehrlich, weil mir nämlich jedes Mal, wenn ich mit einer Frau ins Bett ging, deren Identität oder zumindest die, die sie mir angegeben hatte, bekannt war.

Jack Stoneys Problem war, dass das FBI die Gold-Coast-Villa des Mafia-Bosses verwanzt hatte – auch das Schlafzimmer. Der Boss war außer Haus, und seine Frau schrie voller Leidenschaft: »Fick mich, Detective Jack Stoney!«

So viel zum Thema »dumm gelaufen«. Wenigstens hatte sie nicht die Nummer seiner Dienstmarke rausposaunt. Vielleicht war sie ein Cop-Groupie. Vielleicht war sie auch eine Informantin des FBI. Vielleicht war sie aber auch nur ein wollüstiges Plappermaul. Wie auch immer, Stoney musste mal wieder bei der Internen vorsprechen.

Im Manuskript lief das Treffen folgendermaßen ab:

Stoney und die beiden Gestalten von der Internen saßen in einem Besprechungszimmer im Polizeipräsidium. Als er mit Absicht eine Viertelstunde zu spät den Raum betrat, fiel Stoney auf, dass die beiden die gleichen grauen Billiganzüge trugen. Vielleicht waren das die neuen Uniformen in der Internen, mit Mengenrabatt gekauft bei Men's Wearhouse.

Die beiden saßen sich an einem Ende des Tisches gegenüber. Anstatt sich ans Kopfende zwischen sie zu setzen, wie sie es offenbar geplant hatten, ging Stoney zum anderen Ende.

Das Hauen und Stechen konnte beginnen.

Einer war ein Lieutenant namens Stan Caldwell, ein Afro-Amerikaner, den Stoney kannte. Er war Ende fünfzig, ein Bär von Mann, der aus Gründen, die Stoney unbekannt waren, einen Karriereknick erlitten hatte und als Strafmaßnahme zu den Internen versetzt worden war.

Der andere hieß Terry Thornton, ein großer, dünner Mann Ende zwanzig, der entweder vor der Zeit seine Haare verloren hatte oder sich den Kopf aus Modegründen kahl rasierte. Er war einer der Cops, die die Interne als Sprungbrett für ihre Karriere in der Abteilung betrachteten. Was sie manchmal auch war, wenn man sich auf dem Weg nach oben keinen Feind unter den falschen Leuten machte. Er war Sergeant.

Caldwell räusperte sich. Das Verfahren schien ihm

unangenehm zu sein, wahrscheinlich weil er seinen Job nicht mochte und weil er Stoney für einen zwar unorthodoxen, aber effektiven Polizisten hielt.

»Also, Jack«, sagte er. »Sie wissen, warum wir hier sind. Wir zeichnen die Sitzung auf, es sei denn, Sie haben Einwände, worauf die Besprechung sofort beendet ist und wir einen Gewerkschaftsvertreter oder Anwalt zuziehen müssen.«

»Bringen wir's hinter uns«, sagte Stoney.

Das »Arschloch« am Ende des Satzes wurde nicht ausgesprochen, aber von beiden mitgedacht. Stoney hielt Caldwell nicht wirklich für ein Arschloch, er war im Grunde ein anständiger Bursche, aber jeder, der in der Internen arbeitete, fiel für die Dauer seiner Abordnung in diese Kategorie.

Weil sie so weit auseinandersaßen, stand Caldwell auf, stellte das kleine Aufzeichnungsgerät in die Mitte des Tisches und schaltete es ein.

»Für das Protokoll: Sie sind damit einverstanden, Detective Jack Stoney, dass weder ein Gewerkschaftsvertreter noch ein Anwalt bei der Befragung anwesend ist. Ist das korrekt?«, fragte Thornton.

»Ja, das ist korrekt«, sagte Stoney.

Caldwell stand wieder auf, schaltete das Gerät aus und sagte: »Ich halte das für unklug, Jack.«

Für Bill notierte ich an den Rand, dass eine erste Befragung durch die internen Ermittler, wie die hier geschilderte, nicht aufgezeichnet würde. Kein Cop wäre so blöd, das zu erlauben, und schon gar nicht ohne einen Gewerkschafter oder Anwalt. Nur eine offizielle eidesstattliche Erklärung, wenn es denn so weit käme, würde aufgezeichnet werden.

Ich las weiter.

Stoney schaute Caldwell an und sagte: »Unklug ist, dass ihr hier meine Zeit mit so einer Affenscheiße verplempert, während auf den Straßen von Chicago die echten Gangster das Kommando übernehmen.«

Wenn ich in der Internen antreten musste, um mir einen Rüffel abzuholen, begleitete mich immer ein Gewerkschaftsvertreter oder ein Anwalt oder manchmal auch beide. So eine Klugscheißernummer hätte ich nie aufgeführt. Aber mir gefiel die Art, wie Stoney das anging, also ließ ich es stehen. Er konnte sich seine forsche Art leisten, weil er, wie ich schon erwähnt habe, nicht real war und nicht gefeuert werden konnte, außer Bill hätte es so gewollt. So sind Krimis.

Mit der Hilfe eines Polizeigewerkschafters hätte ich gegen meine Zwangspensionierung vorgehen können und vielleicht gewonnen. Aber man hat mir drei Viertel meiner Pension auf Lebenszeit angeboten. Wenn es jemals einen Zeitpunkt gab, um den zweiten Akt in der Jack-Starkey-Geschichte einzuläuten, dann war es dieser.

Es stellte sich heraus, dass die Steuerzahler von Chicago die Gelackmeierten waren. Nach meiner Verletzung ging ich, so schnell ich konnte, ins Fitnessstudio, und inzwischen kann ich meine Schulter wieder so gut bewegen wie eh und je. Trotzdem bereitet es mir kein schlechtes Gewissen, das Geld genommen zu haben. Wenn ich es der Stadtkasse gelassen hätte, hätten es die Politiker verschleudert oder gestohlen. So läuft das in meiner Heimatstadt. Vier der letzten sieben Gouverneure des Bundesstaates Illinois sind im Gefängnis gelandet. Zwei saßen noch, als ich den Dienst quittierte.

So einen Staat muss man lieben.

15

Claire, Jenny, Harold, Alice und Joe

Das Handy klingelte und unterbrach meine Arbeit am Manuskript. Ich musste aufstehen, um es aus der Hosentasche meiner Jeans zu ziehen, die enger geworden war seit dem Beginn meines kalorienreichen Einsatzes.

»Hallo, Jack, wie geht's dir?«, sagte eine vertraute Stimme. Es war die von Claire, meiner Ex-Frau. Ihr Anruf überraschte mich noch mehr als der von Vasily.

Ab und an telefonierten wir, aber es war immer ich, der anrief.

»Bestens, Claire. Was gibt's?«

Ich wünschte, ich könnte ihr erzählen, wie fantastisch es mir als Frank Chance tatsächlich ging. Ich glaube, sie würde Frank mögen, solange er nicht in Jack-Starkey-ähnliche Verhaltensweisen verfiele.

»Ich wollte dir nur sagen, Jack, dass Jenny sich verlobt hat, aber jetzt …«

Ich unterbrach sie, weil ich fassungslos und traurig darüber war, dass unsere Tochter offensichtlich eine intime Beziehung zu einem Mann pflegte, über den ich nichts wusste.

»Verlobt? Mit wem?«

»Du kennst ihn nicht. Er ist stellvertretender Staatsanwalt in Chicago.«

»Solange er kein Cop ist. Und was heißt *aber jetzt*? Heißt das, sie ist nicht mehr verlobt?«

»Könnte man so sagen. Jetzt ist sie verheiratet.«

Ich war mehr als fassungslos. Ich war wie vor den Kopf geschlagen. »Seit wann?«

»Letzten Samstag«, sagte Claire leise. »Es war sehr schön. Die Trauung hat in St. Stephen stattgefunden, der Empfang im Ritz-Carlton.«

»Schätze, meine Einladung ist bei der Post verloren gegangen.«

»Jack, es tut mir leid. Ehrlich. Jenny und ich haben lange darüber geredet, ob sie dich einladen soll. Ich war der Meinung, der Vater sollte dabei sein, wenn die Tochter vor den Traualtar tritt. Aber sie ist immer noch so wütend wegen ...«

»Ist schon gut. Ich kann es ihr nicht verdenken.«

»Ich weiß, dass dir das wehtut.«

»Nicht mehr als eine Dreifach-Bypass-Operation ohne Betäubung.«

»Jack ...«

»Es ist nicht ihre Schuld, Claire. Es ist meine. Für unser Verhältnis übernehme ich die volle Verantwortung. Magst du ihn?«

»Er ist süß, und sie lieben sich sehr.«

Ich wollte ihr sagen, dass es bei uns genauso gewesen war. Aber das wusste sie.

»Das muss nicht so bleiben«, sagte Claire. »Du musst

nur wieder auf Jenny zugehen. Tief im Innern, das weiß ich, will sie das auch.«

»Ich arbeite gerade an einem Fall«, sagte ich. »Wenn das erledigt ist, komme ich sie besuchen.«

Claire sagte nichts. Ich hatte es wieder mal vermasselt. Ich arbeitete an einem Fall, und das war wichtiger als die Familie. Sie fragte nicht, worum es ging, und auch nicht, ob ich wieder als Polizist arbeitete. Schätze, es war ihr egal.

»Danke, dass du mir Bescheid gesagt hast«, sagte ich. »Ich komme sicher.«

»Wir sehen uns dann«, sagte sie. »Wäre schön, dich wiederzusehen.«

»Ja«, sagte ich. »Bis dann.«

Obwohl das Verhältnis zu meiner Tochter immer noch schwer angeschlagen war, sagte meine Ex-Frau, es wäre schön, mich wiederzusehen. Ich wusste nicht, ob ich wieder zu Claire zurückwollte – wenn sich überhaupt die Chance dazu ergäbe. Oder ob ich wollte, dass aus meiner Beziehung zu Marisa mehr würde als das, was es im Moment war. Aber es bedeutete schlechtes Karma, wenn es auf dem Planeten jemanden gab, der einen hasste. Es wäre also gut, wenn Claire und Jenny mir eines Tages meine Unterlassungs- und meine Tatsünden verzeihen könnten. Laut Bruder Timothy konnte Gott das. Aber konnten sie es?

Ich saß nach dem Anruf am Tisch und dachte über mein früheres Leben in Chicago nach. Mein Vater, Harold Starkey, war bei der Chicagoer Feuerwehr gewesen. Er und meine Mutter Alice hatten sich viele Annehmlichkeiten versagt, um die hohen Schul- und Studiengebühren der Saint Leo's Highschool und der Loyola University für mich und meinen älteren Bruder Joe aufbringen zu können.

Die Jesuiten in der Schule und an der Uni sorgten dafür, dass Joe und ich eine erstklassige Ausbildung bekamen, obwohl ich mehr an Sport und an Mädchen interessiert war als an Schulaufgaben. Ich spielte Basketball für die Loyola Ramblers. Joe war gleich in drei Sportarten gut und auch ein gewissenhafterer Student als ich.

Ich fragte Bruder Timothy einmal, warum ich »all das obskure Zeug« lernen müsse, das ich »im richtigen Leben« nie brauchen würde.

»Erstens, Mr. Starkey«, erwiderte er, »weil wir euch hier beibringen, wie man *denkt*, und nicht notwendigerweise, wie man ›all das obskure Zeug‹ behält. Und zweitens halte ich mich immer noch am Sandsack fit, und im Ring werde ich dir dann verdeutlichen, warum du fleißig lernen sollst. Aber für die Benutzung des Worts ›obskur‹ hast du dir einen Punkt verdient«, fügte er hinzu. »Du kannst also für heute deinen Arsch als gerettet betrachten.«

Ich hielt das für ein äußerst überzeugendes Argument, meine Hausaufgaben zu machen und nicht mehr den Unterricht zu schwänzen.

Nach meinem Abschluss an der Loyola University war ich eine Zeit lang Offizier im Marine Corps und wurde dann Cop. Bei den Marines lernte ich schießen. Wo außer bei der Polizei konnte ich diese Qualifikation legal anwenden und wurde auch noch dafür bezahlt?

Joe ging wie Dad zur Feuerwehr, obwohl unsere Eltern wollten, dass er Jura studiert. Also schrieb er sich an der Loyola in die Abendkurse für Jura ein, sodass er arbeiten und die Studiengebühren selbst bezahlen konnte. Er starb, weil auf der South Side das Dach eines Mietshauses über ihm einstürzte. Er hatte versucht, den Golden-Retriever-Welpen eines kleinen Jungen zu retten, den dann schließlich mein Onkel Tommy aus dem brennenden Haus holte.

Ich lernte Claire Nordquist kennen, als ich gerade Polizist geworden war und mit meinem Partner Jim Lorenzo Streife fuhr. Claire war in Lake Geneva, Wisconsin, aufgewachsen und arbeitete als Art Director bei einer Werbeagentur in Chicago. Sie kam gerade mit zwei Freundinnen aus einem Restaurant in Old Town, als Jim und ich gerade durch die North Wells Street fuhren. Ein Kerl im Kapuzenpullover lief von hinten auf die Mädchen zu, schnappte sich Claires Handtasche und haute ab.

Jim saß am Steuer. Er hielt an, ich sprang aus dem Wagen und rannte hinter dem Dieb her. Zwei Straßen weiter hatte ich den Burschen erreicht, riss ihn zu Boden, legte ihm Handschellen an und brachte ihn zu Fuß zum Tatort zurück. Bevor ich den Täter ins Revier brachte, fragte ich Claire, ob ich sie mal anrufen dürfe. Sie sagte danke, nein, sie habe einen festen Freund. Ich habe sie trotzdem angerufen, die Nummer hatte ich aus dem Polizeibericht. Sie war einverstanden, mit mir zu Mittag zu essen, vielleicht nur aus Dankbarkeit, weil ich ihr die Handtasche zurückgebracht hatte.

Claires Freund war Zahnarzt. Vielleicht gefiel ihr sein weißer Kittel nicht so wie meine blaue Uniform, jedenfalls wurden aus den Mittagessen schließlich Abendessen. Vielleicht fand sie auch meinen Charme unwiderstehlich. Oder es lag daran, dass ich ständig sagte: »Ausspülen, bitte«, und sie damit zum Lachen brachte. Ein Jahr nach unserer ersten Begegnung heirateten wir.

Zwei Jahre später wurde Jenny geboren. Inzwischen war ich Detective Sergeant im Morddezernat. Weil ich Stress im Job hatte oder das zumindest als Ausrede benutzte, fing ich an, nach meiner Schicht auf dem Nachhauseweg in der Baby Doll Polka Lounge vorbeizuschauen. Viele Cops taten das. Manche wurden Alkoholiker und erhielten als Quittung ihre Scheidungspapiere.

Ich wusste, dass Claire mich nicht bei unserer Tocher schlechtmachte. Das brauchte sie gar nicht. Wenn man genügend Familienessen, Geburtstagspartys, Schulaufführungen und Fußballspiele versäumt, dann liegt es auf der Hand, dass man auf dem Gebiet Vaterpflichten Defizite hat. Als Jenny in die Highschool kam, hatte sie mich wohl schon aufgegeben. Und Claire auch.

Auf Claires Wunsch zog ich von unserem Stadthaus in Rogers Park in eine Wohnung in Wrigleyville. Es dauerte nicht lange, bis ich begriff, dass das Alleinsein nicht das Leben war, das ich wollte. Ich ging zu Treffen der Anonymen Alkoholiker, die in Untergeschossen von Kirchen stattfanden, wo ich und die anderen Säufer auf Klappstühlen saßen und uns unsere traurigen Geschichten erzählten. Doch für die Rettung meiner Ehe oder der Beziehung zu meiner Tochter war es zu spät.

Ich hatte wirklich vor, so schnell ich konnte, nach Chicago zu fahren und Claire und Jenny zu besuchen. Bei Menschen, die man verletzt hatte, Wiedergutmachung zu leisten, war der neunte des Zwölf-Schritte-Programms der Anonymen Alkoholiker. Es war an der Zeit, dass ich diesen Schritt unternahm.

Ich hätte die Arbeit an dem Fall unterbrechen und noch am selben Tag nach O'Hare fliegen sollen. In Bill Stevens' Roman *Stoneys Flucht* schaffte es mein Alter Ego, die Beziehung zu seiner Ex-Frau und seiner Tochter zu reparieren. Aber wie gesagt, Jack Stoney ist besser als ich.

Nach unserer Scheidung machte Claire an der Northwestern University ihren Master in Business Administration. Sie ist jetzt Senior Vice President bei der Wells Fargo Bank und lebt in einem Stadthaus in Gold Coast. Seit ihrer Zeit als Mrs. Jack Starkey hat sich ihre Lage nicht nur finanziell beträchtlich verbessert.

Von Freunden hatte ich erfahren, dass Claire mit einem orthopädischen Chirurgen liiert war, eine Stufe höher als ein Zahnarzt – und mehrere Stufen höher als ein Detective. Ich hatte das von Freunden erfahren, die ich regelmäßig anrief, um sie über Claire auszufragen. Die Neuigkeiten machten mich einerseits eifersüchtig, andererseits freute ich mich, weil es ihr gut ging, nachdem sie ihren rücksichtslosen Cop und Alkoholiker abserviert hatte.

Unsere Scheidung war das, was man »einvernehmlich« nennt. Das soll wohl heißen, dass sie nichts dagegen hatte, ab und an mit mir zu telefonieren, und dass sie sich nicht gerade darüber freuen würde, wenn man mich im Golf von Mexiko finden würde, mit dem Gesicht nach unten im Wasser treibend.

Claire wollte keinen Unterhalt. Ich bestand darauf, die Kosten für Jennys College und ihr Jurastudium zu übernehmen. Claire sagte, wir könnten uns das teilen, überließ es dann aber doch mir. Sie verstand, dass ich das für unsere Tochter tun musste.

An jenem Abend, immer noch traurig, dass Jenny geheiratet hatte, ohne mich einzuladen, und in Gedanken bei Mr. Jack Daniel's und dem Trost, den er mir spenden könnte, fuhr ich nach Fort Myers Beach und nahm in der Saint Paul's Episcopal Church zum ersten Mal seit sechs Monaten wieder an einem AA-Treffen teil. Solange ich an der Heilung meiner unsterblichen Seele arbeitete, hätte Bruder Timothy sicher keine Einwände gegen den protestantischen Veranstaltungsort.

Ich hatte meine Heimatstadt verlassen, weil ich wusste, dass ich mich ändern musste, wenn ich je wieder eine Verbindung zu meiner Familie herstellen wollte. Zumindest sollte Claire wissen, dass ich unsere Trennung bedauerte, dass ich die volle Verantwortung für alle unsere Probleme übernahm und dass ich ihr alles Glück wünschte, ob mit mir oder ohne mich.

Jenny ist jetzt Anwältin in einer großen Anwaltskanzlei in Chicago. Während der Scheidung stand sie auf der Seite ihrer Mutter – und ich im Grunde auch. Seit ich in Florida lebe, habe ich sie an jedem Feiertag und an ihrem

Geburtstag angerufen und sie regelmäßig eingeladen, mich in Fort Myers Beach zu besuchen. Sie hatte immer zu viel zu tun. Bei diesen Anrufen hätte sie mir von der Verlobung und der Hochzeit erzählen können, was sie aber nicht getan hatte.

Es heißt, eine Defintion von Geisteskrankheit sei, wenn man immer und immer wieder das Gleiche tut in der Hoffnung auf ein anderes Ergebnis. Ich verließ Chicago, die Stadt, die ich liebte und in der ich mir ein paar üble Angewohnheiten zugelegt hatte, und zog nach Fort Myers Beach, um ganz von vorn anzufangen.

Mein erster Halt, bevor ich Chicago verließ, war das Baby Doll. Ich wollte mich von alten Freunden verabschieden. Sie überraschten mich mit einer Abschiedsparty zur Mittagszeit. Nach Beerdigungen von Kollegen, die im Dienst getötet worden waren, sind wir immer ins Baby Doll gegangen. So schön meine Abschiedsparty auch war, sie fühlte sich an wie eine dieser Beerdigungsfeiern.

Tommy Boyle, in den letzten Jahren im Morddezernat mein Partner, war auch da. Er war Cop in dritter Generation, ein großer Mann, dessen rot geäderte Nase und Wangen verrieten, dass er mit starken Drinks vertraut war. Tommy hatte mir einmal das Leben gerettet, als er hörte, wie ein Kerl, den wir nicht sehen konnten, eine Patrone in seine Pistole schob. Ich hatte seine Karriere mehr als einmal gerettet, indem ich mich bei Befragungen zu seiner Vorgehensweise gegenüber der Internen bedeckt hielt.

Tommy und ich gaben uns das Versprechen, in Verbindung zu bleiben. Aber das hielten wir nicht. Es heißt, eine Partnerschaft im Polizeidienst ist wie eine Ehe. Das ist übertrieben, aber eine Gemeinsamkeit gibt es doch: Wenn es aus ist, ist es aus.

Nach dem Baby Doll ging ich zum Friedhof, um mich von meiner Familie zu verabschieden. Der Graceland-Friedhof an der North Clark Street ist eine idyllische Waldlichtung inmitten der Stadt. Er preist sich selbst an als »eine Oase der Kunst, der Architektur und der Gartenkultur seit 1860«. In ihm gibt es einen See, eine efeuüberwucherte Steinkapelle und neunundvierzig Hektar gepflegter Parklandschaft.

Die Literatur über den Friedhof verzeichnet viele Prominente, die hier begraben liegen, darunter Architekten, Musiker, Maler, Schriftsteller und Wirtschaftsführer. Al Capone und John Dillinger sind woanders begraben. Aber für mich ist der Graceland-Friedhof der Ort, wo meine Mutter, mein Vater und mein Bruder ihre ewige Ruhe gefunden haben. Mein Testament legt fest, dass ich mich zu ihnen lege, wenn die Zeit gekommen ist.

Am Ende können wir doch wieder nach Hause gehen.

Ich ging durch die offenen Eisentore und dann hinunter auf einem geschwungenen Weg zum Starkey-Familiengrab, das sich unter einer uralten Eiche befindet. Obwohl ich sie auswendig kannte, las ich die Inschriften auf den Grabsteinen:

Harold Gilbert Starkey
1927–1999
Geliebter Ehemann von Grace und Vater von Joe und Jack
Stellvertretender Chef der Feuerwehr von Chicago
Ruht hier nach einem Leben im Dienst

Alice Greenleaf Starkey
1931–2001
Geliebte Frau von Harold und Mutter von Jack und Joe
Bei ihrem Heimgang weinten die Engel

Joseph Harold Starkey
1959–2002
Geliebter Sohn von Harold und Alice und Bruder von Jack
Feuerwehrmann bei der Feuerwehr von Chicago
Zu früh von uns gegangen

Ich schaute auf die leere Grabstelle, die mich erwartete, und fragte mich, wie die Inschrift auf meinem Stein lauten und wer sie verfassen würde. Meine Ex-Frau Claire? Unsere Tochter Jenny? Oder Bill Stevens? Vielleicht sollte ich sie selbst verfassen und in meinem Testament festlegen: Jack Gilbert Starkey – Hat immer sein Bestes versucht.

Aber tat ich das wirklich? Wenn man bedenkt, dass unser ganzes Leben einmal in einer einzigen, bis in alle Ewigkeit in Marmor gemeißelten Zeile zusammengefasst wird, ist das Grund genug, in der verbleibenden Zeit alles dafür zu tun, ein besserer Mensch zu sein.

Ich glaube, bis jetzt läuft es gut. Seit ich meinen Job gekündigt habe und nach Florida gezogen bin, habe ich keinen einzigen Drink mehr zu mir genommen, habe auf niemanden geschossen und wurde nicht beschossen. Das nenne ich echten Fortschritt.

16

Der Atocha Fund

Atocha Securities befand sich in der obersten Etage eines sechsstöckigen Gebäudes, das auch noch ein italienisches Restaurant, eine Kleiderboutique und ein von Marisa geschätztes Damenschuhgeschäft beherbergte. Wie gesagt, die Fifth Avenue South ist die Premium-Adresse für Finanzdienstleiter, Geschäfte und Restaurants, die auf gehobene Kundschaft zugeschnitten sind. Offensichtlich will Vasily, dass sich seine Kunden wohlfühlen, wenn sie ihr Geld besuchen.

Als ich auf das Gebäude zuging, fragte ich mich, ob Vasily meine falsche Identität durchschaut hatte und ob von einem Hausdach in der Nähe ein Ex-Rote-Armee-Scharfschütze durch das Zielfernrohr seiner Dragunow meine Schritte verfolgte. Oder ob mich am Empfang zu seinen Büroräumen ein halsloser Schläger mit kahl rasiertem Kopf, gezackter Messernarbe an der Backe und einer griffbereiten AK-47 auf dem Tisch empfangen würde. Zu diesem Zeitpunkt wusste ich nicht, ob Vasily der Täter in meinem Fall war, aber Paranoia hatte schon vielen Cops das Leben gerettet.

Ich trug ein kurzärmeliges, cremefarbenes Leinenhemd, eine hellbraune Hose und braune Slipper – mit Socken, weil in einem Knöchelholster meine Baby Glock steckte.

Was Feuerwaffen angeht, ist Florida wie Dodge City zu Zeiten des Wilden Westens. Der Bundesstaat ist mehr als großzügig bei der Ausgabe von Genehmigungen für das verdeckte Tragen einer Waffe, sodass ein sehr hoher Prozentsatz der Bevölkerung bewaffnet ist – nicht nur der Gangster.

Floridas Waffengesetze verführen zu der Annahme, dass ein Bürger, sollte er oder sie sich auch nur leicht bedroht fühlen, das Recht hat, den vermeintlichen Straftäter mit Kugeln zu durchsieben. In den meisten Bundesstaaten ist das nur erlaubt, wenn jemand in seinem Haus oder an seinem Arbeitsplatz überfallen wird.

Aber nicht im Sunshine State. Hier ist es nicht klug, jemanden anzuhupen, der einen im Straßenverkehr schneidet, selbst wenn der andere Fahrer eine kleine alte Dame ist. In einem Waffenladen in Fort Myers habe ich einmal eine ältere Frau gesehen, die ausprobiert hat, welche Pistole in ihre Handtasche passt, und die den Verkäufer fragte, ob es auch welche mit rosa Griff gebe. Gibt es. Floridas Senioren haben sogar am Steuer ihres Wagens Angst. Wenn man weiß, dass manche von ihnen bewaffnet sind, könnte man durchaus darüber nachdenken, für die Fahrt zum Supermarkt eine Kevlarweste anzuziehen.

Ich ging ins Treppenhaus des Gebäudes, fuhr mit dem Fahrstuhl nach oben und betrat durch raumhohe Glastüren die Büros von Atocha Securities. An den Wänden des aufwendig ausgestatteten Empfangsbereichs hingen Ölgemälde, auf dem Hartholzboden lag ein Orientteppich. In den besseren Kreisen waren Orientteppiche auf Hartholzböden anscheinend so alltäglich wie Slipper ohne Socken. Die Sitzmöbel sahen teuer, aber unbequem aus. Das Beeindruckendste war jedoch die umwerfende junge Blondine hinter dem Empfangstisch.

Sie lächelte mich an und sagte: »Mr. Chance?«

»In Person.«

»Nehmen Sie bitte Platz. Mr. Petrovitch wird Sie gleich empfangen. Darf ich ihnen etwas anbieten? Tee, Kaffee, Wasser?«

»Ein Wasser, bitte«, sagte ich. Sie stand auf, ging durch eine Tür in ein anderes Büro und kam Sekunden später mit einer Flasche Evian und einem Glas voll Eis wieder zurück. Sie trug ein weißes Satin-T-Shirt, einen kurzen schwarzen Lederrock, der mehr Kurven vorführte als eine Grand-Prix-Rennstrecke, und rote Stilettos, die … nun ja, Sie wissen, was ich meine. Ich war kein geiler alter Bock, zumindest noch nicht, aber vergib mir meine unreinen Gedanken, Bruder Timothy.

Die junge Dame gab mir die Wasserflasche und das Glas und sagte: »Es wird noch einen Moment dauern, Mr. Petrovitch spricht gerade.«

Ich trank einen Schluck direkt aus der Flasche. Ich fand es immer seltsam, dass die Leute drei Dollar für eine Flasche extra abgefülltes Wasser zahlen und es dann mit Eiswürfeln aus Leitungswasser verdünnen. Ich ging zu einer Glasvitrine, in der das Modell eines alten Segelschiffs ausgestellt war. Eine Messingplakette wies es als Nachbildung einer spanischen Galeone namens *Nuestra Señora de Atocha* aus.

Ich betrachtete noch das Schiff, als die Empfangsdame sagte: »Mr. Petrovitch kann Sie jetzt empfangen, Mr. Chance. Bitte folgen Sie mir.«

Sie führte mich durch einen Korridor zu Vasilys großem Eckbüro. Wir kamen an anderen Büros vorbei, deren Türen offen standen. Sie waren leer. Vielleicht machte das Personal gerade Zielübungen auf einer Schießanlage.

In seinem Büro saß Vasily an einem Schreibtisch, der aussah, als hätte daran auch Ludwig XIV. seine Korrespondenz erledigen können. Er stand auf und ging um den Tisch herum, um mich zu begrüßen. An den Wänden hingen Ölgemälde, ausgestopfte Fischtrophäen und Köpfe wilder Tiere. Ich spürte, dass ein Kaffernbüffel mich anschaute und die Verhaftung seines Mörders von mir wollte. Vielleicht kam ich später dazu.

»Frank, ich freue mich, dass Sie es einrichten konnten«, sagte Vasily und drückte mir fest die Hand.

Er trug einen weißen Leinenanzug, ein blassblaues Hemd mit offenem Kragen und Ascot-Halstuch mit Paisleymuster. Ich war froh, dass ich in Sir Reginalds und nicht meiner eigenen Kleidung steckte. In meinen üblichen Sachen hätte ich ausgesehen, als käme ich höchstens für eine Umkehrhypothek infrage und nicht für ein Investment in einen hypererfolgreichen Hedgefonds.

Vasily führte mich zu einem roten Ledersofa und setzte sich selbst in einen dazu passenden Klubsessel. Im letzten

Augenblick merkte ich, dass ich mich fast auf etwas kleines weißes Flauschiges gesetzt hätte. Es hob den Kopf und entpuppte sich als eine Art von Hund. Ohne sich zu rühren, knurrte das Hündchen mich an.

»Das ist Sasha, mein Malteser«, sagte Vasily. »Er ist eigentlich ganz friedlich.«

Außer man will sich auf ihn setzen.

Vasily beugte sich vor und hob den Hund hoch, dann setzte er ihn sich auf den Schoß und streichelte ihn. Ernst Stavro Blofeld. Der Schurke in einigen James-Bond-Filmen hatte einen solchen Hund. Er tätschelte ihn und bereitete dabei die Zerstörung der Welt vor.

»Ich freue mich über unser Wiedersehen, Graf Petrovitch«, sagte ich.

»Bitte, nennen Sie mich Vasily.«

»Und Sie mich Frank.«

Er lächelte. »Die einzig wahre Aristokratie in Amerika gründet auf Geld und nicht auf adligen Blutlinien, nicht wahr?«

Sehr wahr. Und ob sauber oder nicht – Vasily herrschte in seinem Königreich des Hochfrequenzhandels, der globalen Währungsabsicherung, der Briefkastenfirmen und der Offshore-Bankkonten. Ich nahm an, dass Atocha Securities auf den Caymaninseln eingetragen war oder in einer anderen Steueroase, wo sich das schlaue Geld versteckt und der Kunde bei seinem Aufenthalt ein bisschen schnorcheln gehen kann.

»Erzählen Sie mir etwas über das Schmuckstück in Ihrem Empfangsraum«, sagte ich.

Vasily grinste. »Sie heißt Lena. Aus Wladiwostok. Sie ist sehr ... effizient.«

»Ich meinte das Schiffsmodell«, sagte ich. Zu Lena würde ich später kommen.

»Ja, natürlich, das Schiffsmodell«, sagte er und kicherte. »Das ist die Nachbildung einer spanischen Galeone, die 1622 in einem Orkan vor den Florida Keys sank. Die Ladung bestand aus einem märchenhaften Schatz aus Goldbarren und anderen Kostbarkeiten. Vielleicht erinnern Sie sich, dass das Schiff vor dreißig Jahren von dem berühmten Schatzsucher Mel Fisher gefunden und der Schatz geborgen wurde.«

Ich erinnerte mich tatsächlich, hatte aber den Namen von Vasilys Firma nicht mit dem gesunkenen Schiff in Verbindung gebracht.

Er stand auf, ging zu einem in die Wand eingelassenen Mahagonikabinett und drückte auf einen Messingknopf. Mir fiel auf, dass er leicht hinkte. Von einer Schussverletzung während der russischen Besetzung Afghanistans? Von einem Sturz vom Pferd während eines Kavallerieangriffs irgendwo auf dem Balkan? Wer konnte zu diesem Zeitpunkt schon wissen, welche Geheimnisse Vasilys Vergangenheit bereithielt? Aber vielleicht hatte er auch einfach Hüftarthrose.

Die Frontplatte des Kabinetts glitt nach oben wie ein Garagentor und gab den Blick auf eine gut sortierte Bar frei.

»Darf ich Ihnen eine Erfrischung anbieten?«, fragte er und nahm eine Flasche aus dem Regal. »Einen Single

Malt Scotch vielleicht? Das ist ein Talisker, den mag ich besonders gern. Er wurde zehn Jahre vor Lenas Geburt abgefüllt.«

Was sollte ich tun? Ich konnte nicht zugeben, dass ich ein trockener Alkoholiker war, und fragen, ob er nicht vielleicht ein Root Beer habe. Schließlich war Frank Chance ein Player und kein Weichei.

»Danke, aber ich muss passen«, sagte ich. »Gestern Abend beim Essen muss ich etwas Falsches erwischt haben. Mein Magen fühlt sich ein bisschen mulmig an.«

In Wahrheit hatten Ash und ich uns eine Pizza mit Sardellen und Champignons geteilt und im Fernsehen das Spiel der Bulls gegen die Pistons angeschaut. Ich fühlte mich bestens. Nicht mal das Ergebnis war mir auf den Magen geschlagen.

Vasily nickte, nahm ein kleines Glas aus dem Kabinett, schenkte sich zwei Finger hoch ein und ging zu seinem Sessel zurück. Er nippte an seinem Scotch und sagte: »Wenn Sie gestatten, Frank, würde ich Ihnen gerne etwas über Atocha Securities erzählen, bevor wir zum Essen gehen. Entschuldigung, wenn Ihnen das etwas unfein vorkommt, so als wollte Sie ein Teilzeitvertreter mit einem Gratis-Mittagessen ködern.«

»Ganz und gar nicht.« Ich wollte ja etwas über Atocha Securities erfahren. Das Gratisessen war der Bonus.

»Ausgezeichnet. Ich bitte nur ausgewählte Personen, bei uns zu investieren. Die Tatsache, dass Sie mit Lady Ashley verwandt sind, einer Frau von bestem Ruf, bürgt mir für Ihre Vertrauenswürdigkeit.«

Er trank wieder von seinem Scotch, bewegte ihn im Mund hin und her und schluckte ihn erst dann hinunter. Er fuhr fort: »Meine Eltern, Graf und Gräfin Petrovitch, gehörten zur russischen Aristokratie, zu einer Gruppe, die bekannt war für ihren, nun ja, sagen wir, extravaganten Lebensstil. Sie gehörten zu der Sorte russischen Adels, wegen dem es schließlich zur Revolution 1917 kam. Meine Großeltern flohen nach London, wo mein Großvater eine Karriere im Finanzgeschäft begann. Er gründete eine Investmentfirma, in die auch mein Vater eintrat. Ich ging nach Oxford, dann auf die London School of Economics. Nach ein paar Jahren im Familienunternehmen wollte ich mir selbst einen Namen in der Geschäftswelt machen. Ich ging nach New York, nahm einen Job im Investment-Banking an und machte mich schließlich selbstständig. Ich taufte meine Firma Petrovitch Securities. Die Firma machte sich. Wir hatten gute Klienten. Auf dem Höhepunkt des Kalten Krieges hielt ich es für klug, den Namen zu ändern. Sie wissen schon, das Russische. Genau zu dieser Zeit schenkte mir ein Klient einen Bildband über die *Atocha* und ihre Schätze. Durch diesen Zufall wurde der Name ›Atocha Securities‹ und auch der meines Hedgefonds ›Atocha Fund‹ geboren. Es sollte natürlich bedeuten: Ich häufe für meine Klienten großen Reichtum an.«

Vasily ging zu einem Schaukasten, der neben dem Fenster stand, öffnete den Glasdeckel, nahm eine Goldmünze heraus und gab sie mir. »Diese Münze wurde in Sevilla geprägt«, sagte er. »Das ist eine Dublone mit dem Nennwert von zwei Escudos. Sie könnte aus der Tasche eines reichen Passagiers an Bord der *Atocha* stammen, da in der Neuen Welt vor 1622 keine Goldmünzen geprägt wurden. Zusammen mit einigen Gold- und Silberbarren, Silbermünzen und Schmuckstücken habe ich sie in New York bei einer Christie's-Auktion von *Atocha*-Schätzen gekauft.«

Ich nahm die Münze. Ihre Form war nicht sehr ebenmäßig. Auf einer Seite war ein Kreuz, auf der anderen ein Wappen zu sehen. Während ich sie in der Hand hielt, stellte ich mir vor, was an Bord der *Atocha* passiert war, als sie vor vierhundert Jahren in einem Orkan unterging: Das Schiff hat schwere Schlagseite, es dringt Wasser ein, der grausame Wind knickt die Masten. Die Passagiere drängen sich unter Deck zusammen, sie wissen um ihr Schicksal. Vielleicht hält ein Priester ein Kreuz in die Höhe, spricht ein Gebiet und fleht seinen Gott um Hilfe an, der jedoch mit Wichtigerem beschäftigt ist und ihm nicht antwortet.

Ich dachte daran, die Münze in meiner Tasche verschwinden zu lassen – zum Spaß. Aber Vasily würde das vielleicht gar nicht komisch finden und seinen Bodyguard namens Igor rufen, den Killer, der sich um Klienten kümmerte, die Geld aus dem Fonds abziehen wollten.

Ich gab ihm die Münze. Er legte sie in den Schaukasten zurück, setzte sich wieder in den Sessel neben dem Sofa, breitete die Arme aus und sagte lächelnd: »Das reicht für heute. Ich wollte Sie nur wissen lassen, dass Sie jederzeit willkommen sind, mehr über unsere Investment-Philosophie und unsere Ergebnisse zu erfahren. Wann immer Sie wollen. Oder auch nicht. Glauben Sie mir, wesentlich mehr Leute wollen bei uns Klient werden, als wir annehmen können. Also, zögern Sie nicht, nein zu sagen. Ich bin Ihnen nicht böse, versprochen. Jedenfalls ist damit meine kleine Präsentation beendet.«

Er stand auf, nahm Sasha auf den Arm und sagte: »Und jetzt gehen wir essen. Ich hoffe, Sie haben etwas mehr Zeit mitgebracht als nur für einen kleinen Imbiss.«

Bildete ich mir das ein, oder hatte sein Killer-Malteser bei den Worten »kleinen Imbiss« die Ohren gespitzt?

17

An Bord der Treasure Hunter

Die Fahrt von Vasilys Büro zum Jachtklub von Palm Harbor dauerte fünfzehn Minuten. Wir saßen in einer schwarzen Maybach-Limousine, die von einem jungen Mann gelenkt wurde, den mir Vasily als Stefan vorgestellt hatte. Das Wageninnere war so komfortabel und luxuriös wie ein gemütliches, kleines Zimmer in einer von Naples' Stadtvillen – Leder, Mahagoni, Bar, Fernseher. Mein Sitz hatte eine elektrische Fußstütze, die ich nur zum Vergnügen ein paarmal auf und ab surren ließ.

Der Chauffeur hatte einen dicken Hals, breite Schultern und ein flaches, slawisches Gesicht. Er trug einen teuer aussehenden schwarzen Anzug mit weißem Hemd und schwarzer Krawatte, aber keine Mütze. Das blonde Haar war militärisch kurz geschnitten. Das Lenkrad umfassten Hände, die so groß waren wie Schinkenkeulen. Sasha saß auf dem Beifahrersitz, Vasily und ich saßen hinten.

Als der Maybach auf die großen Eisentore des Jachtklubs zurollte, hielt Stefan eine weiße Plastikkarte hoch, woraufhin die Tore langsam aufschwangen. Wir fuhren hindurch und folgten dann einer geschwungenen Straße, die an einem sehr großen Betonbau vorbeiführte.

»Da lagern sie die kleineren Boote«, sagte Vasily.

Durch das offene Ende des Gebäudes konnte ich ins Innere sehen. Die in Gestellen bis unter die hohe Decke liegenden Boote kamen mir reichlich groß vor.

»Wir essen auf meinem Boot«, sagte Vasily, während Stefan vor einem eingeschossigen, mit grauen Schindeln gedeckten Gebäude stehen blieb. Wir stiegen aus, und ein langes Gefährt, das einem Golfwagen ähnelte, hielt neben uns. Der Fahrer war ein Mann in den Siebzigern, der ein T-Shirt mit dem Namen des Jachtklubs auf der Brust trug. »Schön, Sie zu sehen, Graf Petrovitch.«

Vasily hob Sasha aus dem Auto. Wir stiegen in das Gefährt und fuhren über eine Brücke, von der man links einen Mangrovensumpf und rechts die Anlegestellen eines Hafens sehen konnte. Pittoresker als Salty Sam's und mit höheren Mieten. Die an den Stegen vertäuten Boote waren eindeutig zu groß für die Gestelle in dem Lagerhaus. Wir hielten vor einem zweistöckigen grauen Holzgebäude, anscheinend das Klubhaus. Auf der Terrasse im ersten Stock saßen Menschen an Tischen und aßen. Ich folgte Vasily auf einen der schwimmenden Stege, die hinaus in den Hafen führten.

Es war ein perfekter Tag für eine Bootsfahrt. Die Sonne leuchtete am wolkenlosen, azurblauen Himmel, und vom Wasser wehte eine leichte Brise. Richtung Westen endete der Hafen in einer Bucht, die von einem in den Golf von Mexiko führenden Durchlass gespeist wurde. Boote aller Größen glitten durch einen mit roten und grünen Bojen markierten Kanal gemächlich ein und aus.

»Red Right Returning« lautete das Navigationsmantra des Bootsführers: Bei der Rückkehr aus offenem Wasser in den Hafen müssen sich die roten Bojen rechts vom Boot befinden. Oder hieß es vielleicht doch »Green Right Returning«? Ich musste das unbedingt klären, bevor ich jemals mehr wollte, als mit einem Fischerboot in den Nebengewässern herumzuschippern.

Wir hielten neben einer Motorjacht mit taubenblauem Rumpf und Flybridge. Ich schätzte sie auf zwanzig bis zweiundzwanzig Meter Länge. Fetter Pott. Auf einem Schild an der Seite kurz vor dem Bug stand der Werftname »Azimut«, den ich aus Bootsmagazinen als einen der führenden Bootsbauer Italiens kannte.

Der Name des Bootes stand am Heck: *Treasure Hunter*. Nach der Größe des Boots zu urteilen, hatte sein Besitzer den Schatz schon gefunden.

»Während wir essen, fahren wir an der Küste entlang Richtung Norden bis nach Sanibel Island«, sagte Vasily und ging vor mir über die Gangway an Deck. »Dauert hin und zurück etwa zwei Stunden – wenn Sie so viel Zeit haben.«

»Von mir aus gerne«, sagte ich. Das Einzige, was ich sonst noch für den Nachmittag geplant hatte, war die Jagd nach einem Serienmörder. Auf einem Boot wie der *Treasure Hunter* wäre auch eine Kreuzfahrt nach Australien vollkommen in Ordnung gewesen.

Eine junge Frau mit kurzen blonden Haaren, die weiße Shorts trug, blaue Segeltuchbootsschuhe (ohne Socken) und ein weißes T-Shirt, auf dem in goldenen Lettern *Treasure Hunter* stand, erwartete mich am Ende der Gangway.

Sie lächelte mich an und dachte wahrscheinlich: »Nicht mal an deinem besten Tag, Opa.«

Neben der Leiter, die zur Flybridge hochführte, stand ein Mann in den Dreißigern mit rasiertem Kopf und Muskeln, die sein *Treasure Island*-T-Shirt ordentlich aufpumpten.

»Sag dem Kapitän Bescheid, dass es losgehen kann, Sergei«, sagte Vasily zu dem Mann. Sasha gab er der jungen Frau. »Gib ihm was zu fressen, Elena, und leg ihn dann in sein Körbchen«, sagte er.

Offen gestanden, wäre mir ein Mittagessen mit Elena und danach ein Nickerchen in ihrem Körbchen lieber gewesen. Wieder so ein unreiner Gedanke, wie Bruder Timothy sagen würde. Aber er hat mich gelehrt, dass wir unsere Gedanken nicht kontrollieren können, nur unsere Handlungen. Wegen meiner Beziehung mit Marisa beabsichtigte ich keine Handlungen mit Elena, selbst wenn es möglich gewesen wäre. Aber manchmal machen unreine Gedanken eben auch schon Spaß.

Jetzt kannte ich also Vasilys Personal: Stefan, Sergei, Lena und Elena. Vielleicht arbeitete er mit einer Moskauer Arbeitsagentur zusammen, die auf den Typ beinharter Elitesoldat und atemberaubendes Lolitablondchen spezialisiert war.

»Hier entlang, Frank«, sagte Vasily. »Ich zeige Ihnen kurz das Boot, dann essen wir.«

Wind kam auf und sorgte für leichten Wellengang. Kein Problem für die *Treasure Hunter* auf ihrem Weg nach Sanibel Island, einer nördlich gelegenen Barriereinsel vor der Küste von Fort Myers.

Sanibel Island ist neunzehn Kilometer lang und sechseinhalb Kilometer breit. Am bekanntesten ist die Insel für die Muscheln an ihren feinen Sandstränden und den dichten Verkehr auf dem Periwinkle Way, der Hauptverkehrsstraße. Ich habe mich immer gefragt, was die Familien aus Saint Cloud, Minnesota, oder Hammond, Indiana, mit all den Muscheln machten, wenn sie wieder zu Hause waren.

Wir setzten uns auf dem Oberdeck an einen Teaktisch, der unter einem Sonnendach aus blauem Segeltuch stand. Elena servierte uns das Essen. Es gab gegrillte Langusten mit Remouladensauce und Zitronen-Baiser-Kuchen. Vasily trank eisgekühltes helles Bass-Bier und ich selbst gemachte Limonade. Er plauderte über Sport, Politik und den Klimawandel, bevor er beim Nachtisch auf das Geschäftliche zu sprechen kam.

»Lassen Sie mich Ihnen erläutern, warum Sie Näheres über den Atocha Fund erfahren sollten«, sagte er, schob seinen Stuhl vom Tisch zurück und bot mir eine Zigarre an, die ich ablehnte. Er knipste das Ende mit einem Cutter aus Sterlingsilber ab und zündete mit einem dazu passenden Feuerzeug den Stumpen an.

»Wie gesagt, es gibt eine Warteliste mit Leuten, die über beträchtliches Vermögen verfügen und bei mir investieren möchten. Ich begrenze meinen Klientenstamm auf fünfzig, damit ich mich um jeden Anleger persönlich kümmern kann. Offen gesagt gibt es nur eine Möglichkeit, zum Zuge zu kommen: Wenn einer meiner Klienten stirbt, müssen Sie auf der Warteliste ganz vorn stehen. In dieser Hinsicht sind wir dem Olde Naples Country Club nicht unähnlich.«

Er lächelte über den Vergleich, zog an seiner Zigarre und fuhr fort: »Tatsächlich haben sich kürzlich und zu unserem Bedauern drei unserer geschätzten Klienten ins Jenseits verabschiedet.«

Eileen Stephenson, Lester Gandolf und Bob Appleby.

»Nur Mr. Gandolfs Witwe hat sich ihre Anteile auszahlen lassen. Ich habe beschlossen, eventuell frei werdende Plätze etwas jüngeren Menschen anzubieten. Alle unsere Klienten sind auf lange Sicht in dem Fonds engagiert. Es wäre von Vorteil, freie Plätze mit Leuten aufzufüllen, die sozusagen noch eine längere Frist haben. Als ich Sie neulich auf Lady Ashleys Abendgesellschaft kennengelernt habe, kam mir der Gedanke, dass Sie für einen solchen Fall der perfekte Kandidat wären.«

Nur in einer Stadt wie Naples würde man einen Mann meines Alters als jung betrachten. Laut Marisa gab es in Naples den Spruch: »Ich hielt mich für alt und reich, bis ich nach Naples zog.«

»Ergibt Sinn«, sagte ich, obwohl das für mich keinen Sinnn ergab. Geld war Geld, und selbst wenn ein Klient abnippelte und die Erben ihre Einlagen aus dem Fonds abzögen, es gab ja die Warteliste. Mit dem Angebot für mich musste Vasily andere Absichten verfolgen. Ich musste der Sache jetzt einfach ihren Lauf lassen.

»Ich freue mich, dass wir einer Meinung sind. Sie werden die Entscheidung, bei mir zu investieren, nicht bereuen.«

Anbiss! Vasily hatte den Köder geschluckt: mich. Da ich davon ausgegangen war, dass er mir ein derartiges Angebot machen würde, hatte ich schon vorher entschieden, meine Auftraggeber um das nötige Investment für den Atocha Fund anzupumpen. Nach einiger Zeit würde mir dann schon ein Grund einfallen, meine Einlage zurückzuverlangen. Dann konnte ich mich auf den unangekündigten Besuch von einem seiner Mitarbeiter gefasst machen. Falls Vasily nicht sauber war. Wenn doch, dann müsste sich Marisa einen Plan B ausdenken.

Bei dem nächtlichen Besucher würde es sich wahrscheinlich um Stefan handeln, den Chauffeur, oder Sergei, den Ersten Offizier. Vielleicht hatten aber auch Lena, die Empfangsdame, oder Elena, die Zweite Offizierin, die Attentäterakademie in Mütterchen Russland besucht. Das wäre ein schlauer Zug, denn ich würde zögern, bei einer dieser liebreizenden Ladys abzudrücken. Und es heißt ja so schön: Wer zögert, ist verloren.

Wir beendeten unser Essen, und die *Treasure Hunter* machte sich mit einer schwungvollen Wende auf den Rückweg zum Jachtklub. Der Wind kam jetzt von hinten, es war wärmer. Wir gingen ein Deck nach unten, nahmen in Segeltuchstühlen Platz und tranken kubanischen Kaffee. Es war angenehm hier draußen auf dem blauen Wasser, auf einem fantastischen Boot, zufrieden nach einem guten Mahl, in der Hand eine Tasse köstlichen, dunklen Kaffees. Vielleicht gehörte zu Vasilys Crew auch ein

Barista. Noch angenehmer wäre es gewesen, hätte ich meinen Gastgeber nicht verdächtigt, ein Serienmörder zu sein. Ich hatte niemandem von meinem Bootsausflug erzählt. Wenn ich nicht zurückkehrte, würde niemand erfahren, was mir zugestoßen war.

»Ich möchte in Ihren Fonds investieren«, sagte ich zu Vasily.

Er lächelte. »Ausgezeichnet, Frank. Kommen Sie in mein Büro, sobald Sie es einrichten können, dann erledigen wir den Papierkram.«

Er zeigte auf zwei Seekühe, die backbord vor dem Bug im Wasser trieben. Der Kapitän wich ihnen nach rechts aus. »Habe ich schon erwähnt«, sagte Vasily nonchalant, »dass die Mindestanlage 10 Millionen Dollar beträgt?«

Mindestanlage? Glücklicherweise hatte ich gerade keinen Kaffee im Mund, sonst hätte ich losgeprustet, und meine Tarnung wäre aufgeflogen. Ich fasste mich und zwinkerte ihm zu. »Wie mein Vater immer sagte: Ganz oder gar nicht. Ich fange mit dem Minimum an, mal sehen, wie es läuft.«

Tatsächlich hatte mein Vater gesagt: Leute, die sich für jemand anderen ausgeben, kriegen immer einen Schuss vor den Bug.

Oder in den Pelz.

18

Zeig mir das Geld

Ich hatte einen Freund bei der Polizei von Chicago, der war Undercover-Drogenfahnder. Einmal hatte er die Genehmigung erhalten, zehntausend Dollar aus der Stadtkasse für einen Drogendeal einzusetzen. Der Deal flog auf und der Dealer samt Geld und Drogen im nächsten Flieger nach Mexiko. Wenn Sie mal eine Limousine von Downtown Chicago nach O'Hare oder zum Midway Airport brauchen, können Sie meinen Freund anrufen, der fährt Sie.

Wenn ich den Drunken Parrot, die *Phoenix* und meine »Vette« verkaufen, mein Bankkonto leeren und alles andere, was ich besaß, bei eBay verhökern würde, käme ich vielleicht auf eine mittlere sechsstellige Summe, aber nie auch nur in die Nähe der vielen Nullen, die Vasily von mir wollte. Möglich, dass Bill Stevens so viel Kohle mit seinen Büchern verdient hatte. Aber das stand nicht zur Debatte.

Als ich wieder in Ashs Haus war, rief ich Wade Hansen an und schilderte ihm die Lage. Vielleicht hatte seine Abteilung etwas Falschgeld gebunkert, das sich im Laufe der Jahre bei Verhaftungen angesammelt hatte und so gut gemacht war, dass es einer Überprüfung durch Vasily standhielt. Oder die Stadt könnte eine Anleihe ausgeben.

Hansen versprach, ein Treffen mit Bürgermeister Beaumont zu arrangieren und zurückzurufen, um mir Zeit und Ort durchzugeben.

Die Zeit war acht Uhr am nächsten Morgen, der Ort der städtische Hafen am Ende der Twelfth Avenue South. Wir würden mit einem Charterboot für Angeltouren, das einem Bekannten von Hansen gehörte, aufs Meer fahren. Der Bekannte war Sergeant bei der Polizei von Naples gewesen, ein Streifenpolizist, dessen Frau etwas Geld geerbt hatte, das ihm erlaubte, seine Version des Cop-Traums zu leben.

Das Boot war eine elf Meter lange Grady-White namens *Eloise*, der Kapitän ein Mann namens Jimmy Burke. Eloise war Jimmys Frau.

Es stellte sich heraus, dass wir tatsächlich zum Angeln hinausfuhren. Vielleicht wollten meine Auftraggeber unsere Treffen von jetzt an geheim halten, vielleicht wollten sie nicht, dass ich einfach so ins Rathaus von Naples marschierte – da ich jetzt tatsächlich eine »Person von besonderem Interesse« verfolgte, wie die Jungs vom FBI das nannten. Vielleicht wollten sie aber auch nur den Vormittag auf dem Wasser verbringen.

Wir waren über dreißig Kilometer weit draußen, zogen die Schleppangel hinter uns her und warteten auf einen Blauflossen-Thunfisch. Beaumont berichtete mir, dass er die zehn Millionen Dollar für Vasily Petrovitchs Atocha

Fund aufgetrieben habe. Er machte mir klar, dass er sie sehr gern wieder zurückhätte und dass er über die Herkunft des Geldes nichts sagen würde.

Hatte der Bürgermeister einer Stadt wie Naples wirklich eine so gut gefüllte schwarze Kasse? Aber auch wenn nicht, war es durchaus vorstellbar, dass Einzelpersonen die Summe auslegten, ohne nach dem Grund zu fragen, nur auf die Versicherung des Bürgermeisters hin, dass die Stadt vor einem Skandal bewahrt werden müsse. All das war für einen Sohn aus Wrigleyville vollkommen irreal, aber was an der ganzen Unternehmung war das nicht?

»Auf den Namen Frank Chance wird ein TD-Ameritrade-Konto eröffnet«, sagte Beaumont. Wir saßen auf Deckstühlen im Heck und beobachteten die Köder im Kielwasser des Bootes. »Die zehn Millionen gehen in ein paar Tagen auf dem Konto ein. Ich sage Ihnen Bescheid, wenn Sie darüber verfügen können.«

»Anbiss!«, rief Kapitän Jimmy, als sich eine der Ruten nach unten bog und die Leine auszurollen begann. Die Spule machte ein jaulendes Geräusch.

Der Bürgermeister war der ranghöchste Passagier an Bord, also fiel ihm die Ehre des Kampfes gegen den ersten Fisch zu. Er setzte sich in den Stuhl, an dem die zerrende Rute befestigt war. Für einen Mann seines Alters schlug er sich gut. Die Nackenmuskeln spannten sich, er schwitzte stark und atmete so schwer, dass ich dachte, er könnte eine Herzattacke oder einen Schlaganfall erleiden. Aber Kapitän Jimmys Hilfsangebot schlug er aus.

Ein Macho bis ins Grab.

Nach einer kleinen Ewigkeit – Fischen ist langweilig, wenn man nur zuschaut – hatte der Bürgermeister den Thunfisch längs des Bootes gezogen. Kapitän Jimmy rammte ihm einen Fischhaken in den Leib und hievte ihn an Deck, wo er hin und her klatschte, bis ihm der Kapitän mit einem Baseballschläger aus Aluminium auf den Kopf schlug.

Vorerst war der Fang ein schmackhafter Sportfisch und kein russischer Graf. Wenn Vasily überhaupt ein echter Graf war. Hansen überprüfte ihn und seine Firma gerade auf Herz und Nieren. Er sagte, dass das länger dauern würde als üblich, da die Atocha Securities – wie ich schon vermutet hatte – auf den Caymaninseln registriert war, wo man nur schwer an Finanz- und Unternehmensdaten herankam.

Schwer, aber nicht unmöglich, sagte Hansen. Vielleicht konnte er mithilfe der Verbindungen des Bürgermeisters veranlassen, den Präsidenten der Cayman National Bank so lange mit Waterboarding zu foltern, bis er die Info ausspuckte.

»Wie wär's, wenn wir zum Abendessen mit einem Privatjet nach Paris düsen?«, fragte ich Marisa, als ich nach dem Angelausflug zu Ashs Haus zurückfuhr. Diesmal fuhr ich den Bugatti.

»Was?«

»Noch ein paar Tage, dann können wir das wirklich«, sagte ich. »Wenn nämlich auf meinem Investmentkonto ein gewisser Geldbetrag eingegangen ist.«

»Ich wusste gar nicht, dass du ein Investmentkonto hast«, sagte Marisa.

»Nicht ich, Frank Chance. Wir essen in den elegantesten Restaurants, wohnen in den teuersten Hotels und gehen shoppen bis zum Umfallen. Ich erkläre dir alles heute Abend beim Essen in Captain Mack's Clam Shack.«

»Captain Mack's? Dann gehe ich also heute mit Jack Starkey aus und nicht mit Frank Chance.«

»Korrekt. Enttäuscht?«

»Darauf komme ich später zurück. Geld ist zwar nicht alles, kann aber jede Menge Mängel wettmachen.«

Später am Nachmittag saß ich mit Ash an einem Kieferntisch in der Küche, wo – so meine Vermutung – Martin und Suzette ihre Mahlzeiten einnahmen. Sie fragte nicht nach Einzelheiten meiner fortschreitenden Ermittlung, aber ich spürte, dass es ihre ganze Willenskraft erforderte.

Danach fand ich Joe schlafend auf einem Hocker im Wohnzimmer. Der Hocker stand vor einem Fenster, durch das zu dieser Tageszeit die Sonne schien. Er fühlte sich eindeutig wohl in seiner neuen Hütte. Ich setzte mich neben ihn, kraulte seinen Kopf und brachte ihn auf den neuesten Stand in meinem Fall. Die Unterrichtung eines schlafenden Katers verstieß wohl nicht gegen die Vertraulichkeitserklärung.

19

Bad, Bad Leroy Brown

Captain Mack's Clam Shack befindet sich auf Sanibel Island gleich hinter der Dammstraße, die vom Festland auf die Insel führt. Es ist eins meiner Lieblingslokale, weil fast alles auf der Karte paniert und frittiert ist. Marisa bestellt immer irgendeinen gegrillten Fisch und Salat. Meiner Meinung nach konnte man einen alten Schuh panieren und frittieren, und mit Sauce Tartare würde er großartig schmecken.

Marisa hörte sich meine Ausführungen an. Schließlich kam ich zu der Phase des Plans, in der ich in den Fonds investieren und Vasily dann um die Abhebung einer Summe bitten würde, um mich als mögliche Zielscheibe anzubieten, ausgehend von der Theorie, dass Vasily hinter den Morden steckte. Als ich fertig war, sagte sie: »Wenn dir dieser falsche Graf etwas antut, dann werde ich ihn mir schnappen und ihm zum Auftakt die Eier abschneiden, bevor ich dann zum wirklichen ekligen Teil übergehe.«

Sie war eigentlich eine kultivierte Person. Was da aus ihr sprach, war ihr heißes Latina-Blut. Ich fand das erotisch, andererseits fand ich alles an ihr erotisch.

Ich spießte mit der Gabel eine frittierte Muschel auf, tunkte sie in die Sauce Tartare, kaute, schluckte und sagte: »Gut zu wissen, dass du hinter mir stehst.«

»Und vor dir und neben dir, Big Boy«, sagte sie zwinkernd.

Nach dem Essen fuhren wir zum »Salty Sam's«, damit ich nach meinem Boot schauen konnte. Da ich heute Abend als mein echtes Ich unterwegs war, fuhr ich die Corvette. Die *Phoenix* war tipptopp in Schuss, hätte nicht besser sein können. Sam schaute regelmäßig vorbei, damit sie nicht von Wanderratten in Beschlag genommen wurde. Ich erwog kurz, Marisa auf ein Päuschen im Heu einzuladen, aber ich wollte nicht, dass sie dachte, ich hätte nichts anderes im Sinn, auch wenn es meistens so war.

Wir fuhren ins Drunken Parrot. Ich freute mich über die zahlreiche Kundschaft. Wir setzten uns an die Bar. Sam servierte Marisa ohne zu fragen ein Glas Chardonnay und mir ein kühles Glas Root Beer.

»Sieht aus, als hättest du alles im Griff«, sagte ich zu Sam.

»Habe ich. Und wenn du nicht da bist, kann ich auch mal eben in die Kasse greifen.«

Sam war absolut vertrauenswürdig und würde so etwas niemals tun. Außerdem brauchte er das Geld nicht, denn als Seminole-Indianer stand ihm ein Anteil aus den beträchtlichen Einnahmen der fünf Casinos in Florida zu, die seinem Stamm gehörten. Ich weiß nicht, wie viel das ist, aber er sagte einmal, sollte ich jemals die Bar verkaufen wollen, solle ich ihn zuerst fragen. Das habe ich ihm versprochen.

In diesem Moment hörte ich laute Stimmen. Am anderen Ende der Bar meldeten anscheinend zwei Männer Ansprüche auf dieselbe Frau an.

Jim Croces Song »Bad, Bad Leroy Brown« handelte das gleiche Thema in Chicago ab. Einer der Männer war mittelgroß, beleibt, bärtig und trug Muskelshirt, Cargoshorts in Tarnfarbe und Cowboystiefel. Der andere Kerl war groß und drahtig, trug Jeans und ein schwarzes T-Shirt mit der weißen Aufschrift »Fuck Off«. Anscheinend war er nicht auf neue Freunde aus.

Beide waren in den Dreißigern. Die Frau, die offensichtlich versuchte, sich zwischen Dumm und Dümmer zu entscheiden, hatte langes rotes Haar und trug ein enges blaues T-Shirt und knallkurze Jeansshorts. Sie war älter als die Männer, vielleicht Ende vierzig, aber sie hatte einen Körper, um den zu kämpfen sich lohnte, zumindest in einer schummrigen Bar, wenn man genug intus hatte.

Mir fiel auf, dass Sam in höchster Alarmbereitschaft beobachtete, ob eine Linie überschritten wurde. Unter der Bar hatte er eine Schrotflinte, die er aber nie benutzte, wenn er davon ausging, dass der Unruhestifter unbewaffnet war. Aus Erfahrung wusste ich, dass es zwei Sorten Männer auf der Welt gab: die Sprücheklopfer und die Kämpfer. Sprücheklopfer stehen sich Bauch an Bauch gegenüber, bedrohen und beleidigen sich und erklären, sobald der andere das erste Mal zuschlägt, dass sie jetzt aber echt sauer seien. In der Regel braucht man sich um sie nicht weiter zu kümmern. Sie quatschten so lange, bis die Konfrontation sich schließlich von selbst auflöste. Kämpfer redeten überhaupt nicht. Wenn man sie provozierte, gingen sie sofort auf ihr Gegenüber los und beendeten die Konfrontation so schnell wie eine zustoßende Kobra. Das SEAL-Team 6 hatte Osama bin Laden vor dem ersten Schuss auch nicht gewarnt.

Diese beiden Burschen waren eindeutig Sprücheklopfer, aber sie klopften ihre Sprüche so laut, dass es die anderen Gäste störte, also ging Sam ans Ende der Bar und sagte: »Wie wär's, meine Herren, wenn Sie das draußen bereden würden?«

Die Männer hörten auf zu streiten und schauten Sam an. Die Frau sagte: »Wie wär's, wenn Sie sich um Ihren eigenen Scheiß kümmern würden, Häuptling?«

Worauf Sam sagte: »Ich sag Ihnen was, Ma'am. Warum entscheiden Sie sich nicht für einen von den beiden Dumpfbacken und gehen mit ihm nach Hause. Und für den Verlierer geht der nächste Drink aufs Haus.«

Sie dachte darüber nach, schaute erst den einen an und dann den anderen und sagte: »Ich nehme keinen von denen«, und verließ die Bar.

»Also, das macht dann zwei aufs Haus«, sagte Sam und hatte damit die Lage entschärft. »Was darf es sein?«

»Einen Early Times und ein Bud vom Fass zum Nachspülen«, sagte der Dicke.

»Für mich auch«, sagte der Dünne, was durchaus die Basis für eine echte Freundschaft sein konnte.

Marisa und ich tranken aus. Ich begrüßte noch ein paar Stammgäste. Als wir gingen, plauderten die beiden Burschen freundlich miteinander.

»Schätze, das war für alle drei die beste Lösung«, sagte Marisa, als wir in den Wagen stiegen. »Und Sam hat eine Zukunft als Eheberater.«

»Ein Eheberater mit Schrotflinte kann sehr überzeugend sein«, sagte ich.

20

Der Adler ist gelandet

Nach meinem morgendlichen Strandlauf ging ich gerade die Treppe hoch, um mich zu duschen, als Ash mich abfing und sagte: »Wade Hansen hat angerufen und eine Nachricht für Sie hinterlassen: Der Adler ist gelandet. Was immer das heißen soll.«

Es hieß: Auf Frank Chance' TD-Ameritrade-Konto waren zehn Millionen Adler gelandet. Komisch, wie so viel Geld den Blick eines Menschen auf das Leben verändern kann, sogar wenn es sich um falschen Reichtum für eine falsche Identität handelt. Mir fiel Margie Lewin ein, das Mädchen, das mir in der Highschool das Herz gebrochen hatte. Wenn sie mich jetzt sehen könnte.

Beim Duschen überlegte ich mir meinen nächsten Zug. Ich würde Vasily anrufen und ihm sagen, ich sei bereit für eine erste Investition in den Atocha Fund. Mein erster Kontoauszug würde sicher beträchtliche Gewinne ausweisen, die wahrscheinlich nicht echt waren.

Aber ich würde keinen ersten Kontoauszug bekommen, weil ich nicht lange genug im Atocha Fund bliebe. Ich würde mein Geld ein paar Wochen arbeiten lassen, dann Vasily anrufen und ihm sagen, dass sich die Lage aus den und den Gründen geändert habe und ich meine zehn Millionen wieder abziehen müsse. Wenn ich ihn richtig eingeschätzt hatte, würde er statt einer Überweisung an meine Bank einen von seinen Kriegern zu mir schicken. Während ich auf den Killer wartete, würde Ash sich auf Reisen und Joe in Marisas Haus befinden, sodass sie beide nicht in die Schusslinie geraten konnten. All das wäre allerdings vergebliche Liebesmühe, wenn Vasily ehrbar und seine Geschäfte sauber waren. Dann müsste ich mit der Ermittlung wieder bei null anfangen.

Wenn die Polizei von Chicago verdeckte Ermittlungen durchführt, wird große Sorgfalt darauf verwendet, jede Eventualität einzuplanen. Der Undercover-Beamte ist verkabelt, damit die Transaktion überwacht werden kann. In Einsatzwagen warten SWAT-Teams, auf den Dächern sitzen Scharfschützen.

Aber ich musste das im Alleingang durchziehen. Wenn alles so lief wie von mir geplant, würde ich den Killer überwältigen und so lange festhalten können, bis Chief Hansen und seine Truppen einträfen. Der Killer würde verhaftet, und man würde ihn zu überzeugen versuchen, als Gegenleistung für eine mildere Strafe seinen Arbeitgeber zu verpfeifen. Oder ich würde ihn töten, und die Verbindung zu Vasily würde vielleicht für einen richterlichen Beschluss reichen, um sich Vasilys Finanzen genauer anschauen zu können. Wenn es nicht so lief wie von mir geplant, dann konnte sich die Polizei von Chicago eine Pension und eine Erwerbsunfähigkeitsrente sparen.

Oder es tauchte überhaupt kein Killer auf, und ich konnte mir eine Pizza kommen lassen und mir im Fernsehen irgendein Spiel anschauen – alles außer Fußball, was tatsächlich *noch* langweiliger war, als Farbe beim Trocknen zuzusehen.

Am nächsten Morgen rief ich Vasily an und sagte ihm, ich sei bereit für den Papierkram. Er sagte, ich könne vorbeikommen, wann immer ich wolle, dafür würde er seinen Zeitplan umschmeißen. Für eine Verabredung mit zehn Millionen würde auch ich meinen Zeitplan umschmeißen. Ich sagte, ich könne mich heute Nachmittag um drei freimachen.

Als ich das Büro betrat, begrüßte mich Lena mit den Worten: »Schön, Sie wiederzusehen, Mr. Chance.«

»Bitte, nennen Sie mich Frank«, sagte ich. »Oder Zar Nikolaus, wenn Ihnen das lieber ist.«

Im *Men's Journal* hatte ich einen Artikel darüber gelesen, welche Eigenschaften Frauen an einem Mann am attraktivsten finden. Die Männer sollten raten, welche das sind. Die Mehrheit tippte auf viel Geld, gutes Aussehen und eine große Glock. Das hätte ich auch gesagt. Aber bei den Frauen stand Humor ganz oben auf der Liste, gefolgt von Intelligenz und »Sensibilität für die Bedürfnisse einer Frau« – welche vermutlich waren: viel Geld, gutes Aussehen und eine große Glock. Ich nehme an, Lena hatte den Artikel nicht gelesen, denn sie lachte nicht über meinen schlauen Scherz. »Sie können gleich in sein Büro gehen, Mr. Petrovitch erwartet Sie«, sagte sie.

Ich wette, wenn sie allein waren, nannte Lena ihn Vasily und nicht Mr. Petrovitch. Oder vielleicht Graf Honey Bunny.

»Also, Frank, zum Geschäftlichen«, sagte Vasily, erhob sich hinter seinem Schreibtisch und bedeutete mir mit einer Handbewegung, ihn zu einem kleinen runden Tisch zu begleiten. Wir setzten uns, und er zog einige Papiere aus einer Aktenmappe, die er von seinem Schreibtisch mitgenommen hatte.

»Sie müssen nur einige Schriftstücke unterzeichnen. Es sei denn, Sie haben Ihre Meinung geändert«, sagte er. »Wenn vorher Ihr Anwalt noch einen Blick darauf werfen soll, kein Problem.«

»Das wird nicht nötig sein. Ich schaue mir die Papiere gleich hier an«, sagte ich. Als wäre die Prüfung komplexer finanzieller Vereinbarungen ein Klacks für mich.

Er gab mir eins der Dokumente. »Das hier verlangt die Börsenaufsicht. Es stellt fest, dass der Atocha Fund ein Hochrisiko-Investment und die vergangene Wertentwicklung keine Garantie für Gewinne in der Zukunft ist. Wenn das für Sie in Ordnung ist, dann unterzeichnen Sie bitte unten.«

Mit vermeintlich sachkundigem Blick überflog ich den Text und hätte fast mit meinem richtigen Namen unterschrieben, konnte mich aber gerade noch besinnen.

»Und das ist unsere Klientenvereinbarung«, sagte er und gab mir ein zweites Formblatt. »Sie berechtigt mich, Ihre Geldmittel nach meinem Dafürhalten anzulegen. Dafür werden eine Verwaltungsgebühr von zwei Prozent auf die Gesamtsumme plus zwanzig Prozent der jährlichen Gewinne aus Ihrem Portfolio fällig. Sie hält weiter fest, dass Sie vierteljährliche Berichte, einen Jahresbericht und zu Jahresende das Formblatt 1099 für Ihre Einkommensteuererklärung erhalten.«

Die einzigen Finanzbegriffe, die ich kannte, hatten mit meinem Giro- und meinem Sparkonto bei der First Chicago Bank zu tun. Als ich die beiden Konten eröffnete, konnte ich zwischen einer Sitzunterlage fürs Stadion und einem Toaster wählen. Ich hatte den Toaster genommen, weil der breitere Schlitze als mein alter hatte. Wenn ich einen ungedeckten Scheck ausgeschrieben hätte, hätten sie meinen Wagen oder etwas anderes pfänden können. Als ich ein Konto bei der Sunshine Bank and Trust in Fort Myers Beach eröffnet hatte, gab es kein Geschenk, die erfolgreichen Zeiten des Privatkundengeschäfts waren vorbei. Die Einstellung der Sunshine-Banker war eine andere: Ich solle mich doch glücklich schätzen, dass die Bank sich mit einem kleinen Fisch wie mir überhaupt abgebe.

Ich tat so, als verinnerliche ich den komplizierten Juristenjargon, und unterschrieb dann mit Frank Chance. Vasily gab mir das dritte Schriftstück.

»Und schließlich die Bescheinigung, dass Sie ein qualifizierter Investor sind, was heißt, dass Sie über ein Vermögen von mindestens einer Million oder ein Jahreseinkommen von mindestens 200 000 Dollar verfügen. Wie Sie wissen, verlangt das die Regierung, weil damit gewährleistet scheint, dass Sie in finanziellen Dingen über die ausreichende Erfahrung verfügen, um ein Hochrisiko-Investment gebührend beurteilen zu können.«

»Natürlich«, sagte ich.

In Wahrheit gründete meine gesamte Erfahrung in Finanzdingen darauf, dass ich mir anlässlich meines Rückzugs aus dem Polizeidienst das Buch *Aktien für Dummies* gekauft, darin geblättert hatte und dabei eingeschlafen war. Ich erinnere mich noch, dass »billig kaufen, teuer verkaufen« etwas war, das Investoren tun sollten. Wie man das macht, weiß ich nicht mehr.

»Sehr schön«, sagte Vasily, als ich das letzte Schriftstück unterzeichnet hatte. Er schob die Papiere zurück in die Aktenmappe, ging zum Schreibtisch und nahm aus einer Schublade ein weiteres Blatt Papier.

»Da ich annehme, dass Sie uns das Geld überweisen möchten, hier sind die nötigen Unterlagen«, sagte er und zwinkerte. »Wir nehmen auch Bargeld, Schecks und Kreditkarten, außer American Express.«

Kleiner Scherz unter erfahrenen Investoren. Ich nahm die Überweisungsaufträge und sagte: »Ich habe heute nicht so viel Bargeld bei mir. Ich werde Anweisung geben, das Geld schnellstmöglich zu überweisen.«

Ich ging davon aus, dass Burschen wie Frank Chance ihre Leute hatten, um solche Dinge zu erledigen.

Am nächsten Tag wurden die zehn Millionen auf das Konto des Atocha Fund bei der Grand Cayman International Bank überwiesen. Meine Leute (sprich: die Leute des Bürgermeisters) waren sehr effizient.

Hansen rief an und wollte sich mit mir treffen. Wir verabredeten uns zum Lunch in dem Hooters Restaurant neben dem Harley-Davidson-Händler auf der Pine Ridge Road.

Möpse und Motorräder. Exzellentes Marketingkonzept. Zu einem Junggesellenabschied von einem der Jungs aus der Truppe war ich einmal in einem Hooters in Chicago gewesen. Das war noch zu meinen Säufertagen. Ich weiß noch, dass die Kellnerinnen mich leicht erregt hatten und ich ein dickes Trinkgeld gegeben hatte – was offensichtlich der Sinn der spärlichen Bekleidung war.

Anscheinend hatten die Marketingstrategen des Hooter-Konzerns umgedacht, denn abgesehen von ein paar Bikern saßen hauptsächlich Familien an den Tischen und aßen ihre Chicken Wings und Hamburger. Vielleicht hatte Disney die Kette übernommen. Hansen saß in einer der Nischen. Ich setzte mich zu ihm.

»Bestellen wir erst«, sagte er. »Und dann erzähle ich Ihnen ein paar interessante Neuigkeiten über unseren russischen Grafen.«

Wir bestellten beide Cheeseburger mit Bacon und Pommes frites. Unsere Kellnerin, eine nette Lady in den Fünfzigern, schien sich etwas unwohl zu fühlen in ihrem Hooters-Babe-Aufzug. Während wir auf unser Essen warteten, sagte Hansen: »Wir haben den FBI-Bericht über Vasily bekommen. Er stammt eigentlich aus Brighton Beach, das ist ein großes russisches Viertel in Brooklyn. Sein Vater war ein Oberboss in der russischen Mafia. Vasily hat am City College in New York einen Abschluss in

Finanzwirtschaft gemacht. Sein richtiger Name ist Boris Ivanovich. Er hat an der Wall Street für einen Pennystock-Broker gearbeitet, dessen Firma die Börsenaufsicht wegen Betrugs dichtgemacht hat. Seine Bosse gingen in den Knast, er verlor seine Broker-Lizenz. Er hat eine umfangreiche Kollektion Ausweispapiere auf den Namen Vasily Petrovitch, an die er ohne Zweifel durch seine Mafia-Verbindungen gekommen ist. Pass, Führerschein, die ganze Palette, einschließlich der erforderlichen Lizenzen von der Börsensaufsicht und dem Staat Florida, um eine Investfirma zu betreiben.«

»Dann ist der Mann also ein Hochstapler«, sagte ich. »Und Boris Ivanovich aus Brighton Beach hat jetzt neben dem Geld seiner anderen Investoren auch noch unsere zehn Millionen.«

Hansen nickte. »Sein Bankkonto auf den Caymaninseln konnten wir noch nicht knacken. Diskretion nehmen die sehr ernst. Wir können davon ausgehen, dass der Atocha Fund so faul ist wie seine Identität. Wir können das noch nicht beweisen, und wir können ihn auch nicht mit dem Tod seiner drei Klienten plus dem von Bob Applebys Freundin in Verbindung bringen. Aber was wir haben – Betreiben einer Investfirma mit einer falschen Identität –, reicht, um ihn zu verhaften. Das heißt, wenn ich das wollen würde. Will ich aber nicht – noch nicht.«

Ich verstand, was er meinte. Mord schlägt Finanzbetrug. Jederzeit. Dann war ich also immer noch im Geschäft.

21

Wer steht auf der ersten Base?

Aus Chicago schwebte Bill Stevens für einen seiner regelmäßigen Besuche ein. Ich holte ihn mit meiner Corvette am Flughafen von Fort Myers ab. Die Erklärung, warum ich ihn in einer von Sir Reginalds Edelkarossen abholte, wäre viel zu kompliziert gewesen. Vielleicht hätte er gedacht, ich würde mich aus der Kasse im Drunken Parrot bedienen.

Ich hatte Hansen gesagt, dass ich ein paar Tage zu Hause bleiben würde, um mich um die Bar zu kümmern. Wenn etwas Neues anfiele, solle er mich anrufen. Ich hatte Joe mitgenommen, er lag zusammengerollt auf dem Beifahrersitz. Außer Marisa hatte es auch Bill auf die Shortlist der Menschen geschafft, die Joe mochte.

Ich parkte am Randstein vor dem Gebäude für die Gepäckausgabe. Bill sah mich, winkte und kam auf mich zu. Über der Schulter trug er einen Seesack, die Garderobe bestand aus seinem üblichen Tropenoutfit: Ray-Bans, eine Cubs-Kappe, ein schreiendes Hawaiihemd, ausgebeulte Bulls-Basketball-Shorts und Flipflops.

»Willkommen im Paradies«, sagte ich. »Wie immer eine Studie in prunkvoller Couture.«

»Gleichfalls«, sagte er. »Ehrlich.«

Ich hatte nicht daran gedacht, Sir Reginalds Kleidung abzulegen. Ich gab Bill die Schlüssel, damit er seinen Seesack in den Kofferraum werfen konnte. Das tat er, dann bemerkte er Joe auf dem Beifahrersitz. Joe schaute ihn an und miaute, was hätte bedeuten können: »Du bist zwar kein Hemingway, aber was Besseres kommt wohl nicht mehr.« Ich hob Joe auf meinen Schoß, Bill stieg ein und begann, während ich losfuhr, umgehend mit unserem Begrüßungsritual.

»Wer steht auf der ersten Base«, sagte er.
»Ja«, sagte ich.
»Ich meine, wie heißt der Typ.«
»Wer.«
»Der Typ auf der ersten Base.«
»Wer.«

Und während wir Fort Myers Beach entgegenbrausten, spielten wir den klassischen Baseball-Sketch von dem Typen, der unerklärlicherweise »Wer« hieß, Wort für Wort durch, wie wir es schon viele Male zuvor getan hatten. Alte Freunde sind beste Freunde.

Am nächsten Morgen trieb unser Aluminiumboot in der Strömung der Nebengewässer der Estero Bay. Bill und ich beim Flugangeln auf Knochenfische. Das Boot hatte ich mir im »Salty Sam's« ausgeliehen.

Am Abend zuvor hatten wir im Drunken Parrot zusammengegessen. Ich hatte Marisa eingeladen, uns Gesellschaft zu leisten, aber sie sagte, sie habe unsere Geschichten schon oft genug gehört und wolle zu Hause bleiben und sich im Fernsehen den »Heim und Garten«-Kanal ansehen. Ist das zu fassen?

Wie immer, wenn er in der Stadt war, schlief Bill im Shipwreck-Motel am Estero Boulevard. Ich weiß nicht, wie viel er tatsächlich geschlafen hatte, denn auch eine sehr attraktive junge Frau, die englische Literatur an der Florida Gulf Coast University studierte, war mit ein paar Freunden in der Bar gewesen. Bill hatte sie gesehen, war zu ihr hingegangen und hatte ihr eine Ausgabe von *Stoneys Rache* gegeben – mit der Rückseite nach oben, weil da sein Foto drauf war. Auf dem Foto, das ein Fotograf der *Chicago Tribune* aufgenommen hatte, trug er Jeans und Bomberjacke und lehnte an einem Laternenpfahl auf der Michigan Avenue. Das ironische Ladykiller-Lächeln übte er zu Hause vor dem Spiegel.

Die junge Frau schien das Gespräch mit einem berühmten Schriftsteller zu erregen. Bill hingegen schien von der Frau an sich erregt. Es hatte nicht lange gedauert, dann verließen die beiden die Bar für eine private Autogrammstunde.

Jetzt bemerkte Bill einen Fisch, der vor einer Mangroveninsel zur Wasseroberfläche aufstieg, und warf seinen Goldknopf-Fasanenschwanz-Köder genau an die Stelle, wo die Sonne auf dem Wasser glitzerte. Der Fisch stupste die Köderfliege an und schwamm dann gelangweilt davon, um sich woanders ein Frühstück ohne Haken zu besorgen. Knochenfische sind schlau. Wenn sie einmal gefangen wurden (und wieder ausgesetzt, weil sie Sportfische sind und nicht gut schmecken), lassen sie sich nicht mehr so leicht täuschen.

Wir waren seit zwei Stunden auf dem Wasser, seit sieben Uhr. Bei jedem von uns hatte mal der eine oder andere Fisch am Köder geknabbert, aber ins Boot hatten wir nichts geholt. Es war an der Zeit, die Kühlbox zu öffnen, die Marisa uns auf der *Phoenix* hergerichtet hatte, bevor sie zur Arbeit gefahren war. Darin fanden wir die besten Frühstücks-Burritos, frisches Obst und Orangensaft, den sie eigenhändig gepresst hatte, weil ich anders als sie keine von diesen schicken Maschinen zu Hause hatte.

Bill biss von seinem Burrito ab und schaute über das Wasser zu einem alten Krabbenkutter, der gestrandet und herrenlos an Land lag, weil die asiatischen Tiefkühlkrabben der einheimischen Fischerei den Garaus gemacht hatten, und sagte: »Ist das nun ein Leben, oder ist das nun ein Leben, oder was?«

»Gut, dass du besser schreibst, als du redest«, sagte ich. »Aber ich verstehe, was du meinst.«

»Nur das zählt.«

»Ich bin fast mit dem Manuskript durch«, sagte ich. »Hast du schon mit dem nächsten angefangen?«

»Ja. Der Arbeitstitel ist *Stoneys Schwanz ist größer als deiner*, aber ich gehe mal davon aus, dass der Verlag das noch ändert.«

»Schade.«

»Gestern Abend in der Bar hat Sam dir erzählt, wie das Geschäft so läuft«, sagte Bill. »Warum? Bist du nicht auf dem Laufenden?«

»Ich bin gerade beratend für die Stadt Naples tätig. Deshalb war ich die letzten paar Wochen nicht so oft da.«

»Beratend? In welcher Sache?«

»Ich arbeite mit dem Polizeichef an einem Fall, über den ich aber nicht reden kann.«

»Das sind die besten«, sagte Bill. »Schade, dass ich mein Notizbuch nicht dabeihabe.«

»Nein, ehrlich, ich kann nicht darüber reden. Irgendwann vielleicht. Verdammt heiße Sache ...«

»Und die schaffen es, den Deckel draufzuhalten?«

»Bis jetzt schon.«

»Wenn ich aus der Story einen Roman mache, dann kommt der erst in einem Jahr oder noch später raus.«

»Ich muss das erst durchziehen. Vielleicht bekomme ich dann die Erlaubnis, dir davon zu erzählen.«

»Kein Problem«, sagte Bill.

Ein Schwarm Knochenfische sonnte sich an der Wasseroberfläche vor der Mangroveninsel. Sie mussten gewusst haben, dass wir gerade Frühstückspause machten. Es klingelte, und die Fische schossen davon. Ich kramte mein Handy aus den Tiefen meines Leinenseesacks hervor. Das Display zeigte Wade Hansens Nummer.

»Ich muss da rangehen«, sagte ich.

»Isst du deinen Burrito noch?«, erwiderte er.

Ich drückte auf den Knopf, und Hansen sagte: »Störe ich Sie bei irgendwas?«

»Nein, ein Freund und ich sind dabei, keinen Fisch zu fangen. Was gibt's?«

»Es geht um Ashley Howe«, sagte er.

»Alles in Ordnung mit ihr?«, fragte ich.

»Nein, ganz und gar nicht. Sie ist tot.«

Ein Detective im Morddezernat stumpft ab gegen Morde. Wenn man sich emotional zu sehr einlässt, kann man seinen Job nicht mehr ordentlich erledigen. Gefühle kommen deduktivem Denken in die Quere. Und doch erschütterte mich die Nachricht bis ins Mark. Am liebsten würde ich Vasily mit dem Kopf nach unten aufhängen und die Wahrheit mit einer Peitsche aus ihm herausprügeln. Wenn er sich als unschuldig erwiese, würde ich mich entschuldigen und ihn zum Essen einladen.

Wir beendeten das Gespräch, und ich sagte Bill, ich müsse mich um Geschäfte kümmern, die keinen Aufschub duldeten.

»Dein Fall«, sagte er. »Ich kenne dich. Das heißt, jemand ist tot.«

»Das kann ich weder bestätigen noch dementieren.«

»Also stimmt es. Ist nicht mein erstes Rodeo, Partner.«

Ich warf den Außenborder an, fuhr zurück zum Salty Sam's und dann Bill in sein Hotel. Er hatte noch drei Tage und sagte, er könne sich für den Rest seines Besuchs ganz gut allein amüsieren. Ich fragte mich, ob die Englischstudentin heute Vorlesungen hatte.

»Was wissen sie bis jetzt?«, fragte Marisa, als ich sie anrief. »Ich meine, was mit Ash passiert ist?«

»Ihr Butler wollte ihr wie jeden Morgen den Kaffee ans Bett bringen, da hat er sie gefunden«, sagte ich. »Auf dem Nachttisch lag eine leere Medikamentenflasche. Er konnte sie nicht wecken, dann fühlte er ihr den Puls und rief einen Krankenwagen. Hansen sagt, sie hätten noch niemanden aus ihrer Familie erreichen können, aber es gibt in jedem Fall eine Autopsie, weil es sich um ein Verbrechen handeln könnte. Wenn es Mord war, dann wird der Autopsiebericht natürlich unter Verschluss gehalten.«

»Und was jetzt?«, fragte Marisa.

»Als Erstes werde ich checken, ob es Verbindungen zwischen ihr und den drei anderen Toten gibt. Eins weiß ich sicher. Sie haben alle vier in Vasily Petrovitchs Hedgefonds investiert.«

»Wie du jetzt auch.«

»Wie ich jetzt auch.

Als ich in die Auffahrt zu Ashs Haus einbog, sah alles vollkommen normal aus. Keine Absperrbänder, keine Streifenwagen, keine Presse. Offiziell war es kein Tatort, aber für mich schon. Ich hatte Marisa gesagt, dass ich sie auf dem Laufenden halten würde. »Pass auf dich auf«, hatte sie gesagt, und ich hatte es ihr versprochen.

Martin empfing mich an der Haustür. Er machte einen verstörten Eindruck. Ash hatte ihn immer wie einen Verwandten behandelt, und so sprach ich ihm als Erstes mein aufrichtiges Beileid aus. Er bedankte sich und führte mich auf die Terrasse, wo Charles Beaumont und Wade Hansen auf mich warteten. Ich setzte mich zu ihnen an den Tisch und fragte: »Also, was haben Sie bis jetzt?«

Hansen zog sein Notizbuch aus der Brusttasche, blätterte zu einer Seite und sagte: »Ashleys Rezept war ausgestellt auf ein Medikament namens Estazolam. Ihr Arzt sagt, das ist ein Schlafmittel aus der Gruppe der Benzodiazepine. Er sagt, ein ganzes Fläschchen von dem Zeug kann die Atmung beeinträchtigen und zum Tod durch Herzstillstand führen. Die Flasche war leer, aber erst nach der Autopsie wissen wir, wie viel sie geschluckt hat. Wenn überhaupt.«

»Irgendwelche Einbruchspuren?«, fragte ich.

»Nichts«, sagte Hansen.

»Kampfspuren?«

»Nein.«

Beaumont ergriff das Wort. Seine Stimme klang wütend. »Egal, wie Ash gestorben ist, wir haben einen gottverdammten Serienmörder in unserer Stadt. Das ist eine Katastrophe. Vielleicht ist es an der Zeit, das FBI einzuschalten.«

»Wenn wir das FBI dazuholen«, sagte Hansen, »weiß ich nicht, wie wir das geheim halten sollen. Wir müssen das selbst in den Griff kriegen. Und zwar schnell.«

»Wir sollten die russische Spur verfolgen«, sagte ich.

Sie schauten mich beide an. »Die russische Spur?«, fragte Beaumont.

»Der Russe Vasily Petrovitch«, sagte ich. »Von dem wir wissen, dass er in Wahrheit jemand anders ist.«

»Als ich den Bericht gelesen habe, dachte ich, ein Hochstapler mehr oder weniger, was soll's?«, sagte Beaumont. »Von denen haben wir jede Menge hier.«

»Alle Opfer haben in Vasilys – oder Boris' – Hedgefonds investiert«, sagte ich. »Ich glaube nicht an solche Zufälle.«

»Scheiße, in dem Fonds habe ich auch einen Haufen Geld stecken«, sagte Beaumont. »Ich wollte schon etwas davon abziehen und in Immobilien investieren, jetzt, wo der Markt wieder anzieht.«

»Damit würde ich noch etwas warten«, sagte ich.

Wer sollte denn dann meinen Honorarscheck unterschreiben, wenn der Bürgermeister tot war?

22

Heimkehr

Der Autopsiebericht wies eine untoxische Konzentration von Estazolam in Ashs Blut nach. Er ergab außerdem, dass sie einen nicht diagnostizierten Verschluss von zwei Hauptkoronargefäßen hatte. Sie war an einem Herzinfarkt gestorben. Ich beschloss, meine Essgewohnheiten noch einmal zu überdenken.

Ihr Testament fand ich in Sir Reggies Schreibtisch. Es legte fest, dass sie im Grab ihrer Familie auf einem Friedhof ihrer Heimatstadt Mount Clemens, Michigan, nahe Detroit, begraben werden wollte. Sie hinterließ Martin, ihrem Butler, und Suzette, ihrer Köchin, großzügige Geldbeträge. Den Rest ihres Vermögens vermachte sie den verschiedenen Wohltätigkeitsorganisationen, die sie und Sir Reggie im Laufe der Jahre unterstützt hatten. Dazu gehörten die Kinderschutz-Zentren in Mount Clemens und in Naples sowie die Tierheime in beiden Städten. Als Bürgermeister Beaumont mir von Ashs früherem Leben erzählte, begriff ich den Sinn dieser Vermächtnisse besser. Er sagte, sie hätte sich ihm anvertraut, dass er sich aber jetzt ihren Freunden gegenüber nicht mehr zur Wahrung ihrer Geheimnisse verpflichtet fühle.

Ihr Mädchenname war Ashley St. Claire. Sie wurde von ihrem Stiefvater sexuell missbraucht (daher ihr Engagement für die Kinderschutz-Zentren) und riss mit dreizehn von zu Hause aus. Sie hielt sich mit verschiedenen Jobs über Wasser und machte einen der Highschool ähnlichen Schulabschluss. Sie hatte eine Schwester namens Irene, die im Alter von neun Jahren in einem Teich ertrank. Obwohl sie nie darüber gesprochen hatten, mutmaßte Ash, dass auch Irene von ihrem Stiefvater missbraucht worden war und dass Irene, die schwimmen konnte, sich aus diesem Grund ertränkt haben könnte. Eine wahrhaft traurige Geschichte.

Ash arbeitete als Model und ging auf ein Community College, wo sie Sir Reggie kennenlernte. Seine Familie lehnte sie ab. Sie hielten sie für eine Erbschleicherin. Er hatte einen Sohn und einige Nichten und Neffen. Beaumont erzählte mir, dass sie empört reagiert hatten, als sie erfuhren, dass sie in ihrem Testament nicht bedacht worden waren. Sie kamen auch nicht zur Beerdigung.

Die Saint Stephen's Church, wo sie immer die Messe besucht hatte, war bei Ashs Gedenkgottesdienst bis zum letzten Platz gefüllt. Beaumont und viele andere Freunde hielten kurze Ansprachen, in denen sie hervorhoben, was für ein feiner und großzügiger Mensch Ash gewesen sei. Auch Frank Chance sprach einige freundliche Worte. Lady Ashley Howe alias Ashley St. Claire hatte das schlechte Blatt, das man ihr gegeben hatte, so gut wie nur irgend möglich ausgespielt.

Viele ihrer Freunde aus Naples, einschließlich des Bürgermeisters, saßen in dem Flugzeug, das ihren Sarg zur Beerdigung nach Michigan überführte. Ash wurde im Familiengrab neben ihrer Mutter und ihrer Schwester beigesetzt. Beaumont sorgte dafür, dass Ash einen schönen Grabstein bekam, und er persönlich spendete dem Friedhof die nötige Geldsumme, die sicherstellte, dass das Grab der Familie St. Claire anständig gepflegt und jedes Jahr zu Ashs Geburtstag Blumen auf das Grab gestellt würden. Trotz der schrecklichen Erfahrung in ihrer Jugend war der Drang, am Ende wieder nach Hause zu kommen, offensichtlich sehr stark gewesen.

Nach seiner Rückkehr erzählte mir der Bürgermeister, dass Ash ihn zu seinem Testamentsvollstrecker bestimmt habe und er in dieser Funktion Marisa bitten wolle, Ashs Haus zu verkaufen und eine Bestandsaufnahme ihres restlichen Besitzes zu erstellen, damit dieser veräußert und der Erlös ihrem letzten Willen gemäß weitergegeben werden könne. Bis ich meinen Auftrag erledigt hätte, sagte er, könne ich in ihrem Haus wohnen bleiben.

Es war an der Zeit, Vasily zu erzählen, dass ich mich wegen des Todes meiner Tante entschlossen hätte, Naples zu verlassen, und dass ich mein gesamtes Geld aus dem Atocha Fund abziehen werde, um es in New York verwalten zu lassen, wo ich fortan leben wollte. Danach würde ich wie ein Klumpen rohen Rindfleischs, der an einem Haken im Wasser baumelte, auf den Besuch von Vasilys Hai warten. Inzwischen war ich mir so gut wie sicher, dass er hinter den Verbrechen steckte. Teils, weil keine anderen Verdächtigen aufgetaucht waren, teils wegen der Verbindung zwischen dem Atocha Fund und den Opfern.

Einmal mehr brauchte ich Vasily nicht anzurufen, weil er es war, der mich am nächsten Tag anrief. Martin betrat die Bibliothek, als ich gerade Sir Reggies Sammlung seltener Bücher bewunderte. In den Regalen standen auch viele populäre Romane, die wohl Ash gehört hatten. Martin gab mir das Telefon und zog sich zurück. Gibt es außer Butlern Menschen, die sich aus einem Raum zurückziehen, anstatt einfach rauszugehen?

»Frank, hier ist Vasily Petrovitch«, sagte er. »Ich möchte Ihnen noch einmal mein tiefstes Mitgefühl ausdrücken. Ashley war eine Freundin und ein wundervoller Mensch. Wir werden sie vermissen.«

»Ich wollte Sie gerade anrufen«, sagte ich. »Da meine Tante nicht mehr ist, hat Naples jeglichen Reiz für mich verloren. Ich habe mich entschlossen, nach New York zurückzugehen. Mein dortiger Finanzberater soll sich ab sofort um meine gesamten finanziellen Angelegenheiten kümmern.«

»Das verstehe ich vollkommen«, sagte Vasily, der sich aufrichtig anhörte. »Sobald Sie mir die entsprechenden Anweisungen geben, werde ich das Geld umgehend auf Ihr Konto transferieren.«

Macht er gut, dachte ich. Aber vielleicht meinte er ja, dass das Geld postum an mich transferiert werden würde.

23

Attentat auf Monet

Es geschah am nächsten Morgen um drei. Das ist die Stunde, in der Profis einbrechen und Polizeibeamte Kriminelle aus dem Bett holen, weil das die Phase des tiefsten Tiefschlafes ist. Wenn das Objekt völlig wach ist, ist es schon zu spät, *Elvis has left the building*.

Ich hatte eigentlich gar nichts gehört, aber Joe musste etwas gehört haben, denn er sprang aufs Bett und schlug mir mit der Pfote auf die Backe. Das hatte er noch nie getan. Ich wachte auf, wollte gerade etwas zu ihm sagen, hielt aber sofort inne, denn jetzt hörte auch ich etwas. Ein kaum wahrnehmbares Geräusch, welches das alte Haus, seit ich darin wohnte, noch nie von sich gegeben hatte. Kein splitterndes Glas, kein Schritt auf einer Treppe, keine Tür, die aufgebrochen wurde, kein Türknopf, der sich langsam drehte.

Eigentlich war es überhaupt kein Geräusch. Eher ein Gefühl, dass etwas nicht stimmte, dass da etwas in meiner Nähe war, das da nicht sein sollte. Schlechtes Karma. Wir wissen, dass Tiere die Fähigkeit haben, so etwas zu spüren. Marines in Gefahrensituationen entwickeln auch so einen sechsten Sinn und lernen, ihm zu vertrauen.

Ich schlüpfte aus dem Bett, schaute zu Joe und legte meinen Zeigefinger auf die Lippen, um ihm zu signalisieren, still zu sein. Ich hatte das noch nie getan, und ich hatte auch keine Ahnung, ob er wusste, was ich meinte, aber er miaute nicht.

Ich tastete auf dem Boden nach meinen Boxershorts (noch etwas auf Claires Liste der Dinge, die sie nicht ausstehen konnte), zog sie an und nahm die Glock aus der Schublade.

In solchen Situationen hat man zwei Möglichkeiten: warten, bis das Problem zu dir kommt, oder es selbst frontal angehen. Je nach den Umständen haben beide Reaktionen Vorteile. Aber im Warten war ich noch nie gut, also bewegte ich mich auf die geschlossene Zimmertür zu. Dabei fiel mir eine Szene aus einem von Bills Büchern ein, wo Jack Stoney bei Nacht ein Geräusch hört und sich auf das Problem zubewegt – ein Kerl mit einer Pistole wollte ihm an den Kragen, aber der Kerl hatte natürlich keine Chance. Ich verdrängte den Gedanken, das war Fiktion. Wenn Bill der Ausgang einer Szene nicht gefiel, konnte er sie umschreiben. Aber das hier war echt, ich hatte keinen zweiten Versuch.

Ich zog langsam die Tür auf, wartete einen Augenblick, lauschte und ging dann, genau wie man es immer im Film sieht, hinaus auf den Flur: gebückt, die Waffe mit beiden Händen fest umschlossen, drehte mich schnell nach links, dann nach rechts.

Sauber.

Ich entschied mich dagegen, alle Zimmer im ersten

Stock zu überprüfen, sondern ging nach unten, um nach der Einbruchstelle zu suchen. Hoffentlich hatte Joe sich unter dem Bett versteckt. Seit vielen Jahren war ich in keinen Schusswechsel mehr verwickelt gewesen. Vielleicht sollte ich auch unters Bett kriechen.

Mit dem Rücken an der Wand ging ich langsam die Treppe hinunter. Helles Mondlicht drang durch die Fenster und beleuchtete die Szene. Als ich das Fußende der Treppe erreichte, hörte ich gleichzeitig zwei Geräusche: einen Schuss und ein Miauen. Falls Joe versucht haben sollte, mich zu warnen, war er um den Bruchteil einer Sekunde zu spät gekommen.

Die Kugel schlug ein paar Zentimeter rechts oberhalb meines Kopfes in die Wand ein, wahrscheinlich weil ich gerade den letzten Schritt nach unten gemacht hatte. Obwohl das ein strategischer Fehler war, wandte ich den Kopf um und schaute die Treppe hinauf. Auf der obersten Stufe stand Joe und schaute zu mir hinunter. Er hielt mir den Rücken frei.

Ich hörte schnelle Schritte und lief zur Terrassentür, die offen stand. Einer der Stühle am Esstisch war umgefallen. Die Scheibe einer Glastür war zerbrochen.

Ich trat ins Freie, blieb stehen und ließ den Blick durch den Garten schweifen. Nichts. Dann hörte ich einen anspringenden Außenborder und rannte zur Anlegestelle. Als ich das Wasser fast erreicht hatte, sah ich ein kleines Gummischlauchboot, ein Zodiac, wie es von Elitekommandos benutzt wird, das hinaus in den Golf raste. Für eine Pistole war es schon zu weit weg.

Ich ging wieder ins Haus. Die mir zugedachte Kugel an der Treppe hatte das Gemälde von Monet getroffen. Das würde der Versicherung nicht gefallen.

24

Nächster Versuch beim Abendessen

Es war 3.10 Uhr. Ich wollte Hansen nicht aus seinem Tiefschlaf reißen. Da ich aber unmöglich wieder zu Bett gehen konnte, nachdem man auf mich geschossen hatte, las ich ein Buch, das ich mir aus Sir Reggies Bibliothek geholt hatte. Einen Krimi. Obwohl ich normalerweise keine Krimis lese, außer gegen Bezahlung die von Bill, für *Verfall und Untergang des Römischen Imperiums* war ich aber auch nicht in Stimmung.

Das Buch hieß *Hard Stop* und war geschrieben von einem Kerl namens Chris Knopf. Die Hauptfigur, Sam Acquillo, war ein IT-Spezialist, der bei einem großen Konzern gearbeitet und dann auf Zimmermann in den Hamptons umgesattelt hatte. Die Hamptons auf Long Island waren ein Urlaubsgebiet für Reiche. Sam hatte sich auf ein heiter unbeschwertes Dasein gefreut, wird aber in die Untersuchung eines Verbrechens verwickelt, das sein Leben bedroht. Das Buch ist Teil einer Serie. Mir gefiel es, weil ich mich mit Sams Lage identifizieren konnte.

Joe legte sich wieder in seinem Lieblingssessel schlafen. Er vertraute darauf, unter meinen wachsamen Augen in Sicherheit zu sein.

Um sieben Uhr hörte ich von unten Lärm und wusste, dass Martin und Suzette zum Dienst angetreten waren. Ich beschloss, erst zu frühstücken und dann Hansen anzurufen, um von meinem nächtlichen Besuch zu berichten. Eingedenk Ashs Koronargefäße frühstückte ich Kaffee, Haferflocken und etwas Obst. Dann rief ich von meinem Handy Hansen an.

»Letzte Nacht hatte ich einen Fisch am Haken, aber er ist mir entwischt«, sagte ich, nachdem er beim ersten Klingeln abgehoben hatte.

»Wo?«

»In Ashs Haus.«

»Jemand verletzt?«

»Nur Claude Monet.«

Ich erzählte ihm, was passiert war und dass ich mir sicher sei, Vasily habe mir jemanden geschickt, um mich umzubringen.

»Wäre schön, wenn wir auch einen Beweis dafür hätten«, sagte Hansen mit einem Hauch Sarkasmus in der Stimme.

Ich war zwar schon eine Zeit lang an der Sache dran, Beweise waren aber immer noch Mangelware.

»Bleiben Sie, wo Sie sind. Ich komme mit einem Kriminaltechniker vorbei«, sagte er. »Und nichts anrühren.«

Während ich wartete und dabei eine zweite Tasse Kaffee trank, kam Martin mit dem Telefon auf die Terrasse und sagte: »Mr. Petrovitch für Sie, Sir.«

Was, wie wir in der Detektivbranche zu sagen pflegen, eine unvorhergesehene Entwicklung war. Vielleicht wollte

Vasily nur überprüfen, ob die Kugel seines Mannes mich und nicht Claude erwischt hatte.

»Ich hoffe, ich bin nicht zu früh dran«, sagte Vasily.

»Nein, ich bin schon eine Zeit lang auf«, sagte ich. Exakt seit drei Uhr.

»Schön. Bevor Sie uns verlassen, würde ich Sie gern zum Abendessen einladen. Wie wär's mit morgen Abend im Provence? Von den Franzosen in der Stadt mein Lieblingsrestaurant.«

Interessant. Sein Attentäter hatte den Auftrag vermasselt, jetzt wurde eine neue Strategie gewählt: Tod durch cholesterinhaltige französische Saucen. Oder er wollte mich auf dem Weg zum Restaurant ausschalten. Eins musste ich ihm lassen. Der Mann hatte Eier aus Messing.

Marisa mochte das Provence auch. Immer wenn wir dort zusammen aßen, bestellte ich als Erstes Weinbergschnecken. Ich nahm aus jeder Vertiefung des runden Serviertellers die ekligen kleinen Schnecken heraus, legte sie zur Seite und tunkte mit knusprigem Baguette die Knoblauchbutter auf. Als ich das das erste Mal machte, schüttelte Marisa nur den Kopf und sagte: »Einmal Wrigleyville, immer Wrigleyville.«

»Ich kenne den Laden«, sagte ich zu Vasily. »Also, bis morgen.«

»Acht Uhr dann. Und noch mal, tut mir leid für den Verlust.«

Vermutlich tat es ihm nur leid, dass ich nicht ebenfalls meines Lebens verlustig gegangen war.

Hansen erschien vor dem Kriminaltechniker. Ich ging

mit ihm die Schauplätze der nächtlichen Ereignisse ab, vom Schlafzimmer bis hinunter zur Anlegestelle.

Außer der zerbrochenen Scheibe von einer der Terrassentüren gab es nichts, was auch nur annähernd wie eine Spur aussah. Außerdem brachte ich den Chief über alles auf den neuesten Stand, was in letzter Zeit zwischen mir und Vasily vorgefallen war, einschließlich der Einladung zum Abendessen.

»Vielleicht will er Sie auf dem Weg zum Restaurant ausschalten«, sagte Hansen, als wir von der Anlegestelle auf den beschaulichen Golf hinausschauten. »An einem öffentlichen Ort wie dem Restaurant wird er es ja wohl kaum versuchen. Autounfall, Heckenschütze, irgendwas in der Art.«

»Daran habe ich auch schon gedacht«, sagte ich. »Die Gelegenheit werde ich ihm aber nicht bieten.«

»Sie haben also einen Plan im Kopf, von dem ich besser nichts wissen sollte, richtig?«

»Korrekt«, sagte ich.

»Also gut«, sagte er, während wir zum Haus zurückgingen. »Aus irgendeinem Grund scheint es Vasily aufgegeben zu haben, die Morde wie Unfälle zu arrangieren. Oder er denkt, der Anschlag auf Sie gestern Nacht geht als vermurkster Einbruch durch.«

»Wenn er überhaupt unser Mann ist.«

»Ja, wenn.«

»Jetzt zum nächsten Schritt«, sagte ich. »Ich brauche Ihre Hilfe.«

»In welcher Form?«

»Heute Abend, in einer Zeit, die ich Ihnen noch mitteile, müsste der Strom in einem bestimmten Gebäude in der Innenstadt abgeschaltet werden. Geht das?«

»Ich kenne jemanden bei den Stadtwerken. Sagen Sie mir nur, wo und wann.«

Wir gingen auf die Terrasse und setzten uns an den Tisch. Martin erschien und nahm unsere Getränkebestellung entgegen. »Wie werde ich bloß ohne Butler auskommen?«, sagte ich zu Hansen.

25

Fassadenkletterer

Wieder drei Uhr morgens. Das Tiefschlaf-Spiel konnte ich auch spielen. Ich parkte den Wagen in der Innenstadt von Naples in einer Seitenstraße vier Blocks entfernt von der Fifth South Avenue, stieg aus und ging zu Fuß durch die Wohngegend bis zu dem Gebäude, wo Atocha Securities ihren Sitz hatte. Ich hatte mich entschlossen, in Vasilys Büro einzubrechen, um nach Belastungsmaterial für Betrug und Mord zu suchen.

Ich trug einen schwarzen Rollkragenpulli mit langen Ärmeln, eine schwarze Nylon-Trainingshose und schwarze Turnschuhe, die ich am Tag zuvor extra gekauft hatte, weil mir meine neongrünen Nikes für den Job ungeeignet erschienen. In einer kleinen, schwarzen Umhängetasche aus Leinen befand sich Einbruchswerkzeug. Wenn ich einem Mitglied der lokalen Polizeitruppe über den Weg liefe, hätte ich einiges zu erklären.

Wahrscheinlich war es nicht, dass Vasily belastendes Material in Zusammenhang mit einem Serienmord in seinem Büro liegen ließe. Aber man konnte nie wissen. Nach meiner Erfahrung waren Wirtschaftskriminelle manchmal so arrogant, dass ein Durchsuchungsbeschluss für ihre Büros und Privathäuser Unterlagen und elektronische Spuren zutage förderte, die direkt in den Knast führten.

Als Kunde getarnt, hatte ich das Gebäude, seine Treppen und andere wichtige Merkmale am Nachmittag inspiziert. Ich war zum Hintereingang für die Lieferanten gegangen. Niemand hatte mich beachtet, als ich das Haus durch die Flügeltür aus Metall verließ und über den Schnapper einen Streifen Isolierband klebte. Wenn jemand das Band wieder entfernt hatte, müsste ich das Schloss aufbrechen.

Ich ging zur Rückseite, öffnete die Tür, riss das Klebeband ab, steckte es in die Tasche und ging hinein. Ich nahm eine Maglite-Stabtaschenlampe aus der Umhängetasche und folgte dem lichtstarken Strahl die Treppe hinauf bis in den sechsten Stock, der ganz von Atocha Securities belegt war. Das Türschloss ließ sich leicht aufbrechen.

Ich durchquerte die Lobby und ging durch den Gang bis zu Vasilys Büro. Ich öffnete die Tür, schaute mich um und überlegte, wo ich zuerst suchen sollte. Die Rollos waren nicht heruntergelassen, sodass der Mond in den Raum schien. Ich schaltete die Taschenlampe aus und legte sie auf den Schreibtisch.

Ich vermutete, dass Vasily irgendwo einen Geheimsafe hatte. Typen wie er hatten immer Geheimsafes mit Diamanten, Goldbarren, Geldbündeln und falschen Ausweispapieren. Vielleicht sogar mit einem Video, auf dem er alle seine Verbrechen gesteht. Vielleicht aber auch nur mit einem handgeschriebenen Zettel, auf dem stand: »Tja, Jackie Boy, der Gelackmeierte bist du.«

Auf seinem Schreibtisch stand ein Laptop und an einer Wand ein Aktenschrank aus Holz. Ich hatte keine Ahnung, wie man einen passwortgeschützten Computer knackt, also nahm ich mir den Aktenschrank vor. Die Schubladen waren verschlossen. Ich stellte meine Umhängetasche auf den Boden, nahm einen kleinen Universalschlüssel heraus und probierte, ob er in eins der Schlösser passte. Es wäre ein Leichtes gewesen, die Schubladen aufzubrechen, aber dann hätte Vasily gewusst, dass jemand hier gewesen war.

Ich steckte den Schlüssel in eins der Schubladenschlösser und stocherte darin herum, bis es schließlich klickte. Ich zog das oberste Hängeregister heraus. Auf Etiketten stand, was sich in den einzelnen Mappen befand. Jedenfalls keine Unterlagen zum Thema »Mordopfer« oder »Ponzi-System«. Auch nicht »Nacktfotos von Lena und Elena«. Aber die hatte er vielleicht auf seinem iPhone.

Ich überlegte, ob es sich lohnte, Zeit mit Akten zu verschwenden, die unter harmlosen Etiketten wie »Benefiz-Weinauktion«, »Versicherung Boot« und »Ferrari-Klub Naples« abgelegt waren. Nein, lohnt sich nicht. Die geschäftlichen Unterlagen mussten in einer anderen Schublade sein. Ich steckte den Schlüssel in das Schloss der nächsten Schublade. Bevor ich sie herausziehen konnte, hörte ich, wovor jedem Einbrecher graute: hinter mir ein Geräusch.

Ich drehte mich um und sah Stefan, Vasilys Chauffeur. Er stand in der Tür und zielte mit einer sehr großen Pistole auf meine Brust. Es war eine Desert Eagle Mark XIX, die als 357er Magnum, 44er Magnum oder 50er Action Express erhältlich war.

Diese Waffe ist ein Monster, wie geschaffen für Elefanten und Panzer. Im Halbdunkel konnte ich das Kaliber dieses speziellen Modells nicht erkennen, aber bei einer Entfernung von etwa drei Metern spielte das kaum eine Rolle. Die Kaliber 357 und die Kaliber 44 würde meinen Körper gegen die Wand schleudern, die Kaliber 50 würde mich in winzige Stücke reißen. Wie auch immer – dann war aus die Maus.

Mich amüsierte die Frage, wo Stefan die Desert Eagle versteckte, wenn er so herumlief wie gerade jetzt, nämlich splitterfasernackt. Dafür würde ich etwas mit kleinerem Kaliber wählen. Erst jetzt bemerkte ich, dass Lena hinter ihm stand, die Dame vom Empfang – ebenfalls nackt. Wenn man gleich sterben würde, konnte man sich auch etwas Erfreuliches wie die liebliche Lena anschauen, also konzentrierte ich mich auf sie und nicht auf die Desert Eagle. Mir fiel das Muttermal auf ihrer linken Brust auf, was ihre Anziehungskraft nur verstärkte. Kleine Makel können die Schönheit veredeln.

Reiß dich zusammen, Jack. Konzentriere dich auf das Problem. Also wandte ich meine Aufmerksamkeit wieder Stefan zu, dem Mann mit der Waffe.

Seine andere Waffe hatte auch Übergröße. Schön für Lena. Er hatte die schlanke, muskulöse Figur eines Kämpfers, nicht die eines Sprücheklopfers. Auf der rechten Brust prangte eine weiße sternförmige Narbe, eine Schussverletzung, und auf dem linken Bizeps eine Tätowierung. Schwer zu sagen, was es darstellte: das Kennzeichen einer Kommandoeinheit, nahm ich an.

Stefan lächelte und sagte etwas auf Russisch, vielleicht: »Ich bin gerade gefickt worden, Amerikanski-Sau, aber du wirst jetzt richtig gefickt.« Er schaute auf meinen rechten Knöchel, wo meine S&W Kaliber 38 steckte. Wahrscheinlich war ihm die Ausbeulung an meinem Hosenbein aufgefallen. Bei einem Kampf zwischen den beiden Pistolen würde ich immer auf die Desert Eagle wetten. Also ließ ich die 38er, wo sie war, nickte zu Lena und sagte mit einem Zwinkern zu Stefan: »Wenn Sie's nicht weitersagen, sage ich auch nichts.« Einen Versuch war es wert.

Stefan machte einen Schritt ins Büro, Lena folgte ihm. Wenn ich auch nackt gewesen wäre, hätten sie gemerkt, wie beglückt ich von Lenas Anblick war.

Stefan nahm meine Taschenlampe von Vasilys Schreibtisch, schaltete sie an und deutete in Richtung Gang. Ich ging hinaus, er und Lena folgten. Er stieß mich in eins der anderen Büros, wo ein hellbraunes Ledersofa stand, vor dem zwei Haufen Klamotten auf dem Boden lagen.

Lena zog sich an und zielte dann mit der Waffe auf mich, während Stefan sich anzog. Er bedeutete mir, dass ich mich umdrehen solle, mit dem Rücken zu ihm. Ich gehorchte, und dann knipste nicht der Mann von den Stadtwerken, sondern Stefan die Lichter aus.

Als ich wieder zu Bewusstsein kam, lag ich auf dem Rücken auf der Couch. Mit Plastikhandfesseln, wie sie auch die Polizei verwendet, hatte man mir die Hände hinter dem Rücken und die Fußgelenke zusammengebunden. Ich nahm an, dass Burschen wie Stefan immer einen Vorrat davon zur Hand hatten. Jack Stoney hatte so was nie dabei.

Ich hatte rasende Kopfschmerzen. Anscheinend hatte mein Hinterkopf es mit dem Knauf von Stefans Eagle aufgenommen und verloren.

Das Licht brannte. Auf der Uhr an der Wand war es fünf Uhr morgens. Da hatte ich eigentlich schon wieder schlafen wollen, in meinem Bett in Ashs Haus. Als ich wieder klar sehen konnte, fiel mein Blick auf Vasily, der hinter seinem Schreibtisch saß und an einem Drink nippte. Lena war nicht mehr da.

Vasily sagte etwas auf Russisch zu Stefan, der daraufhin sein Kampfmesser aus der Lederscheide an seinem Gürtel zog. Hatte er Stefan befohlen, mich auszunehmen wie einen Stör? Stefan schnitt mir die Plastikfesseln von Händen und Füßen. Ich setzte mich auf. Meine Pistole steckte nicht in ihrem Knöchelholster.

Vasily schaute mich an und breitete die Hände aus. »Wir haben Wichtiges zu besprechen«, sagte er. »Erstens, ich bin nicht Ihr Feind. Sie leben noch, das ist wohl Beweis genug.«

»Und weiter?«, sagte ich.

»Nicht hier. Nicht so. Morgen beim Abendessen ist besser. Wenn Sie noch frei sind.«

Da Stefan mir die Handfesseln abgeschnitten hatte, war ich so frei, wie ein Mann nur sein konnte, wenn er sich in einem Raum mit einem russischen Elitesoldaten und seiner Desert Eagle befand.

»Abgemacht«, sagte ich zu Vasily.

26

Hallo, Jack. Hallo, Boris

Das Provence befindet sich in einem eingeschossigen weißen Schindelgebäude mit schwarzen Fensterläden und einem grünen Vordach über dem Eingang. Es liegt an der Naples Bay in der Nähe des Hafens. Blumenkästen und Reben, die sich an einem Spalier emporranken, verstärken die Anmutung von einem Landgasthof, den man aus dem Süden Frankreichs in die Tropen verpflanzt hat.

Ibuprofen weit über die empfohlene Dosis hinaus hatte den pochenden Schmerz in meinem Kopf gelindert. Auf dem Weg von Atoch Securities nach Hause hatte ich in der Notaufnahme des städtischen Krankenhauses haltgemacht und mir die Wunde am Hinterkopf mit zwölf Stichen nähen lassen. Die rasierte Stelle verdeckte jetzt ein Verband.

Der Arzt, ein ernsthafter junger Mann, der sich noch nicht rasieren musste oder zumindest so aussah, fragte nach dem Grund der Verletzung. Ich sagte, ein nackter russischer Elitesoldat habe mir mit seiner Pistole auf den Kopf geschlagen, als er mich im Büro seines Chefs, eines russischen Mafiabosses, erwischt habe. Der Arzt lachte. Wahrscheinlich glaubte er, ich sei von dem Schlag noch verwirrt oder es sei mir peinlich, dass ich in der Dusche ausgerutscht war.

Ich übergab meine Corvette dem Parkplatzboy und fragte mich, ob ein bewachter Parkplatz dem Geschäft im Drunken Parrot vielleicht einen Schub geben würde. Ich betrat das Restaurant und sagte der jungen Hostess, ich sei mit Mr. Petrovitch verabredet.

»Graf Petrovitch ist schon eingetroffen, Sir«, sagte sie mit honigsüßem französischen Akzent. Sie nahm eine Speisekarte und sagte: »Ich werde Sie zu seinem Tisch begleiten.«

Ich fragte mich, ob ihr Akzent echt war oder ob sie aus Iowa oder Wyoming kam und ihn sich vor dem Bewerbungsgespräch per Rosetta-Stone-Sprachkurs angeeignet hatte. Sie war wie das Girl from Ipanema, »tall and tan and young and lovely«, hatte langes dunkles Haar, trug eine weiße, mit Blumen bestickte Bauernbluse aus Baumwolle, und hinter ihrem linken Ohr steckte eine weiße Orchidee.

Meine Aufmerksamkeit scheint sich zunehmend auf die Details von Waffen und Frauenkleidung zu richten. Ersteres ist Beruf, Letzteres Berufung. Mir kam der sexistische Gedanke, dass ich noch nie eine hässliche Restauranthostess gesehen hatte. Jung und hübsch gehörte wahrscheinlich zur Stellenbeschreibung. Ich war alt genug, um mich daran zu erinnern, dass das auch mal für Stewardessen gegolten hatte, damals, als Fliegen noch Spaß machte.

Ich folgte der jungen Dame durch das volle Restaurant

zu einem Innenhof an der Rückseite des Hauses. Dabei versuchte ich nicht an die Tische zu stoßen, während ich ihr schnuckeliges kleines Hinterteil im Auge behielt, das sich unter dem engen schwarzen Rock bewegte wie ein Sack voller Katzen auf dem Weg zum Fluss.

Unter einer Pergola aus weißem Holz und vor einer weißen Ziegelwand, an der sich Klettertrompeten mit violetten Blüten emporrankten, saß Vasily in einer Ecke des Innenhofs allein an einem Tisch. An den anderen, voll besetzten Tischen saßen die Gäste bei Kerzenlicht essend und plaudernd unter dem sternenklaren Himmel. Es war alles sehr angenehm, und es erinnerte mich daran, wie besonders schön es war, an einem Abend wie diesem am Leben zu sein, oder eigentlich auch an jedem anderen Abend.

Als die Hostess und ich den Tisch erreichten, stand Vasily auf und sagte lächelnd: »Hallo, Jack.« Mein richtiger Name. Ich geriet nur ganz kurz aus dem Gleichgewicht. Nachdem die Hostess mir den Stuhl zurechtgerückt, die Speisekarte überreicht und sich entfernt hatte, sagte ich: »Hallo, Boris.«

Der Brotkorb war noch nicht da, aber die Karten lagen schon offen auf dem Tisch.

Boris lächelte. »Wir haben also beide unsere Hausaufgaben gemacht, Jack.«

Der Kellner erschien, ein älterer Mann mit kahlem Kopf und buschigem, weißem Schnurrbart. Er trug ein weißes Hemd, eine dunkle Hose und eine gestärkte weiße Schürze. Noch ein Angestellter wie aus dem Castingbüro.

»Was kann ich Ihnen und Ihrem Gast zu trinken bringen, Graf Petrovitch?«, fragte der Kellner. Er hatte einen osteuropäischen Akzent. Vielleicht über den Umweg Gary, Indiana. War überhaupt jemand in dieser Stadt der, der er zu sein schien?

Offensichtlich hatte der Kellner seine Hausaufgaben bezüglich Boris' wahrer Identität nicht gemacht. Oder doch, und er versprach sich von einem Grafen ein üppigeres Trinkgeld als von einem Mafioso aus Brighton Beach.

»Ich glaube, in meinem Privatvorrat ist noch etwas von dem Pinot noir, Henri«, sagte Boris.

»Als ich erfahren habe, dass Sie heute Abend bei uns speisen, habe ich nachgeschaut«, sagte er. »Es sind nur noch vier Flaschen von dem Louis Jadot Gevery-Chambertin da. Ich habe mir erlaubt, vier Kisten nachzubestellen.« Sam Longtree macht das Gleiche für mich, wenn mein Vorrat an Root Beer zur Neige geht.

Henri schaute mich mit erhobenen Augenbrauen an. »Und für Sie, Sir.«

Darauf hätte es viele oberschlaue Bemerkungen gegeben, etwa, wie es denn um meine Privatvorräte Root Beer stünde, aber das war nicht der passende Zeitpunkt. Ich bestellte also eine Virgin Mary, extra scharf.

Nachdem Henri sich entfernt hatte, schaute Boris mich ernst an und sagte: »In Anbetracht unserer letzten Begegnung freue ich mich, dass Sie gekommen sind. Wie geht es Ihrem Kopf?«

»Besser, wenn ihm keiner mit der Pistole draufhaut.«

»Das war höchst unglücklich«, sagte er und zuckte mit den Schultern. »Stefan hätte mich vorher anrufen sollen.«

Henri brachte unsere Getränke und ging wieder. Boris nippte an seinem Wein und sagte: »Ich habe Sie zum Essen eingeladen, weil ich Sie um Hilfe bei einer sehr wichtigen Sache bitten möchte.«

»Soll ich Selbstmord begehen, damit Sie sich die Mühen eines zweiten Anschlags auf mich sparen können?«

Ich sagte das wohl ein bisschen zu laut, denn eine junge Frau am Nebentisch warf mir einen schnellen Blick zu. Sie war mit einem älteren Paar da, wahrscheinlich Mama und Papa. Vielleicht hoffte sie auf ein bisschen Trubel, und zwar auf der Stelle, um die Langeweile des Abendessens mit ihren Eltern zu beenden.

»Ein zweiter Anschlag auf Sie?«, fragte Vasily. »Was meinen Sie?«

»Jemand ist in Ashs Haus eingebrochen und hat auf mich geschossen.«

»Davon weiß ich nichts, glauben Sie mir.«

»Warum sollte ich Ihnen glauben, Boris?«

»Weil die Leute, die ich geschickt hätte, nicht vorbeigeschossen hätten.«

Sergei und Stefan. Da war etwas dran. »Wer war es dann?«

»Im letzten halben Jahr hat es in der Stadt etliche Einbrüche gegeben. Von Leuten aus Miami, nehme ich an. Dort gibt es Banden, die in wohlhabenden Gemeinden auf Raubzug gehen. Die nehmen nur Juwelen und Bargeld. Vielleicht haben Sie einen solchen Einbrecher überrascht?«

»Warum habe ich davon noch nichts gehört?«

»Weil wir hier in Naples sind. Chief Hansen hat die Hausbesitzer davon überzeugt, nur die Polizei und ihre Versicherungen zu informieren, aber ansonsten nicht darüber zu reden. Immobilienpreise, Sie verstehen.«

»Und woher wissen Sie dann davon?«

Er lächelte und sagte nichts, was ich so deutete, dass er Dinge über die Stadt wusste, die andere nicht wussten.

»Was wissen Sie über mich?«, fragte ich.

Er grinste wieder bis über beide Ohren. »Ich weiß, dass Sie ein pensionierter Detective des Morddezernats Chicago sind. Ich nehme an, dass Bürgermeister Beaumont und Chief Hansen Sie beauftragt haben, einige verdächtige Todesfälle zu untersuchen. Todesfälle, die die beiden und auch ich für Morde halten.«

»Bingo«, sagte ich. »Sie haben sich für die Bonusrunde qualifiziert.«

»Ich nehme weiterhin an«, fuhr er fort, »dass angesichts der Tatsache, dass Sie meine wahre Identität kennen und die Opfer alle meine Klienten waren, ich der Hauptverdächtige bin.«

»Auch korrekt. Sie haben einen Kühlschrank von Sub-Zero gewonnen«, sagte ich und äffte die Stimme des Moderators der Quiz-Show *Jeopardy!* nach.

»Ich würde an Ihrer Stelle das Gleiche denken. Aber ich versichere Ihnen, ich bin nicht der Mörder. Ich schlage vor, wir machen gemeinsame Sache, um herauszufinden, wer meine Klienten umbringt.«

»Fahren Sie fort.«

»Wie gesagt, würde ich dahinterstecken, wären Sie jetzt Futter für die Fische und könnten heute Abend keine mehr essen, das ist doch offensichtlich. Übrigens, der Fisch hier ist ausgezeichnet. Zudem nehme ich an, dass Sie außer mir keinen anderen Verdächtigen haben, sonst würde sich Ihre Untersuchung nicht nur gegen mich richten.«

»Auch das ist korrekt«, gab ich zu. »Eins würde ich gern wissen. Warum ist meine Tarnung aufgeflogen? Lag es an meinen Tischmanieren bei Ashs Abendgesellschaft?«

»Überhaupt nicht. Obwohl mir natürlich aufgefallen ist, dass Sie den ganzen Abend dieselbe Gabel und denselben Löffel benutzt haben. Ich durchleuchte alle meine zukünftigen Klienten. Sie kennen meine Familienverbindungen. Wir verfügen über beträchtliche Ressourcen. Ihrer falschen Identität auf die Schliche zu kommen war nicht schwierig. Dass Sie mich auch durchleuchtet haben, da ich nun einmal verdächtig war, überrascht mich nicht.«

Er trank einen Schluck Wein und sagte: »Übrigens, ich wollte Sie tatsächlich als Investor für meinen Fonds, weil ich auf der Suche nach jüngeren Klienten bin.«

Ich sortierte diese Informationen in die Kategorie gute Nachricht, schlechte Nachricht ein. Meine Tischmanieren hatten den Anforderungen weitestgehend genügt, aber die russische Mafia wusste, wer ich war und wo ich wohnte.

Henri erschien und sagte, zu den Spezialitäten des Abends gehörten Vichysoisse, Feigensalat mit warmem Ziegenkäse, Bœuf bourguignon und Branzino, was – wie er mir und nicht Vasily erklärte – ein Wolfsbarsch aus dem Mittelmeer sei.

Ich gebe zu, dass ich einen Branzino nicht von einem Türknauf unterscheiden kann. Mein Lieblingsfisch ist gebratener Barsch, den es im Baby Doll jedes Jahr im Frühling zur Barschsaison im Lake Michigan gibt.

»Für mich die Vichysoisse, einen Caesar Salad mit Sardellen, die Ente à l'Orange und für später ein Soufflé Grand Marnier«, sagte Vasily.

Wieder bot sich mir die Gelegenheit, mein wahres Ich zu enthüllen und um einen Double Cheeseburger mit Bacon und Pommes frites zu bitten, aber das stand nicht auf der Karte. Ich bestellte die französische Zwiebelsuppe, den Ziegenkäsesalat und den Branzino, nur um Henri zu zeigen, dass ich, Frank Chance, ein Player in der Welt der Haute Cuisine war. Zum Dessert wählte ich ein Schokoladen-Soufflé.

Als die Essensfrage geklärt war, sagte Boris: »Ich bitte Sie, Bürgermeister Beaumont und Chief Hansen mein Angebot zu unterbreiten, dass ich zur Unterstützung der Ermittlungen bereit bin. Sagen Sie ihnen, dass wir ein gemeinsames Interesse haben, nämlich den wahren Mörder zu finden und die ganze Angelegenheit vertraulich zu behandeln.«

Allmählich begann ich ihm zu glauben. Immerhin lebte ich noch. »Und dieses gemeinsame Interesse besteht worin?«, fragte ich.

»Die Stadt Naples muss ihr Image schützen. Das Gleiche will ich für mein Geschäft. Wenn an die Öffentlichkeit dringt, dass eine Investition in meinen Fonds tödlich sein kann ...« Er zuckte mit den Schultern. »Sie verstehen?«

»Damit Ihr Schwindel weitergehen kann? Das ist nicht wahrscheinlich, jetzt da wir wissen, wer Sie sind und dass Sie ein Ponzi-System betreiben.«

»Der Atocha Fund ist *kein* Ponzi-System«, beteuerte Vasily. Es hörte sich aufrichtig an. »Es stimmt, das war die ursprüngliche Idee. Aber dann habe ich festgestellt, dass ich für das Hedgefonds-Geschäft bestens qualifiziert bin. Ich habe derart gute Gewinne erzielt, dass ich es gar nicht nötig hatte, meine Investoren zu betrügen. Wie Sie wissen, stürzt ein Ponzi-System irgendwann in sich selbst zusammen. Aber ein erfolgreich geführter Hedgefonds kann sehr lange bestehen. Meine Familie war sehr angetan davon, an einem Geschäft beteiligt zu sein, das rechtmäßig war und trotzdem Gewinne abwarf.«

»Mit Familie meinen Sie die russische Mafia in Brighton Beach.«

»Russkaya Mafiya ist ein nicht mehr zeitgemäßer Begriff«, sagte Boris, als die Suppe kam – mit großen Löffeln, also kein Problem heute. »Sicher, es gibt immer noch diverse Organisationen, die man unter diesem Oberbegriff einsortieren kann. Aber sie werden bei Weitem übertroffen von den Oligarchen, die im Russland von heute über den größten Reichtum und die größte Macht verfügen. Für die im organisierten Verbrechen tätigen Familien wie die meine ist es sehr reizvoll, von Verbrechen auf Kapitalismus umzustellen: Das Risiko ist geringer, und die

Profite erfolgreich geführter Geschäfte können weit höher sein. Da wir kein Stück von Russland besitzen können, wollen wir eins von Amerika.«

Ich war auf eine Auseinandersetzung mit einem Mörder eingestellt gewesen. Stattdessen bekam ich eine Lektion in Politik und Wirtschaft des modernen Russlands. Alles wurde immer verquerer und verquerer, wie es Alice im Wunderland ausdrückte. Für mich ist Naples sein ganz eigenes Wunderland.

»Wie können Sie mir bei meinen Ermittlungen helfen?«, fragte ich beim Eintreffen des Salats.

»Ich habe eine Theorie darüber, was hier gerade abläuft«, sagte Vasily. »Für den Fall, dass wir den wahren Mörder finden, benötige ich als Gegenleistung natürlich die Zusicherung, weiter in Ruhe meinen rechtmäßigen Geschäften nachgehen zu können.«

Im Laufe meiner Karriere im Polizeidienst war ich Teil von gemeinsamen Einsätzen mit dem FBI, der Illinois State Police und des Cook County Sheriff's Office gewesen. Jetzt bot sich die Gelegenheit, dieser Liste die russische Mafia hinzuzufügen. Ich fragte mich, ob ich als Verbindungsoffizierin Lena oder Elena anfordern konnte.

»Ich werde Ihr Angebot an meine Auftraggeber weiterleiten«, sagte ich.

»Das ist alles, worum ich Sie bitte, Detective Starkey«, sagte Boris.

Er grinste mich schelmisch an. »Übrigens, ich bin ein Fan der Romane. Ich hoffe, Sie nehmen es mir nicht übel, aber wenn Detective Stoney sich des Falles angenommen hätte, wäre er jetzt schon gelöst.«

Autsch.

Wir genossen den Rest des Abendessens, wobei ich nach Gusto zwischen Gabeln und Löffeln hin und her wechselte und wir uns über Themen wie das Problem der Inflation in der Wirtschaft Chinas unterhielten, worüber er alles wusste, und über die Endphase in der National League Central Division, worin ich der Fachmann war. Zwei weltgewandte Herren, die gemeinsam schmausten im besten französischen Restaurant von Naples, Florida, einer Stadt, die die Spielwiese der amerikanischen Oligarchie war.

Als wir gegessen hatten, sagte Boris: »Noch eine Sache. Da wir ja beide undercover tätig sind, schlage ich vor, dass Sie mich weiterhin Vasily Petrovitch und ich Sie Frank Chance nenne. Schließlich lauert da draußen ein Mörder, der uns vielleicht beobachtet.«

»Stimmt«, sagte ich. Wenn Boris/Vasily nicht der Übeltäter war, dann sollten wir uns bedeckt halten.

Er bestand darauf, die Rechnung zu übernehmen. Beim Gehen fügte er noch hinzu: »Natürlich werde ich die von Ihnen investierten zehn Millionen zurücküberweisen, wem auch immer sie gehören. Aber ich kann geprüfte Berichte vorlegen, die zeigen, dass mein Fonds den Marktdurchschnitt um eine beträchtliche Marge übertrifft und dass er in der Spitzengruppe aller Hedgefonds in Amerika rangiert. Vielleicht möchte die Person die Gelder ja im Fonds belassen.«

Oder anders ausgedrückt: Ein falscher Graf, Spross einer russischen Mafiafamilie in Brighton Beach, behauptet, ein Investmentgenie und seriöser Geschäftsmann zu sein, der mir helfen kann, einen Serienmörder zu fassen.

Ich hatte das Gefühl, dass ich jetzt auf Alice' Spuren wandelte, und es ging ganz tief hinab in den Kaninchenbau.

27

Quid pro quo

Am nächsten Morgen fuhr ich zum Rathaus von Naples, um Bürgermeister Beaumont und Chief Hansen das ungewöhnliche und vielleicht auch verrückte Angebot von Vasily zu unterbreiten.

Kathi lächelte freundlich, als ich das Vorzimmer betrat. In meinem alten Revier in der South Wentworth Avenue in Chicago hatte am Empfang ein Sergeant namens Jablonsky gesessen, den jeder Knirps nannte, weil er alles Mögliche war, nur das nicht. Es herrschte eine Kultur, in der Ironie hoch im Kurs stand. Was die Empfangskultur anging, war Kathi in jedem Fall eine Verbesserung.

Beaumont saß hinter seinem Schreibtisch, Hansen in einem der Klubsessel neben der Couch. Ich setzte mich in den anderen. Ohne Einleitung sagte Hansen: »Unser Kriminaltechniker Bishop hat die für Sie bestimmte Kugel aus der Wand in Ashley Howes Haus gepult. Neun Millimeter. Weil keins unserer Opfer erschossen wurde, sagt uns das null Komma null. Haben wenigstens *Sie* etwas?«

»Möglicherweise«, sagte ich und berichtete ihnen von meinem frühmorgendlichen Besuch in den Büroräumen von Atocha Securities und meinem Abendessen mit Boris alias Vasily im Provence.

Beaumont lehnte sich zurück, rieb sich die Stirn und sagte: »Ich will ihm gern glauben, weil das heißen würde, dass er mit meinem Geld im Schnitt tatsächlich achtundzwanzig Prozent Profit macht.«

Hansen trommelte mit den Fingern auf die Armlehne seines Sessels und sagte: »Und was ist sein Plan?«

»Hat er mir nicht verraten«, sagte ich. »Bevor er uns hilft, will er die Zusicherung, dass er danach sein Investmentgeschäft als Vasily Petrovitch weiterführen darf. Er sagt, zum Beweis, dass Atocha Securities sauber ist, öffnet er seine Bücher für eine Bilanzprüfung.«

Hansen dachte nach und sagte dann: »Wir bezahlen Sie also für die Empfehlung, dass wir uns mit einem russischen Mafioso zusammentun, um einen Serienmörder zu schnappen, der er – unserer Theorie zufolge – vielleicht sogar selbst ist?«

»So ausgedrückt, hört sich das natürlich nicht so gut an«, sagte ich.

»Drücken Sie es aus, wie Sie wollen. Das ist vollkommen hirnrissig.«

»Wenn Vasily wirklich der Mörder ist, dann weiß er jetzt, dass er unser Hauptverdächtiger ist, und wird aufhören damit«, sagte ich. »Wenn er es nicht ist und wir mit ihm zusammenarbeiten, dann kann er uns vielleicht helfen. Ich sehe da kein Risiko für uns.«

»Wie wär's mit folgendem Risiko«, sagte Hansen mit einer Stimme, die angespannt und verärgert klang. »Der

Graf von Montefuckto ist nicht der Mörder, sondern er hilft uns den echten zu schnappen. Damit hat er uns in der Hand. Er braucht uns nur drohen, eine Pressekonferenz abzuhalten, wenn wir ihm nicht jetzt und für alle Zeiten geben, was er will.«

»Ich glaube, das wäre ein Fall, für den man im Kalten Krieg den Ausdruck Gleichgewicht des Schreckens hatte«, sagte ich. »Wir wollen, dass die Verbrechen ohne Aufsehen gelöst werden, Vasily will weiter Borschtsch in Gold verwandeln. Niemand will eine Pressekonferenz.«

Hansen schaute Beaumont an, der sagte: »Okay. Wenn sich Vasilys Plan machbar anhört, dann schließen wir einen Pakt mit dem Teufel.«

28

Die Dreierbande

Zur Besprechung im Rathaus erschien ich als Letzter. Ich war erst spät eingeschlafen, weil ich Marisa meine Wertschätzung für unsere Beziehung zeigen wollte. Da ich sie ein paar Tage nicht gesehen hatte, wollte ich dem Eindruck entgegenwirken, ich würde sie wegen der Ermittlungen vernachlässigen. Kenne ich alles, habe ich mit meiner Familie erlebt.

Beaumont saß am Kopfende des Konferenztischs, Hansen rechts, Vasily links von ihm. Vasily und Beaumont studierten ein vielfarbiges Balkendiagramm auf einem übergroßen Bogen Papier. Später erzählte mir Hansen, dass sie die Performance des Investments des Bürgermeisters begutachtet hatten. Wir waren zwar hinter einem Serienmörder her, aber eins nach dem andern.

Kaffee, Saft und Doughnuts standen auf einer Anrichte an der Wand. Niemand hatte sich bedient. Vielleicht waren die Leckerbissen aus Wachs und dienten nur Dekorationszwecken. Einfach um meine Neugier zu befriedigen, nahm ich einen Doughnut ohne alles in die Hand. Er war echt. Da sicher niemand einen Doughnut wollte, den ich schon angefasst hatte, trug ich ihn auf einer Serviette zum Tisch und setzte mich neben Hansen.

»Vasily sagt, er hat eine Theorie zu dem Fall. Wir haben auf Sie gewartet«, sagte Hansen zu mir und schaute dann Vasily an. »Dann lassen Sie mal hören.«

Vasily faltete das Diagramm zusammen, schob es in seine Aktentasche und schaute zum Bürgermeister. »Haben Sie mal von der Dreierbande gehört, Charles?«

Ich hatte von der Viererbande gehört. Das waren die Männer, die während der Kulturrevolution in den Sechzigern und Siebzigern eine Zeit lang das kommunistische Regime in China gelenkt hatten.

»Klar habe ich von der gehört«, sagte Beaumont. »Eine Stadtlegende von Naples. Die existiert nicht.«

»Vielleicht«, sagte Vasily. Er schaute mich an. »Das Gerücht besagt, wenn es denn ein Gerücht ist, dass drei vom Ruhestand gelangweilte Männer vor ein paar Jahren ein Triumvirat gebildet hätten. Sie machen sich einen Spaß daraus, mittels Beamtenbestechung die Kontrolle über bestimmte Ereignisse in der Stadt zu erlangen, Strohfirmen zu gründen, um Land zu kaufen, und dann dafür zu sorgen, dass die Bebauungspläne geändert werden, sodass sie ordentlich Profit machen konnten. Und sie sollen über Bürger, die ihnen ein Dorn im Auge sind, wahren und erfundenen Tratsch verbreiten.«

»Dafür gibt es bis heute keinen Beweis«, sagte Beaumont.

»Stimmt«, sagte Vasily. »Auch ich habe das immer für einen Mythos gehalten. Aber vor einigen Jahren wollte ich

Mitglied des Verwaltungsrats der Naples-Symphoniker werden. Mir gefällt das Orchester, und ich wollte es unterstützen. Ich habe große Summen gespendet, was der übliche Weg ist, vom Verwaltungsrat angesprochen zu werden. Meine Spenden waren mehr als üppig und hätten zu einer Anfrage berechtigt. Aber nach zwei Jahren hatte ich immer noch nichts gehört. Ich habe geahnt, dass da eine unsichtbare Hand am Werk war, die mich abgeblockt hat. Ich war den Leuten ein Dorn im Auge.«

»Nicht jeder Spender wird aufgefordert, dem Verwaltungsrat beizutreten«, sagte Beaumont.

»Stimmt«, sagte Vasily. »Aber ich bin von Natur aus neugierig. Und ich war verärgert. Also habe ich Lauren Davidson, die eine Freundin von mir und Vorsitzende des Verwaltungsrats ist, zum Lunch eingeladen. Ich habe sie gefragt, wie es aussieht. Erst hat sie gezögert, dann aber doch geredet. Immer wenn mein Name gefallen sei, sagte sie, habe ein Mitglied des Rats, der einer der größten Gönner des Orchesters ist, nicht ihr gegenüber, aber gegenüber anderen Mitgliedern des Verwaltungsrats angedeutet, er würde seine eigene Unterstützung noch einmal überdenken, sollte ich aufgenommen werden. Lauren hat es nicht gewagt, mir den Namen zu nennen. Ich habe mir die Spenderliste angeschaut, die in jedem Konzertprogramm abgedruckt ist. Einer der Spender, die eine Million Dollar pro Jahr geben, ist ein Mann, der in meinen Fonds investieren wollte. Ich musste ihm absagen, weil wir zu der Zeit vollkommen ausgebucht waren. Ich wusste, dass er außer sich war.«

»Und wer war dieser Mann?«, fragte Hansen.

»Arthur Bradenton«, sagte Vasily.

»Der pensionierte Vorstand von Bradenton Industries«, sagte Beaumont. »Ein großes Unternehmen, das unter anderem Kommunikationssatelliten, Öl- und Gaspipelines und Drohnen für das Militär herstellt.«

Wieder einer der prominenten Männer der Stadt, die früher mal etwas gewesen waren.

Beaumont sog langsam die Luft ein, als grübele er über all das nach. Das bot mir Gelegenheit, mir noch einen Doughnut zu holen. Sie waren alle ohne alles. Über diesen Mangel an Vielfalt würde ich mit Kathi sprechen müssen.

Dann sagte Beaumont: »Vor einiger Zeit hat ein Mitglied des Stadtrats seine Meinung geändert und dafür gestimmt, den Weg für den Bau eines größeren Jachthafens frei zu machen. Das kam mir damals komisch vor, weil genau dieses Ratsmitglied einer der größten Gegner des Projekts gewesen war. Es lag direkt neben einem Naturschutzgebiet, und seine Frau war die Präsidentin des Ortsverbands der Umweltschutzorganisation Audubon Society.«

»Wer profitierte von der Stimme?«, fragte ich.

»Christopher Knowland stand hinter dem Jachthafen-Projekt«, sagte Vasily. »Gründer von Knowland Homes, einem der größten Baukonzerne des Landes. Sein Sohn leitet jetzt das Geschäft.«

Gangster Nummer zwei.

»Und wer, glauben Sie, ist das dritte Mitglied der Gruppe?«, fragte Beaumont.

»Ich habe da so eine Ahnung, aber bevor ich nicht sicher bin, behalte ich den Namen lieber für mich«, sagte Vasily.

»Angenommen, Sie haben mit alldem recht«, sagte Hansen. »Bradenton wollte Sie nicht bei den Symphonikern haben, weil Sie ihn als Klienten abgelehnt hatten. Und Knowland hat einen Stadtrat bestochen, um sein Jachthafen-Projekt durchzudrücken. Und gehen wir darüber hinaus davon aus, dass die beiden eine unheilige Allianz mit einem dritten Mann eingegangen sind und einen Klub gegründet haben, um hinter den Kulissen Macht und Einfluss auszuüben. Von da bis zu einem Serienmord ist es trotzdem noch sehr, sehr weit.«

»In der Tat«, räumte Vasily ein.

Mir fiel auf, dass Vasily, obwohl wir alle seine wahre Identität kannten, seinem Wesen nach immer noch ein Mitglied der russischen Aristokratie war. Ich stellte mir vor, was sie wohl in Brighton Beach anstatt »In der Tat« gesagt hätten. Vielleicht »Da kannst du einen drauf lassen«.

»Also, was jetzt?«, fragte Beaumont.

Es war an der Zeit, dass ich zu der Besprechung etwas mehr beisteuerte als die Reduzierung der Doughnutmenge.

»Ich muss auf deren Radarschirm auftauchen«, sagte ich. »Denken Sie sich was aus, womit Sie Bradenton und Knowland ärgern können. Mal sehen, was passiert. Und Sie, Vasily, setzen Ihre Nachforschungen über den dritten Burschen fort.«

Und zwar so sehr ärgern, dass sie Lust verspürten, mich ins Starkey-Familiengrab auf dem Graceland-Friedhof umzuquartieren.

29

Die Pferdenarren

Lena rief aus Vasilys Büro an, um mir mitzuteilen, dass ihr Boss mich in drei Tagen zu einem Polospiel einlade. Sie sagte, dort hätte ich Gelegenheit, einen seiner Freunde kennenzulernen, Mr. Arthur Bradenton.

Er war also der erste Gangster auf der Agenda.

»Gibt es bei Polospielen Hotdogs und Erdnüsse?«, fragte ich Lena. »Wie beim Baseball?«

Sie zögerte. »Tut mir leid, aber das weiß ich nicht. Ich habe mir nie eins angeschaut.«

»Schätze, ich nehme besser meine Brotdose mit.«

Inzwischen dachte Lena sicher, ich sei entweder ein ziemlicher Spaßvogel oder hätte einen an der Waffel.

»Ich wüsste nicht, warum Sie keine Brotdose mitnehmen sollten, Mr. Chance«, sagte sie unsicher.

»Dann bin ich dabei.«

Ein einziges Polospiel hatte ich gesehen vor etwa zwei Jahren, in der Nähe von Immokalee, einer von der Landwirtschaft geprägten Kleinstadt nordwestlich von Naples, wo Wanderarbeiter Orangen, Melonen, Tomaten, Kartoffeln und andere Feldfrüchte ernteten. Die Spieler saßen auf Quads, und das Spielfeld war eine morastige Fläche, auf der auch Swamp-Buggy-Rennen ausgetragen werden, einem in Florida sehr beliebten Sport bei Menschen, die ich »normal« nennen würde, also nicht in Villen wohnten und nicht Mitglieder nobler Country Clubs waren. Der Spaß des Zuschauers stand in direktem Verhältnis zur Menge Bier, die er trank. Ich war nüchtern gewesen, sodass mir ein Großteil des Spaßes entgangen war. Ich nahm an, dass das Spiel im Naples Polo Club anders ablaufen würde.

Ich erzählte Hansen von der Einladung, und am Freitag gab ein Streifenbeamter in Ashs Haus ein Paket für mich ab. Es enthielt Hintergrundinformationen über Arthur Bradenton. Pferde seines Gestüts »Bradenton Farm« liefen regelmäßig überall im Land in großen Rennen, darunter in der Tiple Crown, die sich aus dem Kentucky Derby, den Preakness Stakes und den Belmont Stakes zusammensetzte. Seine Rösser hatten sich in keinem der Big Three platzieren, geschweige denn eins gewinnen können. Aber Bradenton, der Mann und das Gestüt, setzten große Hoffnungen in eine Dreijährige namens »Maiden's Breath«.

Ich bezweifelte, dass der Atem dieses Pferdchens wirklich so roch wie der einer Jungfrau, außer die Jungfrau aß Hafer. Ich war einmal mit einer Jungfrau liiert, die dem Knoblauch ziemlich zugetan war. Die Beziehung hielt nur wenige Mahlzeiten. Ich mag Knoblauch, aber nicht gebraucht.

Meine Meinung über affektierte Pferdenamen entspricht der über dämliche Bootsnamen. Früher war ich Stammgast in Arlington Park, einer Rennbahn in Arlington Heights an der Peripherie von Chicago. Einmal fehlte mir für eine fette Dreierwette nur, dass ein Pony namens »Chili Dog« unter den ersten drei ins Ziel lief. Doch der Gaul hatte beschlossen, dass es zu mühsam war, die ganze Meile zu laufen. Er führte mit einer halben Länge Vorsprung auf der Gegengeraden, stellte dann den Wettkampf urplötzlich ein und bummelte gemütlich ins Ziel, wobei er die Peitsche seines Jockeys und das unflätige Gebrüll meinerseits ignorierte.

Laut meinen Unterlagen war Arthur Bradenton achtundsiebzig Jahre alt. Paige Bradenton war die Erbin eines texanischen Ökonzerns. Vielleicht hatte Art auf dem Ölfeld gearbeitet, als sie sich kennenlernten, und von da an verlegte er sein Rohr in Paiges Schlafzimmer.

Um Arthur Bradentons Aufmerksamkeit zu erregen, könnte ich Maiden's Breath stehlen. Das war eine Möglichkeit. Ich war mir sicher, dass sich im Stammbaum der Starkeys – wenn ich nur lang genug suchte – der eine oder andere Pferdedieb finden ließe. Ich würde mich nachts in den Stall schleichen, die Stute satteln und, mit meiner Glock herumballernd und yippie-ya-yeeh kreischend, davonreiten, worauf Bradenton aufwachen und aus seinem Schlafzimmerfenster schauen würde, wer da seine Preisstute entwendet hatte.

Aber das war vielleicht zu plump. Anstatt mir seinen Killer ins Haus zu schicken, würde er wahrscheinlich einfach die Cops rufen. Und wenn er das Collier County Sheriff's Office anrief und nicht das Revier in Naples, dann steckte ich bis zum Hals in Pferdescheiße. Ich brauchte einen Plan B, der ohne das Knastrisiko auskam.

Der Naples Polo Club befindet sich auf einem großen Stück Land neben dem Gestüt von Arthur Bradenton. Laut Vasily hatte er das Land gespendet und war auch einer der führenden Köpfe des Klubs.

Es war Punkt zehn, als ich ankam. Ich trug ein rosa Lacoste-Hemd, eine weiße Bundfaltenhose aus Flanell und schwarze Gucci-Slipper mit ihrem Markenzeichen, der goldenen Trense. Dem Anlass entsprechend. Ohne Socken natürlich. Ein hellbrauner Panamahut, kess angewinkelt, rundete mein Outfit ab. Bevor ich das Haus verlassen hatte, musste mich Martin mit meinem Handy fotografieren. Vielleicht würde ich mir einen großformatigen Abzug davon machen lassen, ihn rahmen und Marisa schenken oder in meiner Bar aufhängen: *Jack Starkey, Bona-fide-Mitglied der Pferdenarren.*

Ich saß am Steuer von Onkel Reggies Mercedes Flügeltür-Coupé. Am Ende einer langen, gewundenen Straße fuhr ich durch ein Tor in einem weißen Holzzaun, der das Anwesen des Klubs umschloss.

Am Klubhaus übergab ich den Mercedes einem uniformierten Parkplatzboy. Als der junge Mann hinter das Lenkrad rutschte, klopfte ich auf den Kotflügel und sagte zu ihm: »Geben Sie gut acht auf mein Pferdchen. Es heißt Thunder Road.«

Er fuhr wortlos davon. Zumindest hatte ich ihm nicht gesagt, den Wagen abkühlen zu lassen – wie ein Rennpferd, bevor man es in den Stall führt.

Das Klubhaus ist ein weitläufiges, eingeschossiges Gebäude aus rotem Holz, das aussieht wie ein exklusiver, von

Blumenbeeten und Palmen umgebener Pferdestall. Ich ging hinein und folgte dem Stimmengewirr, das mich in einen großen Klubraum mit Bar führte. An den mit astigem Kiefernholz vertäfelten Wänden hingen gekreuzte Poloschläger, Fotos von Spielern in Polokleidung, die in vollem Galopp mit ihren Schlägern gegen kleine weiße Bälle schlugen, und von Männern in Jackett mit Krawatte sowie Frauen in stilvollen Sommerkleidern mit großen Hüten. Kleine, unten an den Bilderrahmen angebrachte Messingplaketten identifizierten die Männer auf den Fotos als ehemalige oder aktuelle Klubmitglieder. Offensichtlich waren die Frauen auf den Fotos nur Dekoration. Vielleicht war das der richtige Platz für mein Handy-Foto.

An einer Seite des Raums erstreckte sich eine lange Mahagonitheke mit polierter Messingreling. An der gegenüberliegenden Wand stand eine hohe Glasvitrine, deren Fächer mit verschnörkelten Silbertrophäen gefüllt waren. Zwischen elegant gekleideten Menschen bewegten sich Kellner in weißen Jacken mit Silbertabletts voller Champagnerflöten und Horsd'œuvres.

Ich stand in der Tür zum Klubraum und nahm das beeindruckende Bild in mich auf, als ich sah, wie Vasily sich aus der Menge löste und auf mich zukam. Er trug einen weißen Leinenanzug, ein weißes Hemd mit offenem Kragen und Ascot-Halstuch mit Paisleymuster sowie weiße Wildlederschuhe, die ich seit Elvis' frühen Tagen nicht mehr gesehen hatte.

»Ich freue mich, dass Sie es einrichten konnten, Frank«, sagte er. »Ich bin hier passives Mitglied, das heißt, ich esse und trinke, reite aber nicht. Meiner Meinung nach hat ein Mann meines Alters nichts mehr im Sattel verloren, es sei denn, es handelt sich um ein Rendezvous.«

Einmal Brighton Beach, immer Brighton Beach.

Wie ein Pferd am Zügel führte mich Vasily mit einer Hand am Ellbogen herum und stellte mich verschiedenen Klubmitgliedern vor. Sie trugen alle Kleidung, die Marisa als »lässig elegant« beschreiben würde. Meine Alltagsklamotten bezeichnete sie als »lässig verschlampt.«

Wir gingen nach draußen in einen Bar- und Restaurantbereich hinter dem Gebäude, wo wir uns zu zwei Männern und zwei Frauen gesellten, die, plaudernd und Champagner nippend, beisammenstanden.

»Ich möchte Ihnen gerne einen Freund von mir vorstellen«, sagte Vasily. »Frank Chance. Das sind Alex und Dedria Cruden und Arthur und Paige Bradenton.«

Arthur ließ durch nichts erkennen, dass er wusste, wer ich war, oder wusste, dass Vasily ihn als den Mann identifiziert hatte, der ihm die Mitgliedschaft im Verwaltungsrat der Naples-Symphoniker verwehrt hatte. Vielleicht war Art im Nebenberuf Schauspieler, vielleicht war der Einbrecher in Ashs Haus aber auch tatsächlich nur ein Dieb gewesen.

Ich schüttelte allen die Hand und versicherte, wie erfreut ich sei, ihre Bekanntschaft zu machen. Auch sie waren erfreut, mich kennenzulernen. Freude lag in der Luft.

Bradenton war groß, etwa eins neunzig, hatte eine Adlernase, dunkle, an den Schläfen ergrauende Haare und die etwas füllige Statur eines Mannes, der zu Zeiten der

Eisenhower-Regierung gut in Form gewesen sein mochte. Er trug eine Sonnenbrille mit Schildpattgestell und grünen Gläsern. Seine Frau war schlank und hübsch. Das braune Haar fiel ihr auf die Schultern, sie trug eine grüne Bluse und eine hellbraune Hose.

»Frank ist der Neffe der verstorbenen Ashley Howe«, sagte Vasily. »Er war gerade zu Besuch, als sie starb.«

»Mein Beileid«, sagte Bradenton und sah aus, als meine er es ernst. Jeder Regisseur wäre mit seiner Leistung zufrieden gewesen.

»Wie lange bleiben Sie in Naples?«, fragte Alex Cruden.

»Nur so lange, bis ich die Angelegenheiten von Tante Ashley geregelt habe«, sagte ich.

»Ich kannte sie«, sagte Deria Cruden und berührte meinen Arm. »Sie war ein prächtiger Mensch.« Dann drückte sie meinen Bizeps. Vielleicht war Alex beruflich viel auf Reisen, so wie Jennifers Mann Peter Lemaire, die ich bei Ashs Abendgesellschaft kennengelernt hatte.

Ein Kellner ging herum und schlug mit einem Holzklöppel gegen eine Glocke.

»Das Spiel beginnt gleich«, sagte Vasily.

Ich hoffte, dass dann auch zum Lunch geläutet wurde. Zusammen mit allen anderen gingen wir zu einem großen Segeltuchzelt, das aussah wie das bei Ashs Abendgesellschaft und das am Rand des Polofelds stand, etwa auf der Höhe, die man im »Soldier Field«-Stadion die Fünfzig-Yard-Linie nannte. Ohne Parkplatzboys und Zirkuszelte schien es bei den oberen Zehntausend nicht zu gehen.

Auf einer langen Büfetttafel war eine große Auswahl an Speisen angerichtet. Berge von Garnelen, Austern und Steinkrabbenklauen auf Eis, Tabletts mit Sushi, eine Tranchierstation, wo ein Koch – dessen Name mein falscher war, nämlich Frank – mit weißer Haube, gestärkter weißer Jacke und langem Sägemesser bereitstand, um Schinken, Truthahn, Schweine- und Rinderfilet abzuschneiden. Ein Desserttisch hielt jede Art von Süßem bereit – einschließlich Doughnuts! Es gab auch eine Bar, an der ein Barkeeper mit einem surrenden Mixer Drinks mixte. Vielleicht konnte er mir einen Milchshake machen.

Auf dem Spielfeld brachten acht Spieler, nach den Farben ihrer Shirts zu urteilen vier je Mannschaft, ihre Pferde in Stellung. Ein weiterer Reiter trug ein schwarz-weiß gestreiftes Shirt, offensichtlich der Schiedsrichter.

Vasily sagte, die Grünen seien die Heimmannschaft und die in den roten Shirts das Team des Palm Beach Polo Club. Die Tore sahen aus wie überdimensionierte Eishockeytore.

»Wie lange dauert ein Spiel?«, fragte ich Vasily. Wir hielten beide Teller in der Hand.

»Etwa eineinhalb Stunden. Sechs Chuckas à sieben Minuten plus eine Halbzeitpause«, sagte er.

»Hab nie gewusst, wie lange so ein Chucka dauert«, sagte ich. Wie hatte ich ohne dieses Wissen nur überleben können?

Bradenton stand im Zelt an der Bar und unterhielt sich mit einem Mann, der einen Mint Julep trank. Der Mann war klein, untersetzt und glatzköpfig und hatte eine rote Gesichtsfarbe. War das einer der anderen Verschwörer? Um es herauszufinden, könnte ich ihn provozieren. Ich könnte einen Drink bestellen und ihm ins Gesicht schütten. Ob der Klub wohl Sicherheitspersonal mit Pfefferspray und Taserpistolen beschäftigte?

In den beiden ersten Chuckas traten die Roten den Grünen so richtig in den Arsch und führten drei zu null. Dann wendete sich das Blatt, und die Grünen glichen aus. Alle Reiter waren echte Könner. Sie rangelten um die besten Schusspositionen, holten zu elegant geschwungenen Schlägen aus und hämmerten den weißen Plastikball bisweilen mit einer Genauigkeit und Geschwindigkeit eines Schlagschusses von Bobby Hull ins Netz. Niemand feuerte das eine oder andere Team an, das wurde wohl als unpassend betrachtet. Alle applaudierten bei allen Toren. Ganz und gar nicht wie bei den Bears gegen die Packers.

In der Halbzeit, als die Reiter einem großen roten Stallgebäude aus Holz zustrebten, das wohl die Pferdekabine war, geschah etwas Merkwürdiges. Alle Zuschauer gingen auf das Spielfeld und begannen die von den Pferdehufen aufgerissenen Löcher im Rasen festzutreten – wie das auch Golfer mit herausgeschlagenen Rasenstücken taten. Damit man mich nicht für einen gefräßigen Rüpel hielt, riss ich mich vom Büfett los und schloss mich ihnen an. Fast wäre ich auf den zarten Fuß einer Frau gestampft, als wir beide dasselbe Loch ausbessern wollten. Ich bat um Verzeihung und sagte, nur um irgendetwas zu sagen: »Diese Pferde können so einen Rasen ganz schön ruinieren.«

Sie war eine attraktive Frau mit dunkler sonnengebräunter Haut, die ihr blondes Haar zu einem Knoten zusammengebunden hatte. Ihr Alter ließ darauf schließen, dass sie jemandes erste und nicht zweite oder dritte Frau war.

»Man nennt sie Ponys«, sagte sie lächelnd.

»Als ich ein Kind war, kam ein Mann in unser Viertel, der hat uns Kinder auf sein Shetlandpony gesetzt und Fotos gemacht. Hat fünf Dollar gekostet«, sagte ich. »Die hier sind viel größer.«

»Es sind hauptsächlich Araber und Quarter Horses«, sagte sie, während wir von Loch zu Loch gingen und sie abwechselnd festtraten. »Ursprünglich durfte kein Pferd, das größer als dreizehn Handbreit und zwei Zoll war, an einem Polospiel teilnehmen. Die Beschränkung wurde aufgehoben, aber aus Tradition werden die Pferde immer noch Ponys genannt.«

Ich glaubte nicht, dass ich mein zunehmendes Wissen über Polo jemals würde anwenden können, aber wie schon Bruder Timothy sagte, Wissen ist ein Wert an sich.

Das Spiel ging weiter. Als die Schlusssirene ertönte, stand auf der Anzeigetafel, dass die Gäste die Heimmannschaft mit acht zu sieben geschlagen hatten. Soweit ich das beurteilen konnte, hatte Palm Beach die besseren Reiter oder die besser trainierten Ponys, aber vielleicht hätte man es ihnen auch als nicht gentlemanlike angekreidet, wenn sie das Ergebnis noch weiter in die Höhe getrieben hätten. In der Softball-Liga der Polizei von Chicago war das nie Thema. Unser Team hat einmal das Team eines anderen Reviers mit zweiundzwanzig zu null geschlagen. Wir hätten gern noch mehr Punkte gemacht, aber es war inzwischen dunkel geworden.

Alle hatten Durst und strömten zurück ins Klubhaus. Als Vasily mich gefunden hatte, sagte er: »Das war Roland Cox, der da mit Arthur Bradenton an der Bar gestanden hat, als wir vorhin ins Zelt gekommen sind. Ich glaube, er ist das dritte Mitglied der Dreierbande. Sie spielen Golf und jagen Wachteln zusammen und waren erst neulich zum Lachsangeln in Alaska.«

»Was hat Cox früher geacht?«

»Er war geschäftsführender Gesellschafter der größten Anwaltskanzlei in Washington D.C. Der erste Präsident Bush hat ihn als Botschafter nach Frankreich geschickt.«

Eingedenk meiner Scheidung sagte ich: »Würde mich nicht wundern, wenn einer der Drahtzieher Anwalt ist.«

30

Was würde Jack Stoney tun?

Marisa und ich gingen an den Strand vor Ashs Haus, um einen Spaziergang zu machen. Es wehte ein leichter Wind, die Wellen schwappten um unsere nackten Füße, die Wasserläufer trippelten durch den Brandungsschaum. Es war später Nachmittag, die Sonne stand als rotorange Scheibe tief am Horizont und machte sich bereit, in den Golf einzutauchen. Dieses Schauspiel lockte jeden Tag Touristen mit Klappstühlen, Weinflaschen und Fotoapparaten an den Strand. Sonnenuntergänge sind in diesem Teil des Landes sehr malerisch, aber meine Haltung dazu ist: Hast du einen gesehen, hast du alle gesehen.

Allerdings gibt es ein Naturschauspiel, das mich immer an den Strand zieht: Marisa in schwarzem Bikini, darüber ein Strandkleid aus durchsichtigem weißen Stoff und als Accessoires einen großen Schlapphut und eine Dior-Sonnenbrille.

Ich war gekleidet in ein hellbraunes T-Shirt von Tommy Hilfiger und eine grüne Badehose, Boxerhosen-Style, von Ralph Lauren (das Polospieler-Logo war nun angemessen). Beides hatte mir Marisa zum Geburtstag geschenkt. Hoffentlich fiel niemandem auf, dass die Couturiers nicht zusammenpassten. Marisa versuchte mich meiner üblichen Strandmode zu entwöhnen, die aus … Nun ja, Sie ahnen, woraus sie bestand, inzwischen kennen Sie mich wohl gut genug. Kleiner Tipp: Sportmannschaften aus Chicago spielen eine Rolle.

Ein älterer Mann mit behaarter Brust und einem Bauch, der ihm die Sicht auf seine Füße nahm, kam auf uns zu. Er trug eine winzige rote Speedo-Badehose, die mehr von seinen Kronjuwelen zur Schau stellte, als irgendwer außer seinem Urologen jemals zu sehen bekommen sollte.

»Tourist aus Europa«, lautete Marisas Kommentar. »Vielleicht solltest du dir auch so eine Badehose zulegen.«

»Die Ladys am Strand würden dich alle beneiden.«

Sie kicherte. »Und ob.«

»Genug jetzt von meiner überlegenen Physis«, sagte ich und unterrichtete sie über die neuesten Entwicklungen in der Ermittlung, einschließlich des Polospiels.

Dann erregte – und ich meine erregte – eine junge Frau meine Aufmerksamkeit, die einen Bikini trug, der anscheinend aus Zahnseide geschneidert war.

»Hast du schon gehört, dass sie im Boca Grande Pass einen Weltrekord-Tarpon aus dem Meer geholt haben?«, fragte ich Marisa, nur für den Fall, dass mein starrer Blick zu offensichtlich war.

»Dein Ablenkungsversuch wäre glaubwürdiger, wenn du nicht sabbern würdest.«

»Jedenfalls muss ich eine Möglichkeit finden«, fuhr ich fort, »um zumindest einen aus der Bande so zu provozieren, dass er einen Mann fürs Grobe auf mich ansetzt.«

»Einen Mann fürs Grobe? Du meinst einen Auftragsmörder?«

»Die alten Herrschaften könnten nie jemanden selbst umbringen. Sie hätten nicht den Mumm, oder sie wären nicht in der Lage, die Morde so geschickt zu vertuschen, wie dies bislang geschehen ist. Wenn keiner von denen ein Navy SEAL ist, dann bezahlen sie jemanden für die Drecksarbeit.«

Marisa blieb stehen und schaute mir ernst ins Gesicht. »Lass dich nicht mit einem Profikiller ein, Jack. Ich habe mir das Single-Leben gerade erst abgewöhnt.«

»Keine Sorge, mein Liebes«, sagte ich. »Ich bin auch ein Profi.

War ich zumindest mal.

Anstatt die Kunst das Leben imitieren zu lassen, beschloss ich, den umgekehrten Weg zu gehen. Nach unserem Strandspaziergang war Marisa zu einer Hausbesichtigung nach Fort Myers Beach zurückgefahren, und ich rief von Ashs Haus Bill Stevens bei der *Tribune* an. Ich brauchte Hilfe, also hatte ich mich entschieden, die Vertraulichkeitserklärung zu verletzen und ihm die Lage in Naples zu schildern unter der Bedingung, dass er ohne meine Erlaubnis nichts davon in einem Buch oder einer Geschichte für die Zeitung verwenden würde. Weil der echte Detective sich gerade nicht so gut schlug, fragte ich ihn, wie seiner Meinung nach Detective Lieutenant Jack Stoney den Fall anpacken würde.

Bill war der zweite Bruch der Vertraulichkeitserklärung, die ich der Stadt Naples unterschrieben hatte. Marisa hatten mir meine Auftraggeber ihres wertvollen Beitrags zu den Ermittlungen und ihres netten Lächelns wegen durchgehen lassen. Zu erklären, warum ich bei einem Schriftsteller geplappert hatte, würde mir schwererfallen.

»Du bittest eine Romanfigur, dir bei deiner Untersuchung zu helfen?«, fragte Bill mit amüsierter Stimme.

»Genau«, sagte ich. »Ich sage nicht, dass ich ihrer Spur folge, aber zumindest wird sie mich inspirieren.«

»Einverstanden, unter einer Bedingung.«

»Und die wäre?«

»Wenn der Qualm sich verzogen hat, dann fragst du deine Bosse, ob ich die Geschichte für ein Buch verwenden kann, natürlich unter schlauer Verschleierung von Örtlichkeiten und Personen.«

»Kann ich machen.«

»Okay. Ein, zwei Tage, dann kriegst du per E-Mail ein paar Seiten von mir. Und fang dir bis dahin keine Kugel ein.«

»Das versuche ich immer«, sagte ich. »Klappt aber nicht immer.«

Bill musste richtig geschuftet haben, denn am Spätnachmittag des nächsten Tages traf eine E-Mail mit angehängter Word-Datei ein. Ich ging in Sir Reggies Arbeitszimmer und druckte den Anhang aus. Das Romanfragment mit dem Titel *Jack Stoney – Undercover im Paradies* begann so:

Am Strand des Luxusanwesens in Palm Beach hatten Jack Stoney und seine Freundin Maryanne, eine Immobilienmaklerin, im milden Glanz des Mondscheins leidenschaftlichen Sex.

Ein guter Anfang. Das kriege ich hin.

Jack Stoney wohnte dort undercover als Neffe der Hausbesitzerin Lady Jane Ashcroft, Witwe von Sir John Ashcroft, der sein Vermögen im australischen Schafgeschäft gemacht hatte.
    Als sie rundum befriedigt auf dem Rücken im Sand lagen und zum funkelnden Sternbild des Großen Wagens hinaufschauten, sagte Maryanne: »Du darfst nie sterben. Ich bin verwöhnt. Kein anderer Mann kann es auch nur annähernd mit dir aufnehmen.«

Ich spürte einen Schwall Eifersucht. Marisa hatte sich nie so eindeutig über meine sexuelle Leistungsfähigkeit geäußert. Sie hatte zwar nie geklagt, aber sie hatte auch nie angedeutet, nach meinem Ableben ins Kloster zu gehen. Wieder einmal hatte Jack Stoney mich übertroffen. Ich las weiter:

Stoney brachte Maryanne zu ihrem Haus in Boca Raton und machte sich dann auf den Weg, um nach seinem eigenen Heim zu schauen, einem Zwölf-Meter-Segelboot namens The Busted Flush, *das in einem Jachthafen in West Palm Beach vor Anker lag. Auf dem*

Boot war alles in Ordnung. Er setzte sich wieder in Sir Johns silberfarbenen Bugatti Veyron 16.4 Grand Sport Vitesse und fuhr über die Dammstraße zurück zu Lady Janes Hütte.

Ich hätte kotzen können. Jack Stoney lebte auf einer Zwölf-Meter-Jacht, die nach dem Boot benannt war, auf dem John McDonalds Romandetektiv Travis McGee lebte. Und er fuhr einen 2,4-Millionen-Dollar-Sportwagen mit einer Höchstgeschwindigkeit von 415 Stundenkilometern. Nicht mal Onkel Reggie hatte so einen Wagen. Ich las weiter:

In seiner Undercover-Identität als reicher Faulpelz mit Treuhandfonds war es Stoneys Plan, Benson Hurst mit der Verheißung auf leicht verdientes Geld in das verwegenste und lukrativste Geschäft von ganz Florida zu locken: in ein Immobilienentwicklungsprojekt. Dann würde er Hurst »rein zufällig« entdecken lassen, dass sein Investment nicht in ein Immobilienprojekt geflossen war, sondern auf ein geheimes Konto bei einer Offshore-Bank.
    Die gesamte Unternehmung war ein ...

Ein Ponzi-System! Brillant!

Die Geschichte ging noch ein paar Seiten weiter, auf denen sich Jack Stoney ein paar Leute ziemlich rabiat zur Brust nahm, aber ich hatte, was ich wollte. Frank Chance würde die gleiche Betrugsmasche aufziehen, derer ich

Vasily verdächtigt hatte und die er vielleicht noch immer betrieb.

Ich würde mir Christopher Knowland, den Bauunternehmer aus Canton, Ohio, vorknöpfen, weil den ein betrügerischer Immobiliendeal besonders auf die Palme bringen würde. Wenn der Beschiss (von mir mit Absicht) enthüllt wurde, musste ich bestraft werden. Und wer war geeigneter, mir bei dieser Gaunerei zu helfen, als Boris Ivanovich, das Ex-Brighton-Beach-Finanzgenie? Sicher war ihm in seiner Vergangenheit das eine oder andere Ponzi-System untergekommen.

Unten auf der letzten Seite hatte Bill mir eine Anmerkung hinterlassen: »Ab hier kannst du weitermachen, Sherlock. Wenn es nicht klappt, werde ich mich um unsere Bar und deine Corvette kümmern.«

Ich schätze, er wusste, dass Marisa gut für sich selbst sorgen konnte.

31

Das Ponzi-System

Noch am selben Nachmittag rief ich Vasily auf dem Handy an, um ihm von meiner Idee bezüglich Christopher Knowland zu erzählen. Er sagte, er sei in New York und fliege erst spät abends wieder nach Naples. Vielleicht war er auf einer Hochzeits- oder Geburtstagsfeier in Brighton Beach – oder auf einer Pensionierungsparty. Was bekam man nach dreißig Dienstjahren für eine Mafiafamilie – einen halb automatischen Revolver in Gold?

Vasily lud mich zum Frühstück am nächsten Morgen in sein Haus auf Keewaydin Island ein, einer privaten Barriereinsel vor Naples. Er sagte, ich solle bis um halb acht am südlichen Ende des Gordon Drive am Bootshaus sein. Dort würde ein Boot auf mich warten.

Als ich das Bootshaus erreichte, sah ich an einem kleinen Holzsteg Elena aus Vasilys Bootsmannschaft, die am Steuer eines klassischen Chris-Craft-Schnellboots aus Mahagoni saß. Ein herrlicher Anblick. Auch der des Boots.

Am Bug stand der Name *Osetra*. Eine russische Kaviarsorte, wie ich von Marisa wusste, die das Zeug gern aß. Meiner Meinung nach taugten Fischeier nur zur Produktion von Fischbabys.

Elena lächelte. »Erinnern Sie sich an mich, Mr. Chance?«, fragte sie. »Elena. Wir haben uns an Bord von Graf Petrovitchs Jacht kennengelernt.«

Eher hätte ich den Sears Tower vergessen. Sie trug ein blaues Jeanshemd, hellbraune Shorts und rosa Segeltuchbootsschuhe. Sie hatte die Ärmel aufgekrempelt, und die Hemdzipfel waren unter dem Nabel zusammengebunden. Anscheinend fehlten dem Hemd die oberen Knöpfe. So eine Schlamperei, die nicht wieder anzunähen.

»Natürlich erinnere ich mich«, sagte ich.

»Steigen Sie ein. Sind nur fünfzehn Minuten bis zur Insel.«

»Haben Sie genug Sprit an Bord für einen Abstecher nach Kuba?«, fragte ich.

»Wie gut können Sie schwimmen?«, fragte sie und grinste. Endlich eine junge Frau, die meinen Sinn für Humor zu schätzen wusste. Darauf ließ sich aufbauen.

Sie machte die Bugleine los, und ich ging zum Heck und stieß das Boot vom Steg ab. Dann setzte sie sich auf den Kapitänsstuhl und schob den Gashebel langsam nach vorn. Wir waren unterwegs – nach Keewaydin, nicht nach Kuba.

Die Sonne strahlte vom azurblauen Himmel und bescherte uns einen weiteren perfekten Tag. Elena gab Vollgas, und ein Delfinpaar tollte übermütig in unseren Bugwellen herum.

Vielleicht habe ich das schon früher erwähnt, aber Detektivarbeit hat ihre Momente. Wenn man nicht beschossen oder einem auf den Kopf geschlagen wird, kann sie ausgesprochen vergnüglich sein.

Wie angekündigt erreichten wir Keewaydin in fünfzehn Minuten. Elena ließ das Boot langsam an den Holzsteg gleiten. Vasilys Chauffeuer Stefan machte das Boot fest und fuhr dann Elena und mich in einem Golfwagen auf einem Backsteinweg einen Hügel hinauf zu Vasilys Haus.

Das Wort »Haus« wurde Vasilys Wohnstätte nicht gerecht. Am liebsten hätte ich mit meinem Handy ein Foto für Marisa gemacht, aber ich wollte nicht wie ein Tourist dastehen. Das »Haus« sah aus wie ein viktorianisches Bed and Breakfast auf Anabolika. Es bestand aus vielleicht zweieinhalbtausend Quadratmetern Giebeln, Türmchen und Veranden in grellen Regenbogenfarben. Vasily hatte also auch eine spaßige Seite.

Während Elena irgendwohin verschwand (wo sie wahrscheinlich in einem klitzekleinen Bikini für das diesjährige Badeanzug-Spezial der *Sports Illustrated* posierte), führte Stefan mich die Treppe hinauf in den Empfangssalon. Er war ausstaffiert mit Ölgemälden, einer großen Standuhr, Orientteppichen auf Hartholzböden (was sonst?) und einer geschwungenen Holztreppe, auf der der abwärts schreitende Vasily seinen großen Auftritt hatte. Im Arm trug er Sasha, den Killer-Malteser.

»Willkommen in meinem Haus«, sagte er. »Wir frühstücken am Pool.«

Ich folgte ihm durch die Küche in den Garten und zu einem Pool, in dem man die olympischen Schwimmwettbewerbe hätte austragen können. Wir setzten uns unter eine grün-weiß gestreifte Segeltuchmarkise an einen

Tisch, während Sasha es sich neben einem Umkleidehäuschen auf einem Loungesessel bequem machte. Ein paar Minuten später schob eine Frau ein Wägelchen an den Tisch und servierte uns Frühstück. Vor Sasha stellte sie eine kleine Schale hin, wahrscheinlich mit Kaviar.

»Danke, Viola«, sagte Vasily.

Sie war klein, stämmig und grauhaarig, trug eine Schürze über ihrem Hauskleid und war die Sorte Frau, die Russen Babuschka nennen. Für die wichtige Position der Köchin hatte Vasily anscheinend nach dem Motto »Form folgt Funktion« entschieden. Es gab Kaffee, Orangensaft, Eier Benedict, süße Teilchen und Käsebliny. Joe und ich würden nach diesem Fall auf Kur gehen müssen.

Beim Essen erzählte ich Vasily ohne Nennung der Quelle von Bill Stevens' Idee des Ponzi-Systems. Ich wollte nicht zugeben, dass ich einem Zeitungsreporter von unseren Ermittlungen erzählt hatte und dem Tipp eines Romandetektivs folgte.

Vasily dachte darüber nach und sagte dann: »Ein Ponzi-System! Die perfekte Idee, direkt vor meiner Nase, und ich hab's nicht gesehen. Sie haben recht, von den dreien ist Christopher Knowland der ideale Ansatzpunkt. Als Immobilienprofi wird er ausrasten, wenn man ihn in seinem Metier über den Tisch zieht. Und zwar mörderisch, mein lieber Freund.«

»Aber das ist nur der Grundgedanke, mehr habe ich nicht«, sagte ich und biss in einen Käsebliny, für den man hätte sterben mögen (also, nicht buchstäblich). »Für die

Einzelheiten, mit denen wir Knowland dann austricksen, verlasse ich mich ganz auf Sie.«

Vasily wollte gerade antworten, als Elena aus dem Haus kam, ihren weißen Frotteebademantel abstreifte, kopfüber in den Pool eintauchte und begann, so geschmeidig wie die Delfine, die uns auf dem Herweg begleitet hatten, ihre Bahnen zu ziehen.

»Sie schwimmt, um in Form zu bleiben«, sagte Vasily.

»Funktioniert«, sagte ich und beobachtete Elena bei einer Rollwende, die gekonnt wie von Mark Spitz war, aber angenehmer fürs Auge.

Vasily begann mir den Aufbau unseres Immobilienprojekts darzulegen. Er war ein Schnelldenker. Das meiste verstand ich nicht. Ich kapierte aber, dass er eine kleine Gruppe Freunde zusammentrommeln würde, die als die Investoren auftreten sollten, falls Knowland sie im Zuge seiner Projektprüfung kennenlernen wollte. Das Projekt selbst wäre ein gemischt genutzter Luxuskomplex, in dem ein Einkaufszentrum mit Boutiquen, Restaurants und Kino sowie Eigentumswohnungen Platz fänden. Gebaut würde es auf einem zum Verkauf stehenden Premium-Grundstück südlich von Naples.

Er präsentierte die Details so schnell und so präzise, dass ich mich fragte, ob er ein derartiges Projekt nicht ohnehin schon im Kopf gehabt hatte, legal oder sonst wie. Ich würde auf Knowland zugehen, erläuterte mir Vasily, und ihm sagen, dass in unserer Partnerschaft noch Platz für einen Investor sei. Ich würde ihm erzählen, dass ich von seiner Erfahrung als Immobilienentwickler gehört hätte und er für unser Projekt von großem Nutzen sein könne. Von dem Projekt habe er deshalb noch nichts gehört, weil der Kauf des Grundstücks noch nicht unter Dach und Fach sei. Wenn der Umfang des Bauvorhabens durchsickere, würde der Preis durch die Decke gehen.

»Also, Frank, was meinen Sie?«, fragte Vasily.

»Das könnte klappen«, sagte ich.

»Ich weiß, wie man Christopher Knowland am besten ködert«, sagte Vasily auf dem Weg zur Vordertür, wo Stefan mit dem Golfwagen auf mich wartete. »Unter dem Siegel der Verschwiegenheit werde ich ein paar Leuten erzählen, dass Sie sich entschlossen hätten, nach dem Tod Ihrer Tante doch in Naples zu bleiben. Sie halten Naples für eine gute Stadt für ein Immobilienprojekt, und Sie haben Ähnliches schon in New York, Hongkong und Dubai realisiert. Das macht in den einschlägigen Zirkeln schnell die Runde und ist bis zur Cocktailstunde morgen Nachmittag bei Knowland angekommen. Und dann sorge ich dafür, dass Sie beide sich treffen.«

»Respekt, mein Pate.«

Ich stieg in den Golfwagen, ließ mich zur Anlegestelle kutschieren und dann von Elena mit der Chris-Craft zum Bootshaus am Gordon Drive zurückbringen. Kuba musste noch warten.

32

Pop-up-Dinnerparty

In Ashs Haus zog ich mich um. In einem T-Shirt der Chicago Blackhawks, Shorts und Laufschuhen riss ich auf den Straßen von Port Royal acht Kilometer ab, um bei diesen kalorienreichen Ermittlungen die 300-Pfund-Marke nicht zu überschreiten.

Das war ein weiterer seltsamer Aspekt von Naples. Straße um Straße all die imposanten, teuren Anwesen, und fast nie sah man einen ihrer Bewohner, nur Gärtner und Hausangestellte. Viele der Besitzer hatten Wohnsitze in anderen Städten und Ländern, sagte Marisa, und nutzten ihre Villen in Naples nur überaus selten.

Beispiel: Larry und Penny Networth sitzen eines Morgens in ihrem Townhouse an der Park Avenue in New York beim Frühstück. Es wäre doch schön, denken sie sich, den Lunch am Pool in ihrem Haus in Port Royal einzunehmen. Larry sagt per Handy seinem Flugpersonal Bescheid, die Gulfstream anzuwerfen. Nach einem angenehmen Mittagessen in Naples meint Penny, es wäre doch schön, ein paar Freunde zu einer kleinen Dinnerparty in ihr Chalet in Aspen zu bitten ... Was für eine Verschwendung, die luxuriösen Häuser die meiste Zeit leer stehen zu lassen. Vielleicht sollte die Bundesregierung ein Programm auflegen, die Obdachlosen im Land in diesen Anwesen unterzubringen. Dafür hätte sie meine Stimme.

Nach dem Lauf duschte ich und rief Marisa an. »Bist du frei für ein Abendessen am Donnerstag?«, fragte ich.

»Lass mich nachdenken«, sagte sie. »Ich bin schon zum Essen mit George Clooney in seiner Bude am Comer See verabredet …«

Als Nachbar der Networths würde Marisa perfekt passen.

»Die Gelegenheit möchte ich dir natürlich nicht versauen«, sagte ich.

»Mach mir ein Gegenangebot.«

»Okay. Schon mal von Pop-up-Dinnerpartys gehört?«

»Klar«, sagte sie. »Ein Koch bereitet ein raffiniertes Essen an einem ungewöhnlichen Ort zu, den man erst am Tag vorher erfährt. Das ist gerade der letzte Schrei.«

»Zufällig hat mir eine Quelle geflüstert, dass so ein Dinner am Donnerstag im Einrichtungshaus Robb & Miller stattfindet. Und wir haben eine Reservierung.«

»Ich liebe den Laden. Lecker, lecker. Ich werde George absagen. Und was steckt jetzt hinter dieser Pop-up-Einladung?«

»Vasily hat das für uns arrangiert. Ein Arbeitsessen. Er kennt den Koch und hat die Gästeliste, und da standen wie von ihm vermutet die Namen von Christopher Knowland und seiner Frau Lucille drauf. Erst dachte er, die beiden anderen Gauner stehen auch drauf, waren dann aber nur die Knowlands.«

Ich erzählte Marisa von dem Ponzi-System und dass Vasily uns Plätze am Tisch der Knowlands zugeschustert hätte.

»Muss ich unter dem Kleid eine Kevlarweste tragen?«, fragte Marisa.

»Das wird wohl nicht nötig sein. Und wenn es doch zu einer Schießerei kommt, werfe ich mich einfach auf dich.«

»Na, dann hoffen wir mal, dass es eine gibt.«

In der Zeit bis Donnerstag machte ich mich mit der Welt der Immobilienwirtschaft vertraut. Als ich fertig war, hatte ich für das Fachgebiet einen Master von der Google-Universität in der Tasche. Zumindest hatte ich den Branchenjargon mit Wendungen wie dreifache Nettopacht, Agglomerationseffekt, Ertragswertverfahren oder gewichtete durchschnittliche Kapitalkosten einigermaßen intus. Ich stellte mir vor, dass ich beim Essen zu Knowland Dinge sagte wie: »Könnten Sie mir wohl den Ketchup rüberreichen. Ach, übrigens, wo liegt eigentlich Ihr Indifferenzpreis?«

Dann war der Donnerstag da. Das Pop-up-Dinner begann um acht. Ich holte Marisa um sieben zu Hause ab. In dem schlichten schwarzen Cocktailkleid – ohne Kevlarweste – und den schwarzen High Heels sah sie hinreißend aus.

Auf dem Weg zum Einrichtungshaus hielten wir an einem Spirituosenladen und kauften Wein, weil man zu dem Dinner die Getränke selbst mitbringen musste. In der Annahme, das Menü werde Fisch, Geflügel und diverse Fleischgerichte beinhalten, entschied sich Marisa für eine Flasche von ihrem Lieblingsrotwein, einen Jordan Cabernet Sauvignon, und für eine Flasche Weißwein, einen Lynmar Estate Russian River Valley Chardonnay.

Robb & Miller befand sich auf der Route 41 alias Tamiami Trail – so genannt, weil die Straße früher die Hauptverbindung zwischen Tampa und Miami war. Ich bog in die Auffahrt ein und übergab dem Parkplatzboy die Shelby Cobra, die ich heute fuhr. Inzwischen wusste ich, dass reiche Menschen ihren Wagen nie selbst parkten. Wir gingen hinein.

Ein Mann in den Dreißigern, der eine gestärkte weiße Kochjacke und ebensolche Haube trug, begrüßte am Eingang die ankommenden Gäste. Der Koch gab erst Marisa und dann mir die Hand und sagte: »Willkommen. Ich bin Gilbert Merchant. Gehen Sie einfach durch die Henredon Gallery. Zwischen den Orientteppichen und den Schlafzimmermöbeln finden Sie dann den Essbereich.«

Das musste der Laden sein, wo alle ihre Orientteppiche kauften, die sie dann auf ihre Hartholzböden legten. Gilbert Merchant, hatte mir Vasily erzählt, war einer der angesagten jungen Köche des Landes. Er war vor ein paar Jahren aus San Francisco gekommen und hatte in Naples ein Restaurant eröffnet. Schätze, er spekulierte auf höhere Trinkgelder. Die Pop-up-Dinners waren eine Ergänzung zu seinem Cateringeschäft.

Wir folgten den Anweisungen des Kochs und schlängelten uns zwischen den Möbeln hindurch bis zu dem in

Kerzenlicht getauchten Essbereich, der acht Tische mit je sechs Plätzen umfasste. Unterwegs blieb Marisa ständig stehen und begutachtete die Möbel, weil sie ein neues Breakfront-Sideboard benötigte, was immer das sein soll. Ich fragte sie, ob sie noch Platz für einen Fernsehsessel habe, am besten mit Massagefunktion, wenn ich mir bei ihr mal Sport anschauen wolle. Sie reagierte auf die Frage, indem sie sie ignorierte.

Das Dinner kostete 325 Dollar pro Kopf plus Trinkgelder für Bedienungspersonal und Parkplatzboy, was alles Vasily übernahm. Er sagte, der Erlös gehe an den Jugendverband von Collier County, ein honoriger Zweck, allerdings nicht so honorig, als dass ich so viel von meinem eigenen Geld für ein Degustationsmenü ausgeben würde, egal, wie hervorragend das auch sein mochte.

Wir waren die Ersten an unserem Tisch. Wie von Vasily versprochen, platzierten uns die Tischkarten nach der Methode Mann-Frau, Mann-Frau neben Christopher und Lucille Knowland.

Marisa und ich studierten die Speisekarten, die an jedem Platz lagen. Ich stellte mir vor, dass Gelage wie diese einer der Hauptgründe für den Verfall und Untergang des Römischen Reiches sowie die Revolutionen in Frankreich und Russland gewesen waren. Irgendwie überdauerte die britische Monarchie noch immer, allerdings hatte das Essen auf der Insel – trockener Rostbraten mit Yorkshire-Pudding und einem Berg Knochenmark (igitt) – wohl auf den Bauernstand auch keine so aufrührerische Wirkung.

Dieses Menü jedoch, sollte es an die Öffentlichkeit gelangen, würde ohne Zweifel die Massen mit Fackeln und Mistgabeln in das Einrichtungshaus treiben. Es begann so:

Hors d'œuvres
Büffelmozzarella-Kügelchen
Tomatenjus, Basilikumöl mit altem Balsamicokaviar

Geräucherte Entenbrust,
Kandierte Apfel & Butternusskürbis-Törtchen,
geröstete Pecannüsse an brauner Butter und
frittierten Salbeiblättern

Vorspeisenduett
Steinpilz-Crème an Zitronenmelisse, Kaviar auf Babysalat,
Hummersalat an Waffeln, Avocado-Zitronen-Mousse,
Mango-Küchelchen, Estragonperlen

Zweiter Gang
Goldene- und Rote-Bete-Salat mit Bio-Frisée-Blättern,
Ziegenkäse halbgefroren an Apfelmus,
Blutorangen-Vinaigrette und knusprigen Pistazienchips

Dritter Gang
Consommé von schwarzen Trüffeln,
Brioche-Buns an knusprig blauen Kartoffeln,
frischem Kerbel in weißem
Öl-Balsamico-Dressing

Vierter Gang
*Feigen-Gänseleber-Brûlée mit Balsamicokirschen,
geschmolzener Camembert, Portwein-Gelee auf
Haselnuss-Lavendel-Thymian-Crème*

Und so ging es noch acht Gänge weiter. »Jesus, Maria und Josef«, rief ich aus. »Da nimmt man ja schon beim Lesen zwanzig Pfund zu.«

»Das sind sicher nur kleine Portionen«, sagte Marisa. »Trotzdem, das ist eindeutig zu viel des Guten.«

»Den Portwein-Gelee, den Wodka-Shooter und den Bourbon-Jus lasse ich aus. Hab keine Lust, noch einmal in die Reha zu gehen.«

»Das ist mein erstes Pop-up-Dinner«, sagte Marisa. »Das ist wirklich cool. Danke für die Einladung.«

»Ich hab am College mal einen Kurs über die Zivilisation der Antike belegt«, sagte ich. »Die Aristokraten im alten Rom konnten bei ihren Bacchanalen nur deshalb tagelang essen und trinken, weil sie sich zwischendurch gezielt übergeben haben.«

»Die Geburtsstunde der Bulimie.«

Die Knowlands und das andere Paar an unserem Tisch kamen zusammen. Marisa und ich standen auf, und wir stellten uns reihum vor. Dann setzten wir uns, wobei Lucille Knowland zu meiner Rechten und eine Frau namens Janet Crombie zu meiner Linken Platz nahm.

Lucille war eine attraktive Frau mit schulterlangen kastanienbraunen Haaren und grünen Augen. Sie und ihr Mann schienen etwa im gleichen Alter zu sein. So wie auch Janet: Sie hatte kurzes weißes Haar, eine glatte Haut und ein warmes Lächeln. Marisa saß zwischen Christopher Knowland und einem Mann, der aussah, als hätte er seinen Achtzigsten schon hinter sich. Die Gänge kamen und gingen. Gilbert Merchant, der Koch, gab eine launige kleine Einführung zu jedem Gang, wonach ich den Unterschied zwischen Estragonperlen und einer Tomaten-Meerrettich-Granita allerdings immer noch nicht kannte. Ich hatte immer ein Auge auf meine Tischgenossen, sodass ich das Besteckproblem gut im Griff hatte.

Ich lauschte aufmerksam, als der Koch über eine Speise namens »Dreck aus Waldpilzen« sprach. Es klang nicht vielversprechend. Die Sauce bestand aus etwas mit Olivenöl und gehobeltem schwarzen Trüffel, was wie Dreck aussah, aber anscheinend nicht war. Ich beugte mich dem Gruppenzwang und aß einen Bissen. Es schmeckte ziemlich gut.

Als wir zum ersten Mal Fisch in Form eines Granatbarsch-Sandwich auf die Karte des Drunken Parrot setzten, erzählte mir der Großhändler, dass der Granatbarsch eigentlich »Schleimkopf« heiße. Vielleicht hatte der Verband der Schleimkopf-Fischer eine Werbeagentur angeheuert, um dem Produkt ein neues Image zu verpassen. Stellen Sie sich einen Kellner vor, der sagt: »Von unserer Fischkarte kann ich Ihnen heute Abend den Schleimkopf an Zitronenbuttersauce empfehlen.« Wie viel er wohl davon verkauft?

Schließlich war es elf Uhr und unsere dreistündige Reise durch das Land des kulinarischen Exzesses beendet.

Wie Marisa prophezeit hatte, waren die einzelnen Gänge sehr klein gewesen, aber sie hatten sich summiert zu einer Völlerei, als deren Folge ich einen wütenden Gichtanfall nicht ausschließen konnte. Dem Koch Gilbert Merchant wurden – von denen, die noch stehen konnten – stehende Ovationen zuteil. Wir waren übereinstimmend der Meinung, einen großartigen Abend verlebt zu haben.

Wegen der Sitzordnung war es mir nach der Begrüßung zu Beginn nicht mehr möglich gewesen, mit Christopher Knowland in Kontakt zu treten, aber das war in Ordnung. Der Zweck des Abends war, ihn an einem passenden Ort kennenzulernen, und nicht, mit einem Filzstift auf einer Leinenserviette mein Immobilienprojekt zu skizzieren. Dafür war später noch Zeit.

Während Marisa und ich darauf warteten, dass der Parkplatzboy mit der Cobra auftauchte, checkten wir unsere Handys. Wir hatten beide Nachrichten bekommen.

Sie von einem Kunden, der ein Angebot für ein Haus abgeben wollte. Ich von Polizeichef Wade Hansen, der mich darüber informierte, dass wieder jemand tot war.

33

Das ewige Par-3-Loch

Leiche Nummer fünf war kein anderer als Charles Beaumont, der Bürgermeister von Naples. Eine schockierende Entwicklung, und so leicht kann mich nichts schocken. Jetzt betraf es uns ganz direkt. Es wurde persönlich.

Seine Frau Helen hatte ihn gefunden, während wir uns bei dem Pop-up-Dinner in dem Möbelladen den Magen vollgeschlagen hatten. Ihr Gatte hatte auf dem Boden der Garage ihres Hauses in Royal Harbor gelegen. Der Motor seines 53er MG TD lief, bei geschlossenem Garagentor. Charles hatte zu Helen gesagt, er wolle in die Garage gehen, um ein bisschen an dem Wagen zu arbeiten.

Helen erzählte den beiden Beamten, die auf ihren Notruf gekommen waren, dass ihr Mann sich nie umbringen würde, und das hatte sie auch einem Detective gesagt. Er habe sich schon auf das Mitglieder- und Gästeturnier am nächsten Wochenende im Olde Naples Country Club gefreut, sagte sie. Er und sein ehemaliger Zimmergenosse aus Yale hätten im letzten Jahr gewonnen. Das sprach gegen Selbstmord: Jeder echte Golfer würde bis *nach* dem Turnier warten, um sich umzubringen, vor allem wenn er Titelverteidiger war.

Am Freitagmorgen traf ich mich mit Chief Hansen in seinem Büro im Polizeipräsidium. Ich hatte keinen Grund mehr, mich von dem Gebäude fernzuhalten, da wir meine Identität nicht mehr vor Vasily geheim halten mussten. Mir war nicht aufgefallen, dass Hansen und Beaumont gute Freude gewesen waren, aber er war eindeutig erschüttert. Die Morde waren bedrohlich nahe gekommen und wiesen darauf hin, dass die Gangster dreister wurden. Hansen erzählte mir, dass ein Mann namens Henry Thurgood, der stellvertetende Bürgermeister und pensionierte Direktor einer Bank in Des Moines, bis zur nächsten Wahl die Amtsgeschäfte übernehme.

Dem fast achtzigjährigen Thurgood würde man sagen, Bürgermeister Beaumont sei eines natürlichen Todes gestorben, und über unsere Mordermittlungen würde er natürlich nichts erfahren. Er hatte das Amt des stellvertretenden Bürgermeisters nur unter der Voraussetzung akzeptiert, keinerlei offizielle Pflichten erfüllen zu müssen. Er hatte offensichtlich nie damit gerechnet, dass ein solcher Fall je eintreten könnte. Der Gedanke, tatsächlich jeden Tag erscheinen und über ihm vollkommen unbekannte Belange entscheiden zu müssen, versetzte ihn in Panik. Hansen erzählte mir, er habe ihm versichert, dass er sich keine Sorgen zu machen brauche, Stadtratsentscheidungen könne er ungelesen abnicken, die eigentliche Arbeit würden die Leiter der Abteilungen erledigen.

Hansen würde einen Grund erfinden, dass die Polizeibehörde aus dem Etat, der dem Bürgermeister zur freien Verfügung stand, Mittel für vertrauliche Projekte benötige. Vielleicht hatte die Polizei eine Antiterror-Einheit, von der, um die Bürgerschaft nicht zu verängstigen, niemand wusste und für die der verstorbene Charles Beaumont schon Mittel abgesegnet hatte. Das oder irgendwas in der Art würde er dem neuen Bürgermeister erzählen.

Nach dem Treffen mit Hansen rief ich Vasily an und berichtete ihm die Neuigkeit. Er war auch geschockt. Dann brachte er mich auf den neuesten Stand unseres Immobilienprojekts.

»Meine Leute bereiten alle nötigen Dokumente vor«, sagte Vasily.

»Wer sind Ihre Leute?«

»Für diese Art Geschäfte nehme ich eine Anwalts- und Wirtschaftsprüfungskanzlei aus Brighton Beach. Die erstellen die falschen amtlichen Bescheinigungen und was wir sonst noch so brauchen.«

Klasse. Als Berater des früheren Bürgermeisters und des Polizeichefs stand ich ja wohl eigentlich auf der richtigen Seite des Gesetzes. Und jetzt war ich drauf und dran, Komplize bei einem Investmentbetrug zu werden, für den von der russischen Mafia und ihren Lakaien gefälschte Dokumente verwendet wurden.

Zum Problem würde das nur werden, wenn wir die Verbrechen nicht aufklären konnten oder Christopher Knowland nicht zu der Mordbande gehörte. Gehörte er nicht dazu, dann würde er sehr sauer werden, wenn er entdeckte, dass mein Investmentprojekt genauso getürkt war wie meine Identität. Er würde jede Anstrengung unternehmen, um Frank Chance für eine sehr lange Zeit hinter Gitter zu bringen oder für immer unter die Erde. Und wohin auch immer Frank Chance ging, Jack Starkey würde ihm folgen.

Charles Beaumonts Nachruf stand auf Seite eins der Sonntagsausgabe der *Naples Daily News*. Er war in Indianapolis geboren und hatte in Yale und an der Wharton School of Business in Pennsylvania studiert. Er hatte als Marineoffizier auf einem Zerstörer im Nordatlantik gedient, war dann zum Pharmakonzern Pfizer gegangen, wo er im Vetrieb begann und es bis zum Vorstandsvorsitzenden brachte. Beaumont und seine Frau Helen kauften vor vierzig Jahren ein Ferienhaus in Naples und ließen sich vor zehn Jahren ganz in Florida nieder. Sie hatten zwei Söhne, eine Tochter und sieben Enkel.

Der Trauergottesdienst für Charles Beaumont, dem Vasily und ich beiwohnten, fand in der kleinen weißen Episkopalkirche »Trinity by the Cove« in Port Royal statt. Jesus hat gesagt: »Eher geht ein Kamel durch ein Nadelöhr, als dass ein Reicher ins Reich Gottes gelangt.« In Kirchen wie Trinity by the Cove versammelten sich jeden Sonntag wohlhabende Gemeindemitglieder in der Hoffnung, dass Jesus nur Spaß gemacht hatte. Oder könnte nicht eine große Spende für den Baufonds der Kirche ihren Seelen ermöglichen, trotzdem durch das Nadelöhr ins magische Königreich im Himmel zu schlüpfen?

Ich betrat die Kirche, sah Vasily in der hintersten Bankreihe sitzen und rutschte auf den Platz neben ihn. Er begrüßte mich mit einem Nicken. Mir fiel die Ausbuchtung unter seiner Jacke auf. Er hatte eine Waffe dabei, und im Glockenturm saß vielleicht noch Sergei mit einem Scharfschützengewehr. Wenn die Dreierbande für den Anschlag auf den Bürgermeister verantwortlich war, dann wussten sie vielleicht, dass wir ihnen auf den Fersen waren.

Helen Beaumont saß in Trauerkleidung in der ersten Reihe. Der Priester und einige Familienmitglieder und Freunde sagten freundliche Dinge über den Verstorbenen. Seine Sekretärin Kathi war auch da. Wenn man sie gefragt hätte, was hätte sie wohl über ihren hingeschiedenen Boss zu sagen gehabt? Hätte sie von den guten Zeiten erzählt, als er mit ihr am Wasserspender geschäkert hatte?

Natürlich weiß ich nicht, ob in der Beziehung zwischen Kathi und dem Verstorbenen etwas Unangemessenes vorgefallen war – nur weil er ein alter Gockel und sie eine sexy junge Frau war, die ich, wenn ich ins Büro kam, nie etwas tippen oder abheften gesehen habe, hieß das noch lange nicht, dass es da zu Tändeleien gekommen war.

Wir sollten immer nur das Beste von einem Menschen denken, hatte Bruder Timothy uns gelehrt. Claire hatte das auch gesagt, und Marisa tat ihr Bestes, um mich in die moderne Welt der sexuellen Gleichberechtigung einzuführen, aber ich sah ein, dass immer noch eine beträchtliche Wegstrecke vor mir lag. Die Jesuiten hatten mir aber ebenfalls versichert, dass man glücklicherweise auch ohne ein perfektes Leben in den Himmel kommen konnte.

Es gab keinen Sarg in der Kirche, weil der Ehrengast

sich hatte einäschern lassen. Einer von Beaumonts Söhnen verkündete der Trauergemeinde, es sei der Wunsch seines Vaters, die Asche auf der Abschlagfläche des fünften Lochs auf dem Golfplatz des Olde Naples Country Club zu verstreuen. Das sei ein 157 Yard langes Par-3-Loch, erläuterte er, wo sein Vater einmal mit einem Siebener-Eisen ein Hole-in-one geschlagen habe.

»Gruselig«, flüsterte ich Vasily zu. »Das mit der Asche auf dem Golfplatz.«

»Das kommt hier oft vor«, flüsterte Vasily. »Die Bauordnung erlaubt das.« Vielleicht trieben sich nachts die Geister der Verstorbenen auf den Golfplätzen von Naples herum und spielten bis in alle Ewigkeit 2-Dollar-Nassau-Wetten aus.

Die Kirche war voll. Alle Mitglieder der (zu diesem Zeitpunkt immer noch mutmaßlichen) Dreierbande waren anwesend. Sie saßen nicht zusammen: Christopher Knowland und seine Frau Lucille in einer mittleren Reihe, Arthur Bradenton und seine Frau Paige in der letzten Reihe und Roland und Marcie Coy links vom Altar in der dritten Reihe.

Nach dem Gottesdienst stellte mich Vasily den Knowlands vor, als wisse er nicht, dass wir uns schon bei dem Pop-up-Dinner kennengelernt hatten. Die Coxes und Bradentons waren schon gegangen.

»Arthur, das ist Frank Chance«, sagte Vasily. »Frank ist Ashley Howes Neffe«

»Wir kennen uns schon«, sagte Knowland. Er wandte sich an mich. »Immer ein Vergnügen, Frank.«

Ich gab ihm die Hand und tauschte mit Lucille angedeutete Wangenküsschen aus, wie das in diesen Kreisen so üblich war.

»Frank verfügt über umfangreiche Erfahrung auf dem Sektor gewerbliche Immobilien«, sagte Vasily zu Knowland. »Er plant gerade ein Projekt, das Sie vielleicht kennenlernen sollten, bevor er damit an die Öffentlichkeit geht.«

Offenbar gab es keine Zeit und keinen Ort, die für Geschäfte unpassend gewesen wären. Vasily hatte schon überall in der Stadt von dem Projekt erzählt, wobei er dem jeweiligen Gesprächspartner gesagt hatte, die Information sei natürlich streng vertraulich. Knowland wusste also wahrscheinlich schon Bescheid. Fast konnte ich die blitzenden Dollarzeichen in seinen Augen sehen.

»Sehr gern«, sagte Knowland zu mir. Er holte ein silbernes Visitenkartenetui aus der Innentasche seiner Anzugjacke, zog eine Karte heraus und gab sie mir. In das cremefarbene, dicke Papier waren in Schwarz Name, Adresse und Telefonnummer eingraviert. Dagegen hatte meine Karte von der Chicagoer Polizei wie eine Fotokopie ausgesehen.

»Rufen Sie mich bei Gelegenheit an«, sagte er.

Anbiss.

34

Wenn Ihnen das passt …

Ich war jetzt offiziell geschäftsführender Gesellschafter der Gulf Development LLC, einer Firma mit Hauptquartier auf den Caymaninseln. Natürlich war es nicht nötig, Profite vor den amerikanischen Steuerbehörden zu schützen, weil es keine Profite geben würde. Aber ich wollte die Inseln schon immer mal besuchen, vielleicht klappte es ja für eine Vorstandssitzung mit mir selbst. Möbel brauchte mein Büro nicht, denn es war nur ein Postfach in einem Postamt.

Auf Vasilys Vorschlag hin mietete ich in einem luxuriösen Bürokomplex auf der Fifth Avenue South im Zentrum von Naples einen Büroraum an, der Zugang zu einer Küche und einem Konferenzraum hatte. Anrufe wurden unter dem Namen Gulf Development von einer Rezeptionistin entgegengenommen, die auch für andere Unternehmen tätig war.

Ich spare mir eine Beschreibung der Rezeptionistin, weil ich mir mit so etwas schon genug Ärger eingehandelt habe. Ich stelle nur fest, dass sie Leila hieß und bei unserem kurzen Gespräch einen sehr kompetenten Eindruck machte und eine sehr attraktive junge Frau war.

Dank Vasilys »Leuten« verfügte ich über beeindruckend umfangreiches Firmenmaterial – Firmenbriefpapier, edle Visitenkarten, Gründungsdokumente für die Firma von der Regierung der Caymaninseln und eine detaillierte Beschreibung des von mir geplanten Mischnutzungsprojekts, einschließlich einer grafischen Darstellung des Objekts an einer Schautafel.

Außerdem gab es Unterlagen zu anderen Projekten, die ich realisiert hatte: ein Wohnturm in Manhattan, ein Hotel in Dubai und ein Projekt in Hongkong, das dem in Naples geplanten ähnelte. Außerdem hatte ich Referenzen von Investoren und Bankern, die Vasily kannte und die instruiert waren, jedem Anrufer zu erzählen, was für ein versierter Geschäftsmann und aufstrebender Unternehmer Frank Chance sei.

Ich war bereit für ein Treffen mit Christopher Knowland. Ich rief die Nummer auf seiner Visitenkarte an.

»Hier ist Frank Chance«, sagte ich, als er abhob. »Erinnern Sie sich?«

»Natürlich, das Dinner und die Kirche«, sagte er. »War das nicht großartig? Ich meine, das Essen, nicht die Trauerfeier.«

Ich stimmte ihm zu. »Ist Ihnen Christopher lieber oder Chris?«, fragte ich.

»Nur meine Mutter hat mich Christopher genannt, aber auch nur dann, wenn sie sich über mich ärgerte. Chris ist okay.«

»Ich wollte Sie fragen, ob wir uns mal treffen könnten, um über mein Immobilienprojekt zu sprechen.«

»Sehr gern«, sagte er. »Am Donnerstag muss ich zur Darmspiegelung, aber jeder andere Tag ist in Ordnung.«

In der Annahme, das Thema sei auch für andere von Interesse – was anscheinend auch der Fall war –, sprachen die Menschen in Naples freimütig über ihre vielfältigen medizinischen Behandlungen. Ich hätte einfach gesagt, dass ich am Donnerstag zu beschäftigt sei.

»Dann am Freitag«, sagte ich. »Wir können uns um zehn in meinem Büro treffen, wenn Ihnen das passt.«

Mein neuer Kumpel sagte, das passe wunderbar. Er war leichter zu ködern als ein Knochenfisch. Ich beschrieb ihm den Weg zum Büro und rief dann Vasily an, um Bericht zu erstatten. Solange ich für einen aus der Dreierbande Geld scheffelte, dachte ich mir, würden sie mich nicht umbringen.

35

Guacamole mit Blei

Am nächsten Morgen kehrte ich nach meinem Strandlauf gerade zu Ashs Haus zurück, als mein Handy klingelte. Es war meine Tochter. Jenny hatte mich seit Jahren nicht mehr angerufen. Ich las ihren Namen auf dem Display und sagte: »Mrs. Thornhill, nehme ich an.«

»Hi, Dad.«

»Alles in Ordnung, Jenny?«, fragte ich, weil ich davon ausging, dass etwas passiert sein musste, wenn sie mich anrief.

»Es tut mir wirklich leid, dass ich dich nicht zur Hochzeit eingeladen habe. Das war nicht richtig von mir. Es ist nur so, dass …«

»Ich weiß.«

»Also, Folgendes: Für einen Fall muss ich am Freitag in Miami eidesstattliche Aussagen aufnehmen. Nach Fort Myers Beach werde ich es nicht schaffen, aber wir könnten am Donnerstagabend in Miami zusammen essen gehen.«

Wenn einem Abendessen mit meiner Tochter ein Termin in die Quere käme, würde ich ihn absagen, egal welchen, sogar eine Darmspiegelung oder Dreifach-Bypass-Operation. »Fantastisch«, sagte ich.

»Ich wohne im Loews in Miami Beach. Da um sieben?«

»Ich werde da sein. Wie waren eure Flitterwochen?«

Ich hatte die Frage kaum ausgesprochen, da wusste ich, wie idiotisch sie war. Zwei frisch Verheiratete in Paris. Was sollte einem da nicht gefallen? Mit meinem Cop-Gehalt waren Claire und ich in den Flitterwochen auf einer Insel vor der Nordküste von Wisconsin gewesen, in einem Bed and Breakfast auf den Apostle Islands im Lake Superior. Wir waren rettungslos verliebt, und zumindest für mich war das damals der beste Ort auf der Welt gewesen. Paris hätte nicht besser sein können.

»Es war alles so, wie Flitterwochen sein sollen«, sagte sie.

»Wenn du ihn dir ausgesucht hast, kann es nur ein guter Mann sein.«

Und ausgerechnet jetzt konnte ich mich nicht an den Namen meines Schwiegersohns erinnern.

»Brad *ist* ein guter Mann, Dad. Du wirst ihn mögen.«

»Ich komme nach Chicago, dann kann ich ihn kennenlernen.«

»Toll. Wann?«

Diesmal war ich schlau und sagte nicht: »Wenn ich den Fall gelöst habe.«

»Bald.«

»Schön. Das wird auch Mom freuen.«

Meine Ex-Frau und meine Tochter würden mich gern wiedersehen. Ich hatte nie im Lotto gewonnen. So musste sich das anfühlen.

»Ich bin um sieben im Loews«, sagte ich. »Ich kenne in der Nähe ein gutes kubanisches Restaurant.«

»Ich freue mich. Wirklich, Dad. Bis dann.«

In der Dusche sang ich Louis Armstrongs »What a Wonderful World«. Jetzt musste ich es nur noch schaffen, die nächsten paar Tage zu überleben, dann konnte ich mit meiner Tochter kubanisch essen gehen.

Auf dem Alligator Alley genannten Teilstück der I-75 brauchte man von Naples nach Miami zwei Stunden. Der Highway durchschnitt in Ost-West-Richtung die Everglades.

Vom Highway aus konnte man Alligatoren sehen, die sich an den Böschungen der Entwässerungskanäle in der Sonne rekelten, außerdem alle Arten von Vögeln, die in Federwolken aus Baumwipfeln aufstiegen, und Weißwedelhirsche, die sich hüpfend über die weiten Flächen bewegten. Es lebten dort auch Florida-Pumas, die man aber nur selten zu Gesicht bekam. Es kam ständig zu Unfällen, weil die Fahrer Ausschau nach wilden Tieren hielten.

Ich hatte das Verdeck heruntergeklappt und hörte einen Sender, der Oldies spielte. Ich hatte Mühe, die Geschwindigkeitsbegrenzung einzuhalten. An einem so schönen, milden Tag fuhr ich gerne schnell, außerdem wartete am Ende der Straße meine Tochter auf mich.

Um halb sieben verließ ich an der Miami-Beach-Ausfahrt die I-75 und fuhr über den MacArthur Causeway vom Festland auf die Insel Miami Beach. Mehrere Kreuzfahrtschiffe, deren Decks wie die Schichten einer Hochzeitstorte aufragten, lagen zu meiner Rechten in der Biscayne Bay vor Anker.

Ich fuhr die Collins Avenue Richtung Norden, bog in die Einfahrt des Loews-Hotels, hielt vor dem Haupteingang, übergab meinen Wagen dem Parkplatzboy (ich lief Gefahr zu vergessen, wie man ein Auto einparkt) und sagte dem jungen Mann, ich sei in ein paar Minuten zurück. Ich ging in die Lobby.

Obwohl ich fünfzehn Minuten zu früh war, wartete Jenny schon auf mich. Sie saß auf einem Sofa und sprach in ihr Handy. Als sie mich sah, beendete sie das Gespräch, stand auf und sagte: »Hi, Dad. Das war Brad.« Sie umarmte mich und sagte: »Du siehst großartig aus.«

»Du auch.« Jenny wusste nicht, dass sie der Garderobe eines toten Mannes Komplimente machte. Jenny sah tatsächlich wunderschön aus in dem weißen Hemdblusenkleid mit regenbogenfarbenem Segeltuchgürtel und den Plateausandalen aus hellbraunem Leder. Mit den langen blonden Haaren und den blauen Augen war sie die gleiche Klassefrau wie ihre Mutter.

Ich bot ihr meinen Arm, ging mit ihr nach draußen und übernahm vom Parkplatzboy den Wagen. An der Hotelausfahrt bog ich nach rechts auf die Collins Avenue ab.

»Ich mag den Wagen«, sagte Jenny. »Très cool.«

»Danke. Ich wollte schon immer eine klassische Corvette haben. Nach meinem Umzug nach Florida war es dann so weit. Eins von den Dingen, die man unbedingt noch machen will, bevor man den Löffel abgibt.«

»Komm schon, dafür bist du wirklich noch zu jung«, sagte Jenny lachend.

Ich machte das Kreuzzeichen. »Dein Wort in Gottes Ohr, mein Kind. Auch wenn du nicht weißt, wovon du sprichst.«

Sie kicherte. Das hatte ich nicht mehr gehört, seit sie ein kleines Mädchen gewesen war und ich mit ihr auf dem Rücken ums Haus gekrabbelt war.

Amador's Café Cubano liegt an der Lincoln Road, einer Fußgängerzone, die im rechten Winkel von der Collins Avenue abzweigt. Ich parkte in einer Seitenstraße gleich um die Ecke. Während wir zu dem Restaurant gingen, sagte ich: »Ich hab ganz vergessen, dich zu fragen, ob du Kubanisch überhaupt magst.«

»Und wie. In West Town gibt es ein Lokal, das Habana Libre heißt. Da gehen Brad und ich oft hin.«

Wir betraten das Restaurant. Ich war froh, dass ich reserviert hatte, denn der Laden war voll. Die Hostess führte uns an einen Tisch im hinteren Bereich des Lokals. Ein junger attraktiver Mann mit dichtem, schwarzem Haar, der ein weißes, Guayabera genanntes Baumwollhemd trug, brachte die Karte. Er stellte sich als Mateo vor und fragte, was wir trinken wollten. Jenny bestellte einen Weißwein, ich einen kubanischen Kaffee.

»Erzähl mir von deinem Fall«, sagte ich.

»Mein Mandant ist der Besitzer einer Import-Export-Firma. Einige seiner Güter kommen über den Hafen von Miami ins Land. Die Firma klagt wegen Vertragsverletzung gegen den hier ansässigen Frachtagenten, weil der seine Gebühren erhöht hat und die Güter der Firma als Sicherheit in seinem Lager zurückhält. Ich bin hier, um die Aussagen des Frachtagenten, seines Buchhalters und Lagerverwalters aufzunehmen.«

Die Getränke kamen. Mateo fragte, ob wir für das Essen noch etwas Zeit bräuchten.

»Bestell du für uns beide«, sagte Jenny. »Ich begebe mich ganz in deine Hände.«

Ich bestellte als Vorspeise Guacamole und frittierte Malanga, dann Garnelen-Ceviche und gegrillten Baby-Oktopus als zweiten Gang und danach eine Meeresfrüchte-Paella für zwei.«

Mateo nickte und sagte: »Eine exzellente Wahl.« Es waren alles Gerichte, die Marisa hier gerne aß und manchmal auch zu Hause für uns kochte. Das erwähnte ich nicht.

»Und, gewinnst du den Fall?«, fragte ich.

»Das sollte ich, bei einem Stundensatz von 200 Dollar«, sagte sie.

Sie lächelte nicht, als sie das sagte. Ich spürte den Druck, unter dem sie stand, besonders – wie Claire mir erzählt hatte – als Juniorpartnerin in ihrer Kanzlei.

Die Guacamole und die frittierten Malangas kamen.

»Was ist das für ein Gemüse?«, fragte Jenny. »Das habe ich noch nie gegessen.«

»Das ist eine traditionelle kubanische Vorspeise. Wird aus der violetten Tarowurzel mit Knoblauch und Koriander gemacht.«

»Du kennst dich ja aus, mit der kubanischen Küche«, sagte sie und tunkte einen Nacho-Chip in die Guacamole. »Gibt's die auch bei dir in der Bar?«

»Nein, die Karte im Drunken Parrot sieht eher aus wie die im Ditka's«, sagte ich. Das war eine Sportbar in Chicago, die nach dem früheren Tight End und Trainer der Chicago Bears, Mike Ditka, benannt ist. Mir war das Essen in einer Bar lieber als so ein Gelage wie bei dem Pop-up-Dinner.

Später erzählten Zeugen der Polizei, dass sie den Lärm für Fehlzündungen von Autos oder auch für Feuerwerkskörper gehalten hätten. Das war normal. Aber ich kannte den Unterschied zwischen diesen Geräuschen und Schüssen, besonders wenn außerdem das Schreien einer Frau zu hören war.

Beim ersten Schuss packte ich instinktiv Jennys Arm, riss sie nach unten auf den Boden und warf mich auf sie. Das Schreien hörte nicht auf. Ich griff nach meiner Smith & Wesson, die immer hinten unter dem Hosenbund in einem Holster steckte. Aber ich hatte sie im Wagen gelassen. Ein Anfängerfehler. Besonders in Miami, einer herrlichen Stadt, die aber sehr schnell sehr hässlich werden konnte. Und doppelt dämlich, weil ich mit meiner Tochter zusammen war.

Ich schaute in Richtung der Schreie. An einem Tisch neben dem Eingang stand ein junger Mann, der eine schwarze halb automatische Waffe, wahrscheinlich eine Sig Sauer 9 mm, in der Hand hielt. Er schaute hinunter auf einen anderen jungen Mann, der vor ihm auf dem Boden lag. Unter dem Kopf des angeschossenen Mannes quoll Blut hervor. Die Schreie kamen von einer schönen jungen Frau mit rabenschwarzem Haar, die an dem Tisch saß. Alle drei waren Hispanics.

Ich konnte mir denken, was passiert war: Eine Dreiecksgeschichte war in Gewalt ausgeartet. Ich hatte mit einigen solchen Fällen zu tun gehabt.

»Bleib unten«, flüsterte ich Jenny ins Ohr. »Alles okay.«

Sie bewegte sich nicht und sagte kein Wort. Der Schütze zielte jetzt auf die Frau. Die anderen Gäste und das Personal waren wie erstarrt. Die Frau spürte die Gefahr, hörte auf zu schreien und sagte schluchzend: »Miguel, bitte, tu das nicht.«

Miguel überlegte, wandte dann die Waffe von ihr ab, setzte den Lauf an seine rechte Schläfe und drückte ab.

In den nächsten beiden Stunden mussten alle im Restaurant bleiben – auch die junge Frau, die jetzt leise vor sich hin weinte, und die beiden Leichen. Polizisten nahmen Zeugenaussagen auf, Kriminaltechniker untersuchten den Tatort. Der Restaurantbesitzer, ein Mann namens Pedro Famosa, hatte sein Personal angewiesen, an die zitternden Gäste Gratisgetränke auszuschenken.

Ein Detective namens Luis Lopez hatte sich zu Jenny und mir gesetzt. Wir erzählten ihm, was wir gesehen hatten. Lopez war ein muskulöser Mann, mittelgroß, in den Vierzigern, Menjoubärtchen, pockennarbiges Gesicht. Er machte einen kompetenten Eindruck.

Als Jenny und ich ihm unsere Version erzählt hatten, sagte er: »Sie sind auch Polizist, oder, Mr. Starkey?«

»War«, sagte ich. »In Chicago. Sieht man mir wirklich den Cop an?«

Er lächelte. »Die Art Ihrer Zeugenaussage. Präzise, auf den Punkt. Sie haben nicht gemault, als ich Sie die Aussagen dreimal wiederholen ließ, und die Angaben sind unverändert geblieben. Bei Zivilisten ist das in der Regel nicht so.«

Er notierte sich noch unsere Adressen und Telefonnummern und sagte, dass er vielleicht noch mal auf uns zurückkomme, dass man uns vielleicht noch um eidesstattliche Aussagen oder als Zeugen vor ein Zivilgericht bitten würde, falls einer von den Gästen gegen den Restaurantbesitzer klagen sollte. Einen Strafprozess würde es nicht geben, nur zwei Beerdigungen. Detective Lopez gab mir und Jenny seine Visitenkarte und sagte, wenn uns noch etwas einfiele, sollten wir ihn anrufen. Dann konnten wir gehen.

Als ich Jenny aus dem Restaurant führte, sagte der Gerichtsmediziner gerade zu den Sanitätern, dass sie die Leichen jetzt wegschaffen könnten. Um die Frau, die Auslöser für die Gewalt gewesen war, hatte sich schon die Polizei gekümmert.

Schweigend gingen wir zum Wagen. Ich öffnete Jenny die Beifahrertür, ging dann um den Wagen herum, öffnete meine Tür und setzte mich ans Steuer.

»Alles okay, mein Kleines?«, fragte ich.

Sie saß einige Sekunden lang stumm da und sagte

dann: »Mom hat mir immer erzählt, dass sie sich bei dir sicher gefühlt hat. Jetzt weiß ich, was sie meinte.«

Ich öffnete das Handschuhfach. Meine S&W war noch da. Aber was nützte das, wenn man sie nicht dabeihatte? Mein Ausbilder bei den Marines hätte mich für so einen Fehler endlos Liegestützen machen lassen und dann aus dem Ausbildungsprogramm gestrichen. Manchmal läuft in der Welt alles in die richtige Richtung, und dann wird die Beschaulichkeit durch unerwartete, willkürliche Gewalt zerrissen. Männer wie ich sollten darauf vorbereitet sein.

Jenny sah die Waffe und sagte: »Wenn du die dabeigehabt hättest, hättest du vielleicht versucht, den Kerl zu erschießen, und vielleicht hätte er dich zuerst erwischt.«

»Es ist immer gut, die Wahl zu haben«

Sie dachte kurz nach und sagte. »Du hast mich beschützt, Daddy. Du bist mein Held.«

Der Teil mit Daddy gefiel mir.

»Ich bin kein Held, Jen«, sagte ich. »Ich habe instinktiv reagiert. Das hätte jeder Vater getan. Dein Onkel Joe war ein Held. Er hatte die Zeit, um über die Gefahr nachzudenken, bevor er in das brennende Gebäude lief. Und er ist trotzdem rein.«

Sie nahm meine Hand und drückte sie.

»Vielleicht muss ich für den Fall noch mal nach Miami«, sagte sie. »Dann könnten wir uns wieder treffen.«

»Das wäre großartig«, sagte ich. »Aber wir sollten uns vielleicht ein anderes Restaurant aussuchen.«

Als ich auf der Alligator Alley nach Naples zurückfuhr, klingelte mein Handy. Es war Claire.

»Du hast heute Abend zwei Leben gerettet«, sagte sie.

»Sie hat dich also schon angerufen.«

Später erfuhr ich zu meiner unbeschreiblichen Freude, dass sie Jenny und das Baby meinte, mit dem sie schwanger war. Ich nahm an, Jenny wollte mir beim Essen von dem Baby erzählen und hat sich dann entschieden, eine ruhigere Gelegenheit abzuwarten.

»Du weißt, dass du immer noch mein Held bist, Jack«, sagte Claire.

Das war das zweite Mal, dass ich an diesem Abend Held genannt wurde. Von Claire und Jenny bedeutete mir das mehr als jede Auszeichnung, die man mir als Marine oder Polizist verliehen hatte.

Vielleicht steckte doch mehr von Jack Stoney in mir, als ich dachte.

36

Strada Place

Als Christopher Knowland eintraf, saß ich schon im Konferenzraum des Bürokomplexes im Zentrum von Naples und wartete auf ihn. Ich wollte nicht, dass er mein Büro sah, das abgesehen von einem Holzschreibtisch, einem Drehstuhl und einem gerahmten Allerweltsdruck mit einem schräg im Wind liegenden Segelboot leer war. Das Bild war so banal, dass ich es in den Mülleimer geworfen hätte, wenn einer da gewesen wäre.

An der Gemeinschaftsrezeption wurde Knowland von Leila begrüßt und ins Büro geführt. Sie fragte, ob wir etwas trinken wollten, Kaffee, Wasser oder einen Softdrink. Ich wollte nichts, Knowland eine Cola Light. Er schaute Leila hinterher, als sie in ihrem kurzen, engen Rock den Raum verließ, und zwinkerte mir zu. Wahrscheinlich hatte er gar keinen Durst. Männer können solche Trampel sein.

Ich begrüßte Knowland mit Handschlag und sagte: »Danke, dass Sie kommen konnten, Chris. Setzen Sie sich, sprechen wir über mein Projekt.«

»An einem guten Geschäft bin ich immer interessiert«, sagte er.

Ich öffnete eine Aktenmappe, nahm ein Schriftstück heraus und schob es ihm über den Tisch. »Die übliche Vertraulichkeitserklärung.«

»Natürlich«, sagte er und warf einen flüchtigen Blick darauf.

Leila brachte seine Cola Light. Seine Augen verfolgten ihr Kommen und Gehen. Meine auch, aber er hatte angefangen.

Ich hatte vor seiner Ankunft einen gelben Notizblock und einen Stift auf den Tisch gelegt. Er nahm den Stift und unterschrieb. Ich schob das Schriftstück wieder in die Mappe.

»Unser Angebot ist fast ausschließlich von Leuten gezeichnet worden, die ich von anderen Projekten kenne«, sagte ich. »Aber einen Investor können wir noch ins Boot nehmen. Ich habe mich in der Stadt umgehört, natürlich ohne das Projekt zu erwähnen, und da fiel Ihr Name, weil Sie auch im Immobiliengeschäft tätig sind.«

Das schien ihn zu freuen.

»Also, Frank, worüber genau reden wir hier?«, fragte er, lehnte sich zurück und verschränkte die Hände hinter dem Kopf.

»Das ist eine Gelegenheit, die einem Mann mit Ihrem Sachverstand gefallen wird«, sagte ich. Das schien ihn noch mehr zu freuen. Für einen Betrug ist Schmeichelei ein guter Ausgangspunkt.

Ich stand auf, ging zu einer Staffelei mit einer Schautafel, die einen von Vasilys Leuten vorbereiteten Projektentwurf zeigte, und begann mit der Präsentation.

»Strada Place wird ein Mischnutzungskomplex werden, und zwar östlich vom East Trail auf einer Fläche von zweiundzwanzig Hektar«, sagte ich.

»Mischnutzungskomplex« war einer der Fachbegriffe aus dem Immobiliengeschäft, die ich auswendig gelernt hatte.

»Wir planen 32 000 Quadratmeter Einzelhandelsfläche, bis zu zwölf Restaurants, einen Coffee-Shop, ein moderates Hochhaus mit zweiundneunzig Eigentumswohnungen, eine Parkgarage, einen Whole-Foods-Biomarkt als Ankermieter und eins von diesen Kinos mit Restaurant, Kartenvorverkauf und verstellbaren Sesseln.«

Das klang alles so gut, dass ich fast versucht war, mit einzusteigen.

Ich zeigte auf eine Straße, die zwischen den Gebäuden hindurchführte, und sagte: »Die vier Blocks an der Hauptstraße umfassen vierzehn Gebäude. Die mit Backsteinen gepflasterte Straße, die erste dieser Art in Collier County, ist von Palmen und Gaslaternen gesäumt.«

»Wie hoch sind die projektierten Kosten?«, fragte er.

Ich setzte mich wieder an den Tisch. Das war die Schlüsselfrage, und ich war vorbereitet. Mit den Informationen, die mir Vasilys Leute besorgt hatten, glich die Beantwortung dieser Frage einem Baseball, der mitten in die Strike-Zone segelte.

»Noch ist nicht alles bis auf die letzte Kommastelle durchgerechnet«, sagte ich, »aber wir hoffen, dass wir bei etwa 120 Millionen landen werden.«

Noch mehr Business-Kauderwelsch. Ich spielte mit

Christopher Knowland wie B. B. King auf seiner »Lucille«, seiner Gibson-Gitarre.

»Nun ja«, sagte Knowland und rieb sich das Kinn. »Das ist ziemlich aggressiv. Mehr als die üblichen Kosten für den Quadratmeter hier in der Gegend.«

Dank Vasilys Vorbereitungskurs war ich auch darauf vorbereitet.

»Die Qualität ist auch höher als bei allen anderen Immobilienprojekten in der Region«, sagte ich. »Wir glauben, der Markt gibt das her.«

»Haben Sie schon das Grundstück?«

»Noch nicht. Erst muss ich die Finanzierung unter Dach und Fach haben, dann machen wir ein Angebot. Aber das Gelände steht schon seit zwei Jahren zum Verkauf. Ich bin sicher, dass ich es günstig bekommen kann.«

Ich schob ihm einen Stapel Dokumente und Geschäftsberichte über den Tisch. »Hier ist alles, was Sie für Ihre Risikoprüfung benötigen. Das Minimum-Investment beträgt 500 Mille pro Einheit.«

Wir Mega-Geschäftsleute sagten Mio für Million und Mille für tausend. Keine Ahnung, was wir für hundert sagten, aber das war für uns sowieso nur Kleingeld.

»Wir haben noch vier nicht gezeichnete Einheiten«, sagte ich. »Wenn Sie kein Interesse haben, übernehmen die anderen Gesellschafter das Paket. Lassen Sie es sich durch den Kopf gehen und sagen Sie mir Bescheid. Wir würden sehr gerne einen Profi wie Sie im Team haben.«

Damit er endgültig anbiss, fügte ich hinzu: »Die Zeit drängt.«

Bei jeder wichtigen geschäftlichen Transaktion drängt immer die Zeit. Wer rastet, der rostet. Frank »Superverkäufer« Chance. Nach diesem Deal könnte ich es mit Aluminiumverschalungen oder Gebrauchtwagen versuchen, würde vielleicht zum Verkäufer des Monats gewählt und ein Set Steakmesser gewinnen. Oder einen Vorführentsafter bei Costco.

Knowland stand auf, nahm die Unterlagen vom Tisch und sagte: »Meine Leute werden sich das anschauen. Ich rufe Sie spätestens nächste Woche zurück.«

Anscheinend hatte jeder Leute, die er nach seiner Pfeife tanzen ließ, nur ich nicht. Nein, das war nicht ganz korrekt. Solange ich hier in dem Luxusbau Mieter war, hatte ich Leila. Außerdem hatte ich Sam Longtree mit seiner Schrotflinte, Martin, den Butler, und Suzette, die Köchin. Und auch Joe, den Kater, der mir immer den Rücken freihielt. Vielleicht sollte ich eine Mitarbeiterkonferenz einberufen, damit auch jeder auf dem aktuellen Stand bezüglich meiner täglichen Bedürfnisse war.

37

Ökospinner

Die nächsten paar Tage verliefen ruhig. Ich fuhr nach Fort Myers Beach, um nach der Bar und meinem Hausboot zu sehen, machte Strandläufe, wusch und wachste meinen Wagen, ging abendessen mit Marisa, traf mich mit Vasily und setzte Hansen über die neuesten Entwicklungen ins Bild.

In der Praxis seines Tierarztes in Fort Myers Beach stand Joes jährliche Untersuchung inklusive Impfungen an. Er musste meinen Anruf wegen des Termins mitgehört haben, denn als es Zeit war, Ashs Haus zu verlassen, versteckte er sich. Ich brauchte zwanzig Minuten, bis ich ihn in einem Regal in der Vorratskammer aufspürte.

Ich hob ihn hoch und sagte: »Jetzt komm schon, mein Alter. Das machen wir doch jedes Jahr. Auf dem Rückweg halten wir bei Dairy Queen und kaufen dir ein Vanilleeis.«

Er schaute mich an und miaute. Hieß das, er wollte Schokostreusel obendrauf?

Knowland rief an und sagte: »Ich steige mit den vier letzten Einheiten ein.«

Er vertraute mir, einem im Grunde Fremden, zwei Millionen Mäuse an. In was für einem großartigen Land wir doch leben.

Dann rief Vasily an und sagte mir, bei der Cayman Islands National Bank seien auf das Konto der Gulf Development zwei Millionen eingegangen.

»Wie fühlt man sich als frischgebackener Multimillionär?«, fragte er.

»Frank Chance ist doch schon einer«, sagte ich.

»Klar, aber das ist echtes Geld, und Sie haben Zugriff darauf. Sind Sie versucht? Wenigstens ein kleines bisschen?«

»Als Polizist habe ich mein ganzes Berufsleben Menschen gejagt, die der Versuchung erlegen sind.«

»Mein Onkel Vasily, dessen Name ich mir für meine neue Identität ausgeliehen habe, pflegte zu sagen, dass es nichts Gefährlicheres gebe als einen ehrbaren Mann. Natürlich war das aus seiner Perspektive als Leiter unseres Familienunternehmens in Brighton Beach gesprochen.«

»Ein russischer Pate.«

»Die Filme hat er geliebt«, sagte Vasily. »Wie Sie wissen, gibt es jede Menge ehrloser Polizisten. Nichts für ungut. In New York standen ein paar bei uns auf der Lohnliste. Stehen sie wahrscheinlich immer noch. Ich bin da nicht mehr involviert.«

»Ich kannte in Chicago auch ein paar. Nicht viele. Nichts im Vergleich zu den Politikern.«

»Meine Familie hat mal daran gedacht, nach Chicago

zu gehen und die Italiener herauszufordern. Wir haben es schließlich gelassen, weil sich die Politiker, wie Sie gesagt haben, schon fast alles unter den Nagel gerissen hatten.«

»Sie haben auch Zugriff auf das Konto auf den Caymaninseln.«

Er lachte.

»Wir wollen mehr von Christopher Knowland als sein Geld. Wir wollen seine Freiheit. Oder sein Leben. Mit der Justiz oder ohne sie.«

Einmal Brighton Beach ...

Ich war jetzt bereit, Christopher Knowland, der bei meinem Strada-Place-Projekt natürlich der einzige Investor war, die Daumenschrauben anzulegen.

Als ersten Schritt teilte ich ihm telefonisch mit, dass ich mich mit dem Besitzer des Grundstücks auf einen für mich gerade noch akzeptablen Preis geeinigt hätte, zu dem ich noch einen ROI erzielen könnte. ROI, Return on Investment. Ich haute auf den Putz. Ich sagte ihm, mein Projektleiter werde jetzt den Antrag bei dem örtlichen Bauausschuss stellen, um eine Erstgenehmigung für das Projekt zu erreichen, und ich werde ihn auf dem Laufenden halten.

»Mir gefällt, dass Sie ein hohes Tempo anschlagen«, sagte er. »Zeit ist Geld.«

Ich dachte, die Zeit drängte. Man lernt nie aus.

Als zweiten Schritt rief ich auf Vasilys Anweisung hin Knowland erneut an und teilte ihm diesmal mit, dass es Schwierigkeiten gebe.

»Ein Mitglied des Bauausschusses hat Bedenken wegen der Umweltbelastung durch Strada Place«, sagte ich. »Sieht so aus, als würde sich der Bursche querstellen, egal ob wir alle Gesetze und Vorschriften einhalten oder nicht.«

»Einer von diesen Ökospinnern«, sagte Knowland mit angewiderter Stimme. »Mit denen hatte ich schon mehr als einmal zu tun.«

Mir fiel wieder ein, was Vasily mir über Knowlands Jachthafen-Projekt erzählt hatte, dass er nämlich angeblich einen Stadtrat von Naples bestochen haben soll, um es durchzuboxen. Jetzt handele es sich, so Vasilys Geschichte für Knowland, um einen unbestechlichen Überzeugungstäter. Ich solle einfach so tun, als würde ich es trotzdem versuchen, dann Knowland erzählen, dass er mich habe abblitzen lassen und das Projekt vorerst gestoppt sei. Kurz danach würde Vasily Knowland stecken, dass ich ein Ponzi-System aufgebaut hätte und sein Investment verloren sei. Dann würde ich auf meinen Mörder warten.

Knowland dachte kurz nach und fragte dann: »Wie heißt der Kerl?«

Gemäß Anweisung von Vasily sagte ich: »Gilbert Merton.«

»Vielleicht können Sie ihn zur Vernunft bringen«, sagte Knowland, womit er natürlich Bestechung meinte. Dieser Teil des Plans klappte schon mal.

»Ich werde es versuchen und mich dann wieder melden.«

Doch bevor ich mich noch mit der Nachricht von meinem fehlgeschlagenen Bestechungsversuch zurückmelden konnte, wurde Gilbert Merton tot aufgefunden.

38

Fahrerflucht

»Sie und Ihr Graf Dummdödel könnten wegen Beihilfe zum Mord angeklagt werden«, sagte Hansen, als ich in seinem Büro im Polizeipräsidium saß, um mit ihm über Gilbert Mertons Tod zu sprechen. Vorab hatte ich ihn über unseren Bestechungsplan informiert.

Er hatte kein Wort zu mir gesagt, aber Knowland musste gewusst haben, dass Merton ein aufrichtiger Mann war, dass er sich als Mitglied des Bauausschusses nicht bestechen lassen würde, um unser Projekt durchzuwinken. Also entschied Knowland, dass er sterben musste.

Hansen war zu Recht sehr wütend. Vasily und ich waren für den Tod eines Menschen verantwortlich. Er hatte auch recht, was die mögliche Anklage betraf, aber ich wusste, dass er das nicht weiter verfolgen würde, weil dann die ganze Geschichte, in die auch er verwickelt war, bekannt würde.

Merton war um sieben Uhr morgens auf der Orange Blossom Road, einer Straße in der Nähe seines Hauses in einer bewachten Wohnanlage, mit dem Fahrrad unterwegs gewesen, als er von einem Auto angefahren wurde. Seine Frau sagte, er sei ein passionierter Radfahrer gewesen, der jeden Morgen um die gleiche Zeit seine Runde gedreht habe. Durch die Wucht des Aufpralls brach er sich das Genick und mehrere andere Knochen und erlitt innere Verletzungen. Der Fahrer hielt nicht an.

In Naples gibt es viele Radfahrer, aber nicht viele Radwege, und die meisten sind nur schmale Streifen neben den Straßen. Das und die vielen älteren Autofahrer, die schlecht sehen oder hören und manchmal das Gas- mit dem Bremspedal verwechseln, verursachen jedes Jahr viele Kollisionen zwischen Auto und Rad. Und das Auto gewinnt immer.

Manchmal geraten die Autofahrer in Panik und fahren weiter, oder sie bemerken die Kollision gar nicht. Vor etwa einem Jahr hatte ich in der Zeitung gelesen, dass eine Frau mit einem SUV einen Fußgänger angefahren und noch vierhundert Meter mitgeschleift hatte, ohne dass sie etwas merkte, bis sie an einer roten Ampel anhielt, andere Fahrer hupten und auf das Heck ihres Wagens deuteten.

»Klar könnte es ein Unfall gewesen sein«, sagte Hansen, der hinter seinem Schreibtisch saß und einen Zigarrenanzünder in Form einer Pistole nervös an- und ausklickte. Ich saß vor dem Schreibtisch auf einem Stuhl. Wenigstens zielte er nicht auf mich.

»Aber das glaube ich nicht. Er ist jeden Tag zur gleichen Zeit die gleiche Strecke gefahren. Wenn ihn jemand beobachtet hat, dann wusste der das. Ich bin davon überzeugt, dass es Ihre Falle war, die ihn umgebracht hat.«

»Ich habe keine Ausrede dafür, Chief«, sagte ich. »Ich dachte, Knowland würde die Bestechungsgeschichte schlucken, und wenn nicht, dass er auf *mich* losgehen würde, nicht auf Merton.«

»Ich glaube, wir müssen das FBI einschalten«, sagte Hansen. »Die Sache gerät außer Kontrolle …«

»Das können Sie natürlich. Aber es gibt nicht genügend Beweise für offizielle Ermittlungen. Diese alten Knacker legen die Leute doch nicht eigenhändig um. Seit Merton bin ich hundertprozentig sicher, dass sie hinter der Sache stecken. Und dass sie für die Drecksarbeit einen Profi angeheuert haben.«

»Tja«, sagte Hansen. »Vermutlich haben Sie recht.«

»Aber wenn jetzt die Jungs vom FBI angerauscht kommen und in ihrer blauen Tatortkluft mit den großen gelben FBI-Buchstaben auf dem Rücken überall in der Stadt herumlaufen, dann macht unsere Dreierbande ihr Geschäft einfach zu, und ihr Auftragskiller verschwindet. Geben Sie mir noch ein paar Tage.«

Hansen schaute mich an, öffnete eine der oberen Schreibtischschubladen, nahm eine Flasche Jameson und ein Schnapsglas heraus, schenkte sich ein und kippte ihn hinunter. »Okay, aber danach sage ich dem FBI Bescheid.«

Auf der Rückfahrt zu Ashs Haus ging ich die Lage noch einmal im Kopf durch. Bis jetzt lautete der Spielstand: Gangster 6, Ex-Detective 0.

Wenn die Aufregung über die periphere Verstrickung in meine Ermittlungen zu ihrem Herzinfarkt geführt hatte, dann konnte man Ash als Kollateralschaden betrachten. Aber wer weiß das schon?

Es war jetzt keine Zeit mehr, meinen ausgeklügelten Immobilienschwindel fortzusetzen, sosehr er mir auch Spaß gemacht hatte. Keine Zeit mehr, als Frank Chance in der Stadt herumzulungern und darauf zu warten, was als Nächstes passierte. Keine Zeit mehr, herauszufinden, was Detective Jack Stoney tun würde. Jetzt war die Zeit für beinharte Polizeiarbeit gekommen, für die alte Schule à la Chicago.

Ich trug keine Dienstmarke, also brauchte ich mich um lästige Vorbehalte seitens der Verfassung der Vereinigten Staaten und des Strafgesetzbuches des Staates Florida nicht zu scheren. Kein Beweis, den ich unter Missachtung der korrekten Vorgehensweise erbrachte, würde vor Gericht zugelassen werden, aber vielleicht konnte ich die drei Männer auf koschere Art verleiten, sich selbst zu belasten. Und wenn nicht, dann hatte vielleicht Vasily noch einen Notplan à la russische Mafia parat, der die Männer der Gerechtigkeit zuführen würde. Das würde ich natürlich nicht gutheißen können, aber möglicherweise fragte mich Vasily erst gar nicht.

Vasily und ich trafen uns in seinem Haus und arbeiteten einen verbesserten Plan aus. Ich rief Hansen an und teilte ihm mit, dass wir einen anderen Ansatz wählen würden und dass er entgegen seiner früheren Absicht diesmal *garantiert* nicht wissen wolle, wie der aussehe.

Wenn der überarbeitete Plan funktioniere, sagte ich zu Hansen, dann würde er verständigt werden und könne die Mörder verhaften. Wenn nicht, dann habe er von nichts, was Vasily und ich getan hatten, gewusst. Hansen stimmte widerstrebend zu.

Um den Plan durchzuziehen, brauchte ich mein eigenes Team. Stefan Chuikov, Vasilys Chauffeur, und Sergei Arsov aus Vasilys Bootsmannschaft, der einmal in der Karibik mit einem Maschinengewehr Kaliber 50 einen Piratenangriff abgewehrt hatte, hatten zusammen in derselben russischen Armeeeinheit gedient. Sergei war Scharfschütze, Stefan sein Spotter. Zielpersonen, die sich in Sicherheit glaubten, weil sie 1200 Meter entfernt waren, stellten fest, dass sie sich geirrt hatten. Laut Vasily alles Kopfschüsse.

Nach ihrer Militärzeit hatte Dimitri Ivanovich, Vasilys Vater, sie als »Ausputzer« für das Familiengeschäft in Brighton Beach rekrutiert. Sie waren harte Männer, die üble Dinge getan hatten und bestens dafür gerüstet waren, sie wieder zu tun. Als Vasily sich in Naples niederließ, gingen sie mit ihm – nur für den Fall, dass er ihre Schlagkraft benötigte.

Jetzt standen sie unter meinem Befehl.

39

Ein langes Par 4

Mein Kommandotrupp und ich saßen am Pool von Vasilys Haus und planten die Entführungen.

Elena hatte uns drei vom Festland zur Insel gebracht. Die Körpersprache von Elena und Sergei ließ mich vermuten, dass die beiden sehr gute Freunde waren und dass man es besser nicht wagte, sich in ihre Beziehung einzumischen. Sergei und Elena, Stefan und Lena. Liebschaften im Büro. Vielleicht waren es die Bestandteile des Sozialleistungspakets ihres Arbeitgebers Atocha Securities. In jedem Fall besser als eine Zahnversicherung.

Vasily war Mitglied im Olde Naples Country Club. Er erzählte mir, dass Bradenton, Knowland und Cox dort an drei Tagen die Woche zusammen Golf spielten – Abschlag acht Uhr morgens. Manchmal stieß noch ein Klubmitglied als vierter Mann dazu.

Vasily meldete sich für ihre nächste Runde an, da weder unmittelbar vor noch nach ihnen eine andere Gruppe eingetragen war. Keine Zeugen. Da es nach Regen aussah, herrschte kaum Betrieb auf dem Platz. Leidenschaftliche Golfer wie unsere Jungs ließen sich von Regen erst abhalten, wenn er zu Wolkenbruch mit Blitzen ausarte, erzählmir Vasily. Er hatte noch nie mit ihnen gespielt, aber es wurde nicht als ungewöhnlich betrachtet, wenn der Golf-Shop des Klubs einem Mitglied eine Spielmöglichkeit besorgte. Am Morgen des Spiels, kurz vor der Abschlagszeit, würde Vasily im Golf-Shop anrufen und sich mit einer Ausrede wieder abmelden, sodass die drei die Runde alleine in Angriff nehmen würden.

Das fünfzehnte Loch war ein langes Par 4 mit einem kleinen Kiefernwäldchen und blühenden Büschen, die die Sicht von den angrenzenden Häusern auf den Platz versperrten. Dort würde man sie sich schnappen. Das fünfte Loch, ein Par 3, wo man Charles Beaumonts Asche verstreut hatte, wäre der passendere Ort gewesen, um seine Mörder zu kidnappen, aber er lag nicht abgeschieden genug.

Um fünf vor acht rief Vasily im Golf-Shop an und sagte ab. Er telefonierte aus seiner Jagd- und Fischerhütte in den Everglades. Dort wartete ich mit ihm.

Um halb eins in jener Nacht hatte er mich von Ashs Haus abgeholt. In seinem silbernen Range Rover waren wir nach Everglades City gefahren, das eine Stunde südlich von Naples lag. Vasilys Chauffeur war an jenem Morgen anderweitig beschäftigt.

Everglades City ist ein kleines, einhundertdreißig Kilometer westlich von Miami gelegenes Fischerdorf mit schillernder Geschichte. Seine Abgeschiedenheit und das als »Ten Thousand Islands« bekannte Labyrinth aus Mangrovensümpfen waren schon immer ideal für den

Schmuggel zwischen Südflorida und der Karibik, Mittel- und Südamerika gewesen: Anfang des zwanzigsten Jahrhunderts waren es bedrohte Tierarten gewesen, in der Zeit der Prohibition der Rum und in den Siebzigern und Achtzigern, als der Marihuanaschmuggel das Rückgrat der örtlichen Wirtschaft bildete, die über Südflorida hereinbrechende Drogenflut. Bei zwei Razzien 1983 und 1984 verhafteten Drogenfahnder der DEA achtzig Prozent der männlichen Bevölkerung von Everglades City. Das hatte mir ein DEA-Agent aus Miami, der Freund einer Freundin von Marisa, erzählt.

Elena hatte an einem kleinen Holzsteg mit einem Sumpfboot auf uns gewartet: Das war die einzige Möglichkeit, durch das Sumpfgras und über das offene Wasser zu der kleinen Insel zu gelangen, auf der Vasilys Hütte stand. Elena saß auf einer erhöhten Plattform vor einer Art großem Ventilator, der das Aluminiumboot mit seinem flachen Boden antrieb.

Als Vasily und ich das Boot betraten, gab Elena uns Ohrenschützer gegen den Propellerlärm. Wir setzten uns auf Schalensitze aus Kunststoff, die vor Lenas Plattform mit dem Boden verschraubt waren. Sie legte einen Hebel um, der den Propellermotor startete, Vasily machte die Leinen los und stieß uns vom Steg ab. Dann glitten wir über den großen »Fluss aus Gras«, wie die Everglades genannt werden.

Die Morgensonne flämmte den Bodennebel weg. Der Dunstschleier stieg auf und gab den Blick frei auf alle Arten von Flora und Fauna, die so scharf umrissen vor mir lagen, als blickte ich in eine Schneekugel. Die Augäpfel von halb untergetauchten Alligatoren verfolgten unsere Fahrt.

Ich war noch nie mit einem Sumpfboot gefahren. Es machte höllisch Spaß und ließ mich fast den Ernst unserer Mission vergessen. Nach etwa fünfzehn Minuten legte Elena an einem Holzsteg auf Vasilys kleiner Insel an, die kaum mehr als ein fester Erdhügel in der Mitte eines Mangrovensumpfs war.

Die Hütte war eine eingeschossige, mit Zedernholz verschalte Konstruktion mit grünem Blechdach, die auf hohen Holzpfeilern stand. Es gab mehrere dieser Hütten in den Everglades, einige davon waren mehr als hundert Jahre alt. Sie waren von den inzwischen geltenden Vorschriften, die Neubauten verbieten, ausgenommen. Von außen sah die Hütte wie ein einfacher Unterschlupf für Jäger und Fischer aus, aber das Innere war geschmackvoll eingerichtet und im Stil eines Jagd- und Schützenvereins möbliert.

Die abgelegene Insel war ideal, um jemanden umzubringen und die Leiche an die Alligatoren zu verfüttern. Ob Vasily zu dieser Maßnahme wohl schon mal gegriffen hatte? Es war durchaus vorstellbar. Schließlich entstammte er einer Familie, die Probleme mit ihren Mitarbeitern vermutlich auf diese Art löste. Ich fragte mich einmal mehr, ob Vasily das tatsächlich als eine Option für die Dreierbande in Erwägung zog, falls unser neuer Plan nicht funktionieren sollte. Und was, wenn auch ich mich als Problem für ihn erweisen sollte?

Als die Dreierbande am fünfzehnten Loch bei leichtem Nieselregen abschlug, standen Sergei und Stefan, die schwarze T-Shirts, Kampfhose und -stiefel trugen, in dem Wäldchen und warteten. Stefan erstattete Vasily während der gesamtem Operation regelmäßig per Handy Bericht, und Vasily hielt mich auf dem Laufenden.

Als das Trio auf dem Fairway zu seinem zweiten Schlag unterwegs war, gingen die Russen auf sie zu. Neben ihren Oberschenkeln hielten sie Pistolen, die aber nur der Einschüchterung dienten. Natürlich benötigten die Russen keine Waffen, um mit ihren Zielobjekten fertigzuwerden.

Sergei sprang hinten auf den Wagen mit den Golftaschen, Stefan setzte sich auf den anderen. Dann befahl Sergei Cox, der mit Bradenton als Beifahrer den einen Wagen steuerte, und Knowland, der am Lenkrad des anderen saß, vom Fairway in das Wäldchen zu fahren, wo man sie nicht mehr sehen konnte.

Um die Identifizierung der vermissten Golfer zu verzögern, schnitt Sergei mit seinem Kampfmesser die Namensschilder von den Golftaschen und steckte sie in seine Hosentasche. Sergei befahl den Männern, von den Golfwagen zu steigen und ihm zu folgen.

Später fragte ich Vasily, was Stefan ihm über die Reaktion der Männer im Augenblick der Entführung berichtet habe. Bradenton und Knowland waren so fassungslos, dass sie kein Wort herausbrachten, aber Cox – ganz Anwalt – hatte sie aufgefordert, ihre Namen zu nennen, und gefragt, was zum Teufel sie von ihnen wollten. Sergei beendete die Unterhaltung mit einer harten Rückhand in

Cox' Gesicht. Cox fiel nach hinten auf den Boden. Seine Freunde halfen ihm wieder auf. Er blutete aus Mund und Nase. Wahrscheinlich glaubten sie, wegen Lösegeld entführt zu werden.

Die drei wurden durch das Wäldchen und vom Golfplatz zu einem Ford-Econoline-Van mit der Seitenaufschrift »Springtime Air and Cooling Company« geführt, der am Rande des Golfplatzes parkte. Die Firma Springtime Air war so echt wie die Gulf Development. Der Van stand in der Einfahrt eines Hauses, dessen Bewohner, wie Vasily irgendwie erfahren hatte, auf einer Kreuzfahrt waren. Wenn Nachbarn der Van auffallen sollte, würden sie denken, er gehöre zu einem Kundendienstteam.

Stefan zog die Schiebetür des Vans auf, der keine Rücksitze hatte, und stieß die drei hinein. Sergei setzte sich ans Steuer, Stefan stieg zu den Männern in den Laderaum und schloss die Schiebetür. Dann verklebte er den Männern mit Klebeband Augen und Mund und band ihnen ebenfalls mit Klebeband Hände und Füße zusammen. Das taten sie mehr aus Gewohnheit denn aus Notwendigkeit. Unvorstellbar, dass die drei ehrenwerten Bürger von Naples es mit zwei russischen Elitesoldaten aufnehmen würden. Stefan setzte sich neben Sergei auf den Beifahrersitz, dann machten sie sich auf die einstündige Fahrt nach Everglades City.

40

Begossene und verwirrte Pudel

Als Elena mit dem Sumpfboot vom Festland eintraf, warteten Vasily und ich schon am Steg. Inzwischen hingen dunkle Wolken am Himmel, und aus einem leichten Nieseln war starker Regen geworden.

Elena trug eine gelbe Regenjacke, ihr langes blondes Haar war nass und vom Wind zerzaust. Nass und wild stand ihr gut. Ihre fünf Passagiere ohne Regenkleidung waren durchnässt. Vasily und ich trugen auch gelbe Regenjacken, die er in einem Abstellraum in seiner Hütte aufbewahrte.

Vasily hatte mir auch eine komplette Anglerausrüstung und alle Arten von Schusswaffen gezeigt: ein in einem Waffenschrank untergebrachtes Arsenal aus Pistolen und Gewehren, von denen manche zum Jagen und manche mehr zur Abwehr eines Angriffs vom Wasser geeignet waren. Eine der Langwaffen war eine Dragunov, das erstklassige russische Scharfschützengewehr Kaliber 7,62. Mit so einem Gewehr in den richtigen Händen – und die hatte Sergei – würde ein Angriff vom Wasser auf Vasilys Hütte den Steg nie erreichen.

Elena stellte den Propeller aus, und Stefan machte das

Boot fest. Das Klebeband an den Händen und Füßen der drei Männer war schon durchschnitten, jetzt riss Sergei ihnen das Klebeband von den Augen und Ohren und befahl den Männern aufzustehen und aus dem Boot zu steigen.

Mit blinzelnden Augen und steifen Knochen stiegen sie mit Stefans Hilfe an Land und schauten sich um. Die Wendung »begossene Pudel« kam mir in den Sinn. Korrektur: begossene und reichlich verwirrte Pudel.

Dann sahen sie Vasily und mich. Bradenton fragte Vasily mit ärgerlicher Stimme: »Was soll der Scheiß? Was geht hier vor?«

Knowland schaute mich an und sagte: »Heißt das, unser Immobiliendeal ist abgesagt, Frank?«

Ein Pluspunkt für Haltung in bedrohlichen Situationen.

Cox schaute uns wütend an und sagte: »Sie beide stecken bis zum Hals in der Scheiße. Darauf gebe ich Ihnen beiden mein Wort, Sie Wichser.«

Was sich angesichts dessen, was dann passierte, als vollkommen korrekt erweisen könnte.

»Wir gehen jetzt in meine Hütte, meine Herren, wo wir all Ihre Fragen beantworten werden«, sagte Vasily. »Wenn Sie klug sind, beantworten Sie auch unsere.«

Wir gingen hintereinander vom Steg zu einer Treppe, die hinauf zur Eingangstür der Hütte führte. Jeder wurde in ein anderes Zimmer gesperrt. Bevor er sie einschloss, sagte Vasily, dass sie ihre nassen Sachen ausziehen und die T-Shirts und Trainingshosen anziehen sollten, die er auf den Betten bereitgelegt habe – gute Idee, nackt gäben die drei sicher kein schönes Bild ab. Elena sammelte die nassen Sachen ein und steckte sie in einen Trockner, der sich im Raum neben der Küche befand.

Vasily zeigte ihnen noch das Bad im Flur, das sie auch alle gleich benutzten. Ein unumstößliches Verhaltenmuster im Leben des älteren Mannes: Lass keine Gelegenheit für eine Pinkelpause aus, es sei denn, du trägst eine Erwachsenenwindel.

Die Sturmläden vor den Fenstern der drei Zimmer waren geschlossen, sodass sie nicht ausbrechen konnten. Eine überflüssige Maßnahme, da ein Fluchtversuch keinen Sinn ergeben hätte. Wohin auf der Insel hätten sie gehen sollen? Und verlassen konnten sie die Insel auch nicht, den Schlüssel des Sumpfboots hatte Elena.

Wir ließen Arthur Bradenton, Roland Cox und Christopher Knowland zwei Stunden lang in ihren Zimmern schmoren. Das gehörte zu den Standardmethoden von Polizeiverhören. In dieser Zeit wurde aus Zorn Verwirrung, danach Angst und schließlich Verzweiflung. Dann war es Zeit, mit der Befragung zu beginnen.

Während Angst und Schrecken die merkwürdigsten Täter marinierten, die mir je untergekommen waren, bekamen Vasily, Sergei, Stefan und ich von Elena eine Mahlzeit serviert, die sie in einer Kühlbox mitgebracht hatte und aus kaltem pochierten Lachs, Kaviar und Rote-Bete-Salat bestand. Elena setzte sich zu uns und trank wie ich eine Cola Light. Vasily nahm Weißwein, Sergei und Stefan tranken, wie sie es vielleicht auch in einem Unterstand auf dem Schlachtfeld getan hätten, abwechselnd aus einer Flasche Wodka. Ich fragte mich, ob es in den Everglades noch eine zweite Jagd- und Fischerhütte mit einem so gut gefüllten Weinkeller gab.

Ich dachte wieder über die Möglichkeit nach, dass unsere Gefangenen nichts mit den Morden an Eileen Stephenson, Lester Gandolf, Bob Appleby, Tess Johannsen, Charles Beaumont und Gilbert Merton zu tun hatten. Wenn dem so war, dann liefen die Mörder noch frei herum, und Vasily, Sergei, Stefan und ich konnten wegen Kidnapping und Misshandlung und Elena wegen Beihilfe angeklagt werden. Außer, Vasily würde die Burschen an die Alligatoren verfüttern. Was angesichts der Alternative vielleicht gar keine so schlechte Idee war.

Es hing also viel von meinem Befragungsgeschick ab. Der Cop, der ich früher mal war, konnte das sehr gut.

Unter diesen Umständen erzielte Geständnisse würden vor Gericht nicht standhalten. Aber ich hoffte, dass sie ihre Verbrechen gestehen würden und dass die Drohung, sie als die Dreckskerle, die sie waren, öffentlich bloßzustelllen, sie dazu bringen würde, meiner Forderung nachzugeben. Und die war, ihren Auftragsmörder anzuweisen, mich auszuschalten. Und dann würde ich mit meinen Russen in Ashs Haus auf ihn warten, und wir würden versuchen, den Mörder lebend zu schnappen. Nach meiner Erfahrung würde ein Mann dieses Schlags für ein milderes Urteil unweigerlich seinen Auftraggeber verraten.

Der Plan war nicht brillant. Riskant traf es besser. Viel

zu viele unsichere Faktoren und unbegründete Annahmen. Aber zu diesem Zeitpunkt war das alles, was ich hatte. Also, scheiß auf die Torpedos, volle Kraft voraus in der Hoffnung, dass die Guten schon nicht versenkt werden.

41

Drei-null-fünf

Ich beschloss, mit Christopher Knowland anzufangen, weil ich ihn von unserem Beinahe-Immobiliendeal kannte. Ich öffnete die Tür zu seinem Zimmer und ging mit einem Klappstuhl unter dem Arm hinein. Er saß auf der Bettkante, stützte die Ellbogen auf die Knie und den Kopf auf die Hände. Ich klappte meinen Stuhl auf, setzte mich ihm gegenüber und wartete darauf, dass er als Erster sprach.

Gewöhnlich lassen sich Verdächtige dadurch aus der Fassung bringen, und manchmal geben sie dann Informationen preis, die sie sonst nicht verraten hätten. Aber manchmal sitzen sie auch einfach nur da und schweigen ebenfalls. In diesen Fällen verwandelt sich das Verhör in eine Zen-Klausur, bis einer von beiden aufs Klo muss.

Knowland richtete sich auf, schaute mich an und fragte: »Wer sind Sie eigentlich wirklich, Sie Scheißkerl?«

»Ihr schlimmster Albtraum«, sagte ich. Das war übertrieben melodramatisch, aber Jack Stoney hatte das einmal in einem der Bücher gesagt, und da hatte es ihm genutzt.

»Was zum Teufel wollen Sie von uns?«, fragte Knowland als Nächstes.

»Mit Ihren Kumpels habe ich schon gesprochen«, sagte ich. »Die haben mir alles über Ihre Pläne erzählt. Die Dreierbande. So nennen Sie sich doch, oder?«

Standardmethode für die Befragung mehrerer Verdächtiger: Lass sie glauben, dass ihr Kumpel oder ihre Kumpels sie schon verpfiffen haben, sie also nichts mehr zu verlieren haben, wenn sie ihre Verbrechen gestehen.

»Ich weiß nichts von einer Bande«, sagte Knowland.

»Darum geht es schon lange nicht mehr, Christopher«, sagte ich. Indem ich ihn Christopher und nicht Chris nannte, versuchte ich ihn an das Gefühl zu erinnern, wenn seine Mutter ihn ausgeschimpft hatte. »Der Zug ist abgefahren. Das Kind ist im Brunnen. Der Drops ist gelutscht. Die Messe ist gelesen. Ich hätte noch so ein paar Sprüche, aber Sie verstehen schon, oder?«

»Ich gestehe nichts«, sagte er. »Aber wenn Sie uns gehen lassen, dann werden wir der Polizei nichts von alldem erzählen. Noch ist es nicht zu spät, einen ganz pragmatischen Deal auszuhandeln. Eine Win-win-Lösung, sozusagen.«

Ich schaute ihn so lange an, bis er die Augen abwandte. »Okay, kommen wir zum Punkt«, sagte ich. Geschäftsleute wie wir kommen immer sofort zum Punkt. »Ich weiß sicher, dass Sie und Ihre Kumpels die Morde an Eileen Stephenson, Lester Gandolf, Bob Appleby, Charles Beaumont und Gilbert Merton in Auftrag gegeben haben. Eine junge Frau namens Tess Johannsen kommt als Kollateralschaden dazu. Noch ein Opfer, und Sie schaffen es in die Top Ten der Serienmörder. Was ich nicht weiß:

Was ist der Grund, und wen haben Sie für die Morde angeheuert?«

Knowland stand auf und schaute auf mich herunter. Also stand ich auch auf. Ich musste auf Augenhöhe mit ihm sprechen.

»Wie gesagt, ich habe keine Ahnung, wovon Sie reden«, sagte er und stieß mir den rechten Zeigefinger in die Brust. Ich ließ das zu. Einmal hatte ich einen Mann verhört, der genau das Gleiche getan hatte. Als er den Finger wieder zurückzog, war er gebrochen.

»Ich weiß nicht, was Art oder Rollie Ihnen erzählt haben, aber wenn sie gesagt haben, wir seien in irgendwelche Morde verwickelt, dann sagen sie die Unwahrheit. Sie haben Ihnen nur gesagt, was Sie hören wollten, damit Sie uns gehen lassen.«

Nicht schlecht. Der Mann reagierte schnell. Ich wette, er war ein guter Verhandler. Er hatte sich bestens erholt und war eindeutig noch nicht bereit, mir mit einem Klaps auf die Schulter zum Sieg zu gratulieren. Also holte ich den großen Hammer heraus. Ich stieß ihm meinen rechten Zeigefinger so hart in die Brust, dass er einen Schritt zurückwich, und sagte: »In Florida werden Hinrichtungen mit der Todesspritze durchgeführt. Vielleicht haben Sie davon gehört, dass das die letzten paar Male nicht so gut geklappt hat. Irgendein Engpass bei den richtigen Chemikalien hatte einen langsamen, qualvollen Tod zur Folge.«

Was für Florida und einige andere Bundesstaaten der Wahrheit entsprach. Knowland hatte offensichtlich davon gehört, denn schließlich verlor er die Fassung. Seine Unterlippe bebte, er atmete schnell und flach, die Hände zitterten. Ich dachte schon, er würde einen Herzanfall bekommen. Wenn ja, dann müsste ich mit einem von den anderen wieder von vorne anfangen. Wenigstens kämen die Alligatoren zu einer anständigen Mahlzeit. Und wenn die sich ihn nicht schnappten, dann sicher eine von den Tigerpythons, die in den Everglades gerade das Kommando übernahmen.

Er setzte sich wieder aufs Bett und schwieg. Ohne mich anzuschauen, sagte er schließlich: »Wir hatten nicht vor, irgendwen umzubringen. Wirklich nicht.«

Fisch im Boot.

Weil ich mir die Frage nicht verkneifen konnte, drehte ich mich noch einmal zu Knowland um, bevor ich das Zimmer verließ. »Ganz unter uns, wie habe ich mich gemacht als Immobilienhochstapler à la Ponzi?«

Er lächelte. »Sie waren gut. Ich würde sagen, Sie haben eine Zukunft als Krimineller.«

Ich verließ Knowland und wandte bei Art Bradenton und bei Collie Cox die gleiche Methode an. Vasily saß auf der Veranda hinter dem Haus in einem Schaukelstuhl, trank einen Cognac und rauchte eine Zigarre. Elena machte die Küche sauber und setzte sich dann aufs Sofa und spielte mit ihrem iPhone herum. Stefan und Sergei waren irgendwo draußen. Gelegentlich hörte ich einen Schuss. Vielleicht verbesserten sie ihre Schießkünste, indem sie auf bedrohte Tierarten oder Drogenschmuggler schossen.

Bradenton hielt am längsten durch, aber am Ende konnte ich die verquere Geschichte von drei Männern zusammenpuzzeln, die in ihren jeweiligen Welten Macht und Einfluss verloren und auf ihre alten Tage entdeckt hatten, dass die ultimative Macht die über Leben und Tod ist.

Die Zusammenfassung ihrer fantastischen Geschichte, die eine Wahrheit enthüllte, die skurriler war als jede jemals von Bill Stevens zusammengeschusterte Fiktion, lautet folgendermaßen:

Vor etwa zwei Jahren saßen die drei Männer nach einer Runde Golf in der Bar ihres Country Clubs, genehmigten sich ein paar Drinks und spielten Gin Rommé um hohe Einsätze. Cox erzählte seinen Kumpels, die Baubehörde der Stadt Naples beschneide jetzt die Banyanbäume in seiner Straße, damit die Zweige sich nicht in den Stromleitungen verfingen.

Cox schickte einen Brief an die Stadt und erhob Einspruch, weil das seiner Meinung nach den Bäumen schade. Sein Ersuchen, das Beschneiden zu beenden, wurde abgelehnt. Er sei wütend darüber gewesen, so »von der Stadt herumgeschubst« zu werden.

Knowland oder Cox, wer genau, wussten sie nicht mehr, hatte vorgeschlagen, dagegen vorzugehen. Irgendeine Aktion, die man nicht zu ihnen zurückverfolgen könne, die es den Hurensöhnen aber heimzahlen würde. Der Gedanke gefiel allen. Zwei Tage später, sie spielten wieder Golf, sagte Bradenton, er habe nachgedacht und es sei ihm etwas eingefallen. Die Entscheidung für die Umsetzung fiel einstimmig.

Eines späten Abends – sie waren Anfänger, deshalb war es nicht drei Uhr morgens – brachen sie in die Garage der Baubehörde ein und führten sich auf wie Teenager: Sie ließen die Luft aus den Reifen der Dienstfahrzeuge, besprühten die Wände mit Parolen – Fuck You! Beamtenpack! Bigfoot was here! – und zerstörten die Klingen von ein paar der verbrecherischen Baumscheren. Ein Schülerstreich in ihren Augen, nicht mehr, als hätte man im Garten eines Lehrers Klopapierschlangen über die Bäume geworfen. Sie wussten, dass deshalb nicht das Beschneiden der Banyanbäume im Pirates Cove Drive oder sonst wo in der Stadt eingestellt würde. Aber es fühlte sich gut an. Es machte Spaß. Mehr Spaß als alles andere seit langer Zeit.

In ihrer Glanzzeit hatten sie Macht und Einfluss ausgeübt. Jetzt waren sie alte zahnlose Löwen, auf deren Brüllen niemand mehr achtete. Den Einbruch deuteten sie als Zeichen dafür, dass sie es noch draufhatten, dass sie noch Player waren, wenn auch auf kleinerer Bühne. Aber immerhin Player. Dann vergaßen sie es wieder.

Vier Monate nach dem Einbruch in die Garage der Baubehörde beschloss Cox, das leer stehende Grundstück neben seinem Haus zu kaufen, um darauf einen Tennisplatz zu bauen. Das Grundstück gehörte einem Bodenspekulanten namens Theodore »Teddy« Lundquist. Der wollte aber nicht verkaufen, obwohl Cox sein Angebot immer weiter aufbesserte, bis es schließlich ein Drittel über dem Marktwert lag. Zu der Zeit herrschte in Naples ein Immobilienboom. Anscheinend habe Lundquist, so

Cox, das Grundstück halten wollen, um später einen noch höheren Preis zu erzielen. Oder er habe eigene Pläne gehabt und für keinen Preis verkaufen wollen.

Cox sagte, er sei es leid gewesen, hingehalten zu werden. Er erinnerte sich an das gute Gefühl, als sie sich an der Baubehörde gerächt hatten, auch wenn das nur ein kleiner Streich gewesen war. Also beschlossen sie, einen Privatdetektiv anzuheuern, der Lundquist beobachten sollte. Sie gingen davon aus, dass jeder irgendwann mal einen Fehler mache. Womit sie nach meiner Erfahrung recht hatten.

Nach zwei Wochen berichtete der Detektiv, dass der verheiratete Lundquist hin und wieder eine Schwulenbar in Fort Myers besuche. Ein Bote lieferte in seinem Haus ein Kuvert mit großformatigen Fotos ab, die ihn beim Betreten und Verlassen der Bar zeigten. Im Fenster war deutlich der Schriftzug »Adoni's Cave« zu lesen.

Den Fotos lag eine anonyme Nachricht mit der Aufforderung an Lundquist bei, alle leer stehenden Grundstücke, die er in Collier County besitze, sofort zu verkaufen (so wurde Cox' Identität geschützt). Andernfalls würden Kopien der Fotos an seine Frau und seine Freunde geschickt werden.

In den nächsten drei Monaten verkaufte Lundquist alle seine Grundstücke, darunter auch an Rollie Cox dessen leeres Nachbargrundstück. So viel Spaß mit seinen Klamotten am Leib, sagte einer von ihnen, habe er in seinem ganzen Leben noch nicht gehabt. Auf die Tour machten sie noch eine Zeit lang weiter und wendeten hier und da schmutzige Tricks an, um die gewünschten Resultate zu erzielen. Sie ahnten, dass sich da Möglichkeiten auftaten, die über das hinausgingen, was sie bis jetzt getan hatten.

In ihren Augen waren es Männer wie sie gewesen, die Amerika einst beherrscht hatten und weshalb Amerika damals ein besserer Ort gewesen war. Aber jetzt veränderte sich die Nation, *hatte* sich schon so weit verändert, dass sie kaum noch wiederzuerkennen war – zumindest für sie und Männer wie sie. Hispanics, Schwarze, Moslems, Asiaten, Frauen wollten den Ton angeben, Schwule wollten heiraten ... Aus dem großen amerikanischen Schmelztiegel war eine Kloake aus Gruppen geworden, die nicht länger anerkannten, dass Leute wie Arthur Bradenton, Christoper Knowland und Roland Cox diese großartige Nation aufgebaut hatten.

Bradentons Enkelin studierte an einer Elite-Universität im Osten Frauenforschung. Es gab Studiengänge, die sich mit Asiaten, Hispanics, Schwarzen befassten. Noch nicht mit Moslems, aber diese »linke Sozialistenbande in Washington« dachte schon darüber nach, wie mir Bradenton mit einem Ausdruck äußersten Ekels im Gesicht verriet. Seine Enkelin habe einen Kurs belegt, sagte er, der LGBT-Kultur heiße, er habe seine Frau fragen müssen, was das bedeute, und sei entsetzt gewesen, als sie es ihm erklärte. Sein Sohn und seine Schwiegertochter zahlten Studiengebühren für die Gehirnwäsche ihrer Tochter. Das Land ginge den Bach runter.

Rollie, Art und Chris organisierten ihre Aktivitäten,

indem sie einen Klub gründeten. In einer Stadt der exklusiven Klubs war ihrer der exklusivste. Sie nannten ihn The Old White Men. Das war Cox' Idee gewesen. Der Begriff war für gewöhnlich abschätzig gemeint, für sie war er ein Ehrentitel. Ich wusste, dass ich das genauso gut den Affen im Lincoln-Park-Zoo hätte erzählen können, trotzdem sagte ich ihnen später, dass die alten weißen Männer unser Land ja nun nicht mehr so großartig führten und deshalb vielleicht etwas frisches Blut vonnöten sei. Selbst in dieser äußersten Notlage, in der sie sich befanden, pflichtete mir keiner von ihnen bei.

Da sie sich jetzt als offizielle Kampftruppe für ihre Gattung begriffen, für die Würde und Ehre aller alten weißen Männer überall auf der Welt, gewannen sie Selbstvertrauen, die Sache nahm Fahrt auf, und so begannen die Dinge zu eskalieren.

Etwa sechs Monate bevor ich meine Ermittlungen aufnahm, erfuhr Bradenton, dass Eileen Stephenson hässlichen Tratsch über seine Frau Paige verbreitete. Vor ihrer Heirat mit Art sei Paige »asozialer Abschaum« gewesen. Tatsächlich hatte Paige, nachdem ihr Vater seinen Job in einer Getreidesilo-Anlage verloren hatte, eine Zeit lang in einem Wohnwagen gelebt. Sie hatte Art an der University of Minnesota kennengelernt, wo sie mit einem Volleyball-Stipendium studierte.

Sie mussten etwas unternehmen. Man beschloss, Eileen einen gehörigen Schrecken einzujagen. Der Privatdetektiv, den sie zur Beschattung von Teddy Lundquist angeheuert hatten, sagte, dafür stehe er nicht zur Verfügung, für so etwas könne er seine Lizenz verlieren. Aber er gab ihnen eine Telefonnummer in Miami.

Die Old White Men lernten den Mann, der ans Telefon ging, nie kennen. Sie erfuhren nie seinen Namen. Er fragte, wer ihn empfohlen habe, und war mit der Antwort zufrieden. Sein Honorar betrage fünfzigtausend plus Spesen für einen, wie er es nannte, »Routineauftrag«. Sollten sich »Komplikationen« oder »unvorhergesehene Schwierigkeiten« ergeben, würde sich das Honorar deutlich erhöhen.

Sobald er seine Arbeit aufgenommen habe, sagte der Mann, könne der Auftrag nicht mehr storniert werden. Sollte er annehmen und erfahren, dass sie über den Auftrag, seine bloße Existenz, mit irgendwem gesprochen hätten, und er habe seine Kanäle, dann würde das »ernste Konsequenzen« nach sich ziehen.

Der Miami-Mann sagte, er werde sich nach Erledigung des Jobs bei ihnen melden und Anweisungen geben, wie sie sein Honorar auf ein Nummernkonto in der Schweiz zu überweisen hätten. Wahrscheinlich waren ihm die Banken auf den Caymaninseln zu unsicher.

Über eine Freisprecheinrichtung, die sie alle miteinander verband, beschrieben sie ihm den Fall Eileen Stephenson. Vielleicht könnte man sie mit einem Drohanruf mitten in der Nacht ganz allgemein auffordern, ihre üblen Nachreden einzustellen. Vielleicht könnte man nachts, wenn sie schlief, in ihr Haus einbrechen und ...

Der Miami-Mann schnitt ihnen das Wort ab. »Erzählen Sie mir nicht, wie ich meinen Job zu machen habe.«

Er war einverstanden, sich »um das Problem zu kümmern«, das Eileen ihnen bereitete.

Fünf Tage später lasen sie in der *Naples Daily News* Eileens Nachruf. Darin hieß es, ihr Tod im Swimmingpool habe möglicherweise eine natürliche Ursache gehabt, einen Herzinfarkt oder Schlaganfall. Bei Menschen ihres Alters sei das nicht ungewöhnlich.

Ihr Miami-Mann hätte demnach nichts damit zu tun gehabt. Sie entschieden, ihn nicht anzurufen und zu fragen, wie Eileen gestorben war, weil es jetzt auch keine Rolle mehr spielte und es besser war, es gar nicht zu wissen.

»Was auch immer passiert ist, es hat sie jedenfalls zum Schweigen gebracht«, hatte Knowland gesagt, als sie sich an jenem Morgen zur üblichen Runde Golf getroffen hatten. Zur ihrer eigenen Überraschung hatten sie alle zu lachen angefangen. Es war wie in den alten Tagen.

Am Tag nach Bekanntgabe des Todes von Eileen erhielt Bradenton eine SMS, die lautete: »100 000«. Der Mann hatte sein Honorar verdoppelt. Sie fragten sich, welche Art von Komplikationen sich ergeben haben könnten, wenn man eine alte Frau wie Eileen umlegte. Aber bei der Zusammenarbeit mit einem Auftragsmörder lautete die goldene Regel: »Wir fragen nichts, du sagst nichts.«

Bradenton antwortete mit einem Wort: »Okay.« Das Geld wurde auf das Schweizer Bankkonto überwiesen. Auch wenn der Mann nicht beweisen konnte, dass Eileen durch seine Hand gestorben war, forderte man so jemanden nicht heraus, sondern bezahlte einfach die Rechnung.

Die Zeit verging. Die drei widmeten sich wieder ihrem privilegierten Tagesablauf: Golf, Bootspartien, Poker, Cocktailstunden, Dinnerpartys, Sinfoniekonzerte, gemeinnützige Arbeit, und ständig mussten neue Restaurants ausprobiert werden, denn in Naples herrschte in dieser Branche eine hohe Fluktuation.

Paige Bradenton überwachte unterdessen den vollständigen Umbau ihrer Küche, die erst ein Jahr zuvor umgebaut worden war – sie konnte den Anblick des Fliesenspiegels nicht mehr ertragen oder etwas in der Art, jedenfalls hatte das eine Komplettdemontage zur Folge. Lucille und Chris Knowland machte die South-Beach-Diät: Sie nahm in sechs Wochen zehn Pfund ab, er gar nichts, worauf sie ihm Betrug vorwarf. Die Coxes unternahmen eine Karibik-Kreuzfahrt an Bord eines gecharterten Segelschoners, der in schweres Wetter geriet, worauf sie sich schworen, Ferien in Zukunft nur noch an Land zu verbringen.

Das Thema Eileen Stephenson wurde nie mehr angesprochen. Sie hatten den Miami-Mann nicht beauftragt, sie zu töten, sondern nur zu erschrecken. Ihr Tod ging also nicht auf ihr Konto. Es handelte sich um einen Kollateralschaden, wenn überhaupt, mehr nicht.

Dann schaltete Cox eine Telefonkonferenz und berichtete, dass er mit Lester Gandolf um den einzigen freien Sitz im Parteirat der Republikaner konkurriere. Es sehe so aus, als würde Gandolf das Rennen machen, da er als Milliardär im Laufe der Jahre mehr für die Partei und ihre Kandidaten gespendet habe. Nur die Koch-Brüder seien noch spendabler gewesen.

Seit dem Ende seiner Amtszeit als Botschafter in Paris war Cox nicht mehr in der Politik aktiv gewesen. Er habe Lust, wieder in der nationalen Politik mitzumischen, sagte er, aber Geld sei nun mal Macht und Gandolf sei im Moment mächtiger.

Sie unterhielten sich eine Zeit lang darüber, bis Knowland plötzlich sagte: »Drei null fünf, sieben sieben sieben, neun sechs acht zwo.«

»Was ist das?«, fragte Cox.

»Die Nummer von unserem Mann in Miami.«

Von da an nannten sie den Mann nach der Vorwahl für Miami nur noch »Drei-null-fünf«. Dann unterhielten sie sich weiter über Gandolf und kamen überein, dass das nicht komisch sei. Und so kam es, dass Lester Gandolf kopfüber die Marmortreppe in seinem Haus hinunterstürzte. Das Honorar dafür betrug 200 000 Dollar, das Doppelte vom letzten Mal. Vielleicht hatte sich Gandolf gewehrt, vielleicht erhöhte der Mörder das Honorar aber auch nur, weil er es konnte. Schließlich würden ihn seine Kunden sicher nicht beim Verbraucherschutz anschwärzen.

Die drei Männer wussten, dass sie eine Linie überschritten hatten. Auch wenn sie nicht explizit einen Mord bestellt hatten, so wussten sie diesmal doch, dass Mord die Folge sein konnte. Sie waren jetzt offiziell Verbrecher.

Bei einer Runde Golf, so erzählte mir Bradenton während der Befragung, diskutierten sie tatsächlich, wer noch »ein Rendezvous mit dem Schicksal« verdient habe. Zu jener Zeit gab es niemanden, der einem von ihnen auf die Nerven ging. Sie langweilten sich einfach.

Dann nannte Cox den Namen Bob Appleby, der sich um die Mitgliedschaft im Olde Naples Country Club beworben hatte. Cox wusste das, weil er im Mitgliederausschuss saß.

Sie stimmten darin überein, dass Appleby und seine Frau weder in das soziale Gefüge der Stadt noch zu ihrem Country Club passten. Der Bestatterkönig von Iowa? Ein Mann, der es irgendwie nach Port Royal geschafft hatte, weil er im Präriesand des Mittleren Westen Leichen verbuddelte? Soll das ein Witz sein? Obwohl seine Aufnahme unwahrscheinlich war, ärgerte sie schon die Tatsache, dass er den Antrag überhaupt gestellt hatte.

Bumm und adieu! Bestatterkönig und Freundin mit seiner Jacht in die Luft geflogen, schrieb die *Naples Daily News*. Pech für die Freundin, aber so spielt das Leben.

Diesmal wurden 300 000 Dollar auf das Schweizer Konto von 305 transferiert. Offenbar war Sprengstoff ein zusätzlicher Spesenposten auf seiner Rechnung.

Ich fragte die Männer, ob sie irgendwie von meinen Ermittlungen erfahren und dann beschlossen hätten, 305 zu beauftragen, Charles Beaumont, Wade Hansen und mich umzubringen. Bradenton sagte Nein, sie hätten von der Untersuchung nichts gewusst. Er habe seine Frau Paige einer Affäre verdächtigt und einen Privatdetektiv mit ihrer Überwachung beauftragt. Sie hatte tatsächlich eine Affäre. Mit Charles Beaumont. Bye-bye, Bürgermeister Beaumont.

Bis dahin hatte ich mich gefragt, ob sich der brave Beaumont nicht vielleicht doch selbst umgebracht hatte, trotz des Golfturniers. Sich in einer geschlossenen Garage bei laufendem Motor durch Kohlenmonoxid umzubringen war eine geläufige Selbstmordmethode. Schmerzlos, heißt es, aber die das bestätigen könnten, reden nicht mehr. Ich konnte mir nicht vorstellen, wie 305 das hatte durchziehen können, ohne Spuren eines Kampfes zu hinterlassen. Beaumont war ein kräftiger Mann gewesen, würde er sich da nicht wehren? Schätze, das ist der Grund, warum 305 die dicke Kohle machte.

Knowland erzählte mir, was ich schon wusste: Gilbert Merton stand meinem Immobiliendeal im Weg, also endete er als Verkehrsopfer. Ich musste einen Weg finden, mit dieser Tatsache zu leben. Wenn das überhaupt möglich war.

Nachdem Charles Beaumonts Tod als Mord bestätigt war, blieb noch das Rätsel von Ashs Tod. Die Männer stritten jede Beteiligung ab. Vielleicht waren sie unschuldig, vielleicht hatten sie aber auch Angst, die Wahrheit zuzugeben. Zwar war ich nicht ihr Neffe, aber ihr Freund, und wir waren hier draußen in den Everglades, wo alles Mögliche passieren konnte. War Ash aufgewacht (um drei Uhr morgens) und hatte in das Gesicht von 305 geblickt, worauf vor Schreck ihr Herz stehen geblieben war?

Als Polizist in Chicago hatte ich Erfahrung mit Soziopathen, die für ihre Taten keinerlei Reue empfanden. Wenn sie gewalttätig wurden und Menschen verletzten, verschob man sie in die Rubrik »Psychopathen«.

Damit hatte ich es jetzt zu tun – mit drei alten weißen Psychopathen. Sie hatten sechs, vielleicht sogar sieben

Morde zu verantworten. Das war nichts verglichen mit den Schlimmsten der Schlimmen wie Ted Bundy, der in mindestens sechs Bundesstaaten mehr als fünfunddreißig Frauen vergewaltigt und ermordet hatte, oder John Wayne Gacy, der mindestens dreiunddreißig Männer und Jungen getötet und ihre Leichen unter seinem Haus oder in seinem Garten in Chicago vergraben hatte, oder Jeffrey Dahmer aus Milwaukee, der insgesamt siebzehn Männer und Jungen in Wisconsin und Ohio ermordete, wobei es bei einigen zu Kannibalismus kam.

In gewisser Weise waren unsere Männer Furcht einflößender als Bundy, Gacy, Dahmer und ihresgleichen. Wie Studien zeigen, waren Letztere schwer gestörte Geschöpfe, mit abnormaler Hirnanatomie und -chemie und – zumindest bei einigen – übler Kindheit. Jeder ein missgestalteter Caliban, der nicht fähig war, ein normales Leben zu führen. Cox, Bradenton und Knowland dagegen waren erfolgreiche, aufrechte Bürger, Stützen der Gesellschaft, die sich selbst in eiskalte Killer verwandelt hatten.

Ich hatte in meiner Zeit als aktiver Polizist so einige aufrechte Bürger kennengelernt, die aufgrund unvorhergesehener äußerer Umstände plötzlich zu Mördern geworden waren, aber so etwas wie dieses Trio, das aus purer Langeweile und aus einem Gefühl enttäuschten Anspruchsdenkens heraus nach Opfern gesucht hatte, war mir noch nicht untergekommen.

Um etwas Vergleichbares zu finden, musste man bis ins Jahr 1924 zu dem Fall von Leopold und Loeb zurückgehen. Nathan Leopold und Richard Loeb waren Studenten an der University of Chicago gewesen, Kinder reicher Eltern, die den vierzehnjährigen Bobby Franks ermordeten, nur – wie sie selbst sagten – um zu beweisen, dass sie schlau genug waren, den »perfekten Mord« zu begehen. Offenbar waren sie es nicht. Selbst Star-Anwalt Clarence Darrow konnte sie nicht vor lebenslanger Haft bewahren, vor dem elektrischen Stuhl konnte er sie allerdings retten.

Ich fragte die Selfmade-Psychopathen, wie lange sie noch weitergemordet hätten. Sie sagten alle, dass sie keine Ahnung hätten, aber sie hätten 305 bis dahin schon 600 000 Dollar gezahlt, und das sei Gegenstand von Diskussionen gewesen. Sollten sie einen Budgetplan für ihre Organisation aufstellen? Sie konnten es sich leisten, weiterzumachen, aber wollten sie das auch? Vielleicht gab es weniger teure und weniger riskante Methoden, um mit Leuten abzurechnen, die ihnen missfielen. Eine Kosten-Nutzen-Analyse. Geschäftsleute bis zur allerletzten Sekunde.

Als wir zusammen im Wohnzimmer der Hütte saßen, sagte ich ihnen, dass ihre Logik erhebliche Defizite aufweise. Vier ihrer Opfer seien wie sie alte weiße Männer gewesen, ein weiteres Opfer eine alte weiße Frau und eins eine unbeteiligte Dritte, eine junge Frau. Man verschaffe sich keine Selbstachtung, wenn man Hinrichtungen in Auftrag gebe. Wenn man das tue, sei man ein Mörder, nichts weiter.

Um sicherzugehen, dass das die ganze Geschichte war und sie für keine weiteren Morde in Naples oder sonst wo verantwortlich waren, spielte ich mit Rollie Cox russisches Roulette. Angesichts der Tatsache, dass Vasily mein Partner war, erschien mir das angemessen.

Cox wusste nicht, dass ich die Patronen aus meiner Smith & Wesson genommen hatte. Ich sagte ihm, er solle sich auf einen Holzstuhl in der Küche setzen, und stellte mich hinter ihn, damit er die leeren Patronenkammern nicht sehen konnte. Bradenton und Knowland schauten uns vom Wohnzimmer aus zu.

Ich spielte das Dirty-Harry-Spiel mit Cox, fragte ihn, ob er sich für ein Glückskind halte, und drückte einmal ab. Er hörte das Klicken und schrie: »Hey! Stopp! Sind Sie verrückt?«

Ich drückte wieder ab.

Klick.

Inzwischen schluchzte Cox schon und hatte seine (Vasilys) graue Trainingshose nass gemacht. Jetzt war ich mir sicher, dass er alles gesagt hatte. Überflüssig, das Spiel mit den beiden anderen zu spielen. Marisa hatte einen gerahmten Druck von Edvard Munchs Gemälde *Der Schrei* an ihrer Wohnzimmerwand hängen. So sahen jetzt Chris' und Arts Gesichter aus. Schätze, sie hielten sich in diesem Moment auch nicht für Glückskinder.

Ich ging mit Cox zurück ins Wohnzimmer. Dann sprach Knowland es aus: »Ich bin froh, dass Sie uns erwischt haben.«

Es gab nur noch zwei lose Enden, die ich verknüpfen musste. Ich fragte Cox, der jetzt besonders aufgeschlossen für die Wahrheit war, was es mit Vasilys Ablehnung als

Verwaltungsrat der Symphoniker auf sich hatte und der Bestechung des Stadrats, der ihm die Zustimmung zu dem Jachthafen-Projekt beschert hatte. Schuldig in beiden Fällen. »Sie hätten bei Ihren schmutzigen Tricks bleiben sollen«, sagte ich zu ihnen. Sie widersprachen nicht.

Ich hatte es noch nie mit einem Serienmord zu tun gehabt. Aber ein FBI-Agent der Außenstelle Chicago hatte mir einmal erzählt, dass nach ihrer Gefangennahme viele der Mörder erleichtert seien.

Jetzt mussten sie nur noch in Miami anrufen.

42

Fangschuss

Drei Abende später allein in Ashs Haus: In meinem Zimmer im ersten Stock saß ich bei ausgeschaltetem Licht in einem Polstersessel, die Füße auf einem Sitzkissen, und las auf meinem iPad den Sportteil der *Chicago Tribune*.

Zu meinem eigenen Arsenal an Pistolen hatte ich Sir Reginalds Mossberg 935 hinzugefügt, eine halb automatische Schrotflinte, die er für die Vogeljagd benutzt hatte und ich jetzt für andere Beute benutzte. Marisa hatte Joe zu sich geholt, weil ich mir keine Sorgen um ihn machen wollte. Ich glaube, Joe spürte die drohende Gefahr, weil er sich nicht wehrte (fauchen, beißen, mit dem Anwalt drohen), als Marisa ihn nach draußen zu ihrem Auto trug, einem Nebula Grey Pearl Lexus LS 600h L (die Geschäfte liefen sehr gut). Martin und Suzette waren in einem nahe gelegenen Hotel einquartiert. Bradenton, Knowland und Cox befanden sich noch immer mit Vasily in der Hütte. Das Sumpfboot war nicht mehr auf der Insel und ihr Wille gebrochen, Bewachung also überflüssig.

Als die drei Männer nach Golf- und Kartenspiel nicht zur üblichen Zeit nach Hause kamen, wurden sie von ihren Frauen als vermisst gemeldet. Platzpfleger des Country Clubs fanden die beiden Golfwagen in dem Wäldchen, machten aber nicht sofort Meldung, weil sie annahmen, die Spieler seien zu Fuß weitergegangen. Das kam gelegentlich vor.

Ich hatte Hansen aus der Hütte angerufen und darüber informiert, dass wir die drei hatten und was wir mit ihnen machten. Er sagte, es hätte ihn nicht überrascht, wenn ich ihm mitgeteilt hätte, dass die drei jetzt an Fleischerhaken in irgendeinem Lagerhaus baumelten. Er war einverstanden, dass wir unser Blatt ausspielten. Mord schlägt Kidnapping. Jederzeit.

Der Chief sagte den Frauen, dass er einen Fahndungsaufruf an alle Streifenwagen und alle Polizeidienststellen in der Gegend herausgeben würde, die Männer aber erst nach achtundvierzig Stunden offiziell zu Vermissten erklären könne. Das stimmte nicht. Da man ihre Straßenschuhe und persönlichen Gegenstände in ihren Spinden gefunden hatte und ihre Autos noch auf dem Parkplatz des Country Clubs standen, galt die Achtundvierzig-Stunden-Regel nicht.

Um drei Uhr morgens glaubte ich ein Geräusch zu hören. 305 kannte die Hexenstunde also auch. Schätze, das war unter uns Profis ein offenes Geheimnis. Die Old White Men hatten ihrem Auftragsmörder erzählt, ich sei ein reicher Tagedieb und schwerer Trinker, der ihn wahrscheinlich nicht mal dann hören würde, wenn er die Vordertür einträte. Leichte Beute.

Mein russisches Scharfschützenteam hatte irgendwo draußen Stellung bezogen, suchte das Terrain mit einem

Nachtsichtzielfernrohr ab und hatte Befehl, nur zu verletzen, nicht zu töten. Das war ein Märchen aus alten Western: »Ich hab ihn nur am Arm getroffen, Ma'am.« Wenn man ein Stahlmantelprojektil mit einer Geschwindigkeit von 1200 Metern pro Sekunde auf einen menschlichen Körper abfeuert, konnte man nicht mehr unterscheiden zwischen töten oder bloß verletzen. Sergeis Dragunov hatte keine Einstellung »*sanft*«. Aber anders als Jack Stoney war ich nicht gewillt, mich ohne Rückendeckung mit einem Auftragsmörder anzulegen.

Ich ging vorsichtig zur Zimmertür, öffnete sie einen Spalt und lauschte.

Nichts.

Vielleicht hatte ich wirklich nichts gehört. Konnte sich 305, egal wie gut er war, an den Russen vorbeischleichen?

Dann hörte ich das Geräusch wieder. Das war die Glasschiebetür gewesen, durch die man von der Küche in den Garten gelangte.

Es gibt, wie gesagt, zwei Möglichkeiten, wie man in so einer Situation reagiert: Entweder man wartet, bis die Gefahr zu einem kommt, oder man stellt sich ihr frontal. Ich hatte das einmal im Baby Doll bei ein paar Bieren Bill Stevens erzählt, und er hatte es in einem seiner Bücher verwendet. Raten Sie mal, welche der beiden Optionen Jack Stoney danach immer wählte.

Wie Stoney war auch ich immer der direkte Typ gewesen, weil Warten langweilig ist und ich das Spiel lieber selbst bestimme. Also nahm ich die Mossberg, schob die Tür mit dem Lauf langsam weiter auf und trat hinaus in den Flur. Der Mond, der durch die Fenster im ersten Stock schien, sorgte für ausreichend Licht. Die anderen Zimmertüren waren geschlossen. Da ich nicht davon ausging, dass der Mann aus Miami sich hinter einer verschlossenen Tür aufhielt, war er noch nicht nach oben gekommen – wenn er sich überhaupt im Haus befand.

Ich drückte mich an der Wand entlang bis zur Treppe und schaute nach unten. Nichts. Langsam ging ich die Stufen hinunter und schwenkte dabei nach Art der Navy SEALs den Lauf der Flinte hin und her. Ich durchquerte die Diele und betrat die Küche, die der Vollmond in helles Licht tauchte.

Die Glasschiebetür stand gerade so weit offen, dass ein Mann durch den Spalt hindurchschlüpfen konnte. Bevor ich ins Bett gegangen war, hatte ich sie abgeschlossen, um keinen Verdacht zu erregen. Aber das Schloss war leicht zu knacken.

Ich überlegte gerade, was ich als Nächstes tun sollte, als ich ein Nylonseil unter meinem Kinn spürte. Es schnitt mir ins Fleisch. Ich packte das Seil und trat gleichzeitig mit meinem nackten Fuß hart auf den Spann des Angreifers. Ich hörte ihn stöhnen. Normalerweise zertrümmerte so ein Tritt die Knochen und beendete den Kampf. Aber nicht bei diesem Burschen. Er hielt das Seil straff angezogen. So straff, dass ich es nicht schaffte, meine Finger zwischen Hals und Seil zu quetschen. Bald würde kein Blut mehr ins Gehirn und keine Luft mehr in die Lungen gelangen. Ich würde das Bewusstsein verlieren. Man sagt, in so einem Augenblick ziehe dein ganzes Leben an dir vorbei. Tut es nicht. Man wird bloß panisch und hofft, noch einmal morgens aufzuwachen.

Plötzlich wurde das Seil schlaff, der Mann hinter mir sackte zusammen und stürzte zu Boden. Hustend und keuchend sah ich auf ihn hinunter. Ein großer, muskulöser Mann, wie meine Russen in Schwarz gekleidet und wie ich, als ich in Vasilys Büro einbrach, Teil eines geheimen Plans.

Über seine Haarfarbe konnte ich nichts sagen, weil der obere Teil seines Kopfes fehlte. Ich spürte, dass mein Hinterkopf, mein Nacken und meine Schultern nass waren. Blut. Glücklicherweise nicht meins, wie ich schnell feststellte.

Neben dem Mann lag eine Garrotte auf dem Boden, ein Nylonseil mit Holzgriffen an beiden Enden.

Dann tauchte Sergei in der Tür auf. In der Hand hielt er seine Desert-Eagle-Pistole, die aus naher Entfernung besser war als die Dragunov. Stefan blieb draußen. Sergei kam in die Küche, stieß 305 mit der Stiefelspitze an und warf kurz einen prüfenden Blick auf ihn – obwohl ein Mann ohne den oberen Teil seines Kopfes unmöglich überleben konnte.

»Es ging nicht anders«, sagte er, ohne die geringste Gefühlsregung zu zeigen. Bei diesem Gefecht hatte eine Killermaschine die andere besiegt.

»Ich weiß«, sagte ich. »Danke.«

Das waren überhaupt die ersten nicht russischen Worte, die ich aus Sergeis Mund hörte. Auch Stefan hatte nie etwas gesagt, das ich verstanden hätte. Ich hatte angenommen, sie sprächen kein Englisch. Glücklicherweise hatte ich in ihrer Gegenwart nie abfällig über einen von ihnen gesprochen, wie etwa »Na, du alter Borschtschtfresser, hast du mal Feuer?« Die Leiche zu meinen Füßen zeigte, was passieren konnte, wenn man ihnen dumm kam.

Sergei hatte einen verblüffenden Fangschuss absolviert. Mein Kopf war nur Zentimeter vom Kopf des Mörders entfernt gewesen, und Sergei hatte durch die schmale Öffnung der Schiebetür geschossen, damit die Kugel nicht vom Glas der Tür abgelenkt würde. Wegen des Schalldämpfers hatte ich den Schuss nicht gehört. Der stumme Schuss war nötig gewesen, weil das Nachbarhaus seit ein paar Tagen bewohnt war.

Sergei zückte sein Handy, rief Vasily an und sprach russisch mit ihm. Dann gab er das Telefon mir.

»Wir müssen die drei laufen lassen«, sagte ich. »Auch wenn mir das zutiefst zuwider ist.«

Ohne die Aussage des Mörders hatten wir keinen Beweis für ihre Verbrechen.

»Ich weiß«, sagte er.

Ich beendete das Gespräch und gab Sergei das Handy zurück. Er verließ die Küche, und ich rief mit meinem eigenen Handy Wade Hansen an.

Zwanzig Minuten später kamen Hansen, ein Team Kriminaltechniker und ein Krankenwagen. Während die Techniker, die weiße Overalls mit der Aufschrift »Naples Crime Scene Team« auf dem Rücken trugen, das Haus und das Grundstück untersuchten, erstattete ich Hansen

Bericht. Eine Kriminaltechnikerin, eine Frau in den Dreißigern mit kurzen roten Haaren und Sommersprossen, nahm mit einem Stück weißem Löschpapier eine Blutprobe vom Boden. Ich bezweifelte, dass die DNA eines Profis wie 305 in irgendeiner polizeilichen Kartei vorlag, aber vielleicht seine Fingerabdrücke.

Nachdem die Sanitäter den Toten in ihren Krankenwagen geladen hatten, um ihn ins städtische Leichenschauhaus zu bringen, verließ auch Chief Hansen das Haus. Ich ging nach oben, um zu duschen und die Kleidung zu wechseln, die mit Blutflecken, Fleischfetzen und Knochensplittern von 305 besudelt war. Ich kramte Jack Starkeys blaues Arbeitshemd, die Jeans und die Laufschuhe aus meiner Reisetasche. Der Geist des Frank Chance, des großartigen First Baseman der Chicago Cubs, konnte nach Cooperstown in die Baseball Hall of Fame zurückkehren.

Ich fuhr mit der Corvette nach Everglades City. Unterwegs hielt ich kurz an einem Dunkin' Donuts und besorgte mir Verpflegung für die Fahrt. In Everglades City parkte ich vor einem eingeschossigen roten Holzgebäude, das aussah wie eine Schule, laut dem großen Schild auf dem Rasen davor aber das offizielle Everglades-Museum war. Das war mir vorher noch nicht aufgefallen. Was für Geschichten mochte dieses Gebäude zu erzählen haben! Vasily und ich hatten jetzt noch eine hinzugefügt, der aber mit etwas Glück nie eine Ausstellung gewidmet würde. Ich gelobte, später einmal mit Marisa in das Museum zu gehen und vielleicht noch eine Sumpfboot-Tour zu machen.

Ich ging zu Fuß den einen Block bis zu der Anlegestelle, wo Elena mit dem Sumpfboot auf mich wartete. Sie begrüßte mich herzlich, wir waren ja jetzt Komplizen, und brachte mich zu Vasilys Insel. Ich betrat das Wohnzimmer seiner Hütte, wo er und die drei Männer, die für all die Ereignisse verwantwortlich waren, zusammensaßen. Sergei und Stefan waren nicht da. Vielleicht gehörte es zu ihren Gepflogenheiten, die Waffe zu reinigen, wenn man jemanden umgelegt hatte, und dann zusammen auf ein kaltes Bier zu gehen.

»Was ist passiert?«, fragte Cox, während ich mir einen Stuhl nahm und Elena Kaffee aufsetzte. Auf dem Teller auf dem Küchentisch lag noch ein Doughnut, aber da ich schon unterwegs drei gegessen hatte, ließ ich ihn liegen. Die Ermittlungen waren beendet, es war Zeit für eine Diät.

»Ihr Mann ist tot«, sagte ich. »Und Sie können nach Hause gehen.«

Als die drei Männer das hörten, Männer, die früher mal Privilegien und Einfluss besessen und sich dann selbst in Abschaum verwandelt hatten, sahen sie aus, als wüssten sie nicht, ob sie weinen sollten oder in Ohnmacht fallen.

Elena goss den Kaffee in eine Thermoskanne. Dann gingen wir alle hinunter zum Steg und bestiegen das Sumpfboot.

43

Camp Knowland

Wenn Sie nicht ohne Happy End auskommen können, dann lesen Sie ein Buch, oder gehen Sie ins Kino! Aber im wirklichen Leben gewinnen manchmal die Bösen, und es bleibt einem nichts anderes übrig, als weiterzuziehen und sich darauf vorzubereiten, an einem anderen Tag für das Gute zu kämpfen.

Ich führte wieder mein Leben in Fort Myers Beach. Marisa verkaufte Ashs Haus für 35 Millionen Dollar an ein Paar aus Dubai. Sie sagte, dass wir mit der Provision schon sehr bald in Paris schön essen gehen würden. Außerdem sei sie erleichtert, dass ich den Fall abgeschlossen hätte, ohne mir die Eier oder sonst was wegschießen zu lassen. Da waren wir schon zu zweit.

Ich plante einen Ausflug zu Claire und Jenny nach Chicago. Ich gelobte, dass ich das jetzt regelmäßig tun würde. Claire war mit diesem orthopädischen Chirurgen verlobt. Chirurg schlägt Cop. Jederzeit.

Dank Jenny und Brad hatte ich einen prächtigen Enkel mit dem ausgezeichneten Namen Jack James (nach Brads Vater) Thornhill. Ich wartete schon jetzt auf den Moment, wenn er alt genug sein würde, um sich mit mir auf

Bill Stevens' Dach ein Spiel der Cubs anzuschauen. Vielleicht hatte das Team bis dahin einen starken Relief Pitcher und einige Batter, die den Ball hundertzwanzig Meter weit über die efeubewachsene Ziegelsteinmauer des Spielfelds schlagen konnten. Und wenn ich schon beim Träumen war, warum nicht auch noch einen Golden Glover oder zwei Jungs fürs Infield? Oder gleich drei: die nächste Tinker-zu-Evers-zu-Chance-Combo.

Wade Hansen hatte dafür gesorgt, dass man mir mit Billigung des Bürgermeister-Platzhalters mein Beraterhonorar und meine Spesen in voller Höhe ausbezahlt hatte.

Auch Arthur Bradenton, Christopher Knowland und Roland Cox führten wieder ihr altes Leben – allerdings erst nachdem sie im Polizeipräsidium von Wade Hansen ordentlich ins Gebet genommen worden waren. Für das Treffen hatten die drei einen Anwalt hinzugezogen: Phil Weingarden aus Los Angeles, den berühmtesten Strafverteidiger des Landes.

Hansen hatte kein Blatt vor den Mund genommen. Er sagte ihnen, er wisse, dass sie alle Mörder seien. Sollte es in seiner Stadt weitere rätselhafte Todesfälle geben, würde er ihnen höchstpersönlich »den Kopf abreißen und in den Hals scheißen«. Kein Zweifel, dass er seinen Ausbilder auf Parris Island zitierte. Ich glaube, den hatte ich auch. Hansen erzählte mir, dass Weingarden während des Treffens kein einziges Wort gesagt habe. Warum auch, er hatte ja schon gewonnen. Clarence Darrow hätte auch nicht mehr herausschlagen können. Ich schätze, er kassierte ein stattliches Pauschalhonorar.

Seine zwei Millionen aus dem Immobilienschwindel spendete Knowland widerwillig dem Jugendverband von Collier County. Das war Hansens Idee gewesen. Bei der Bekanntgabe der großzügigen Spende verkündete der Verband, dass er für das Geld ein Sommerlager für die Kinder gründen und es nach dem Wohltäter »Camp Knowland« nennen würde. Das war das einzig positive Ergebnis der gesamten Affäre.

Boris Ivanovich aus Brighton Beach, New York, machte für die Kunden seines Atocha Fund, zu denen auch Charles Beaumonts Witwe gehörte, immer noch Gewinne über dem Marktdurchschnitt. Seine wahre Identität blieb geheim. Hansen hielt sich an die Vereinbarung, dass er das FBI und die Börsenaufsicht nicht über den betrügerischen Hedgefonds-Manager informierte, und verkündete, dass er sich im kommenden November zur Wahl des Bürgermeisters stellen würde.

Und warum sollte Vasily nicht davonkommen? In unserem Justizsystem wird allen möglichen hundsgemeinen Erzschurken Gnade gewährt, weil sie den Staatsanwälten der Regierung helfen – was auch unser Plan für 305 gewesen wäre, wenn er denn überlebt hätte. Vasily hatte geholfen, die Serienmorde in Naples zu stoppen und einen professionellen Mörder auszuschalten.

305 wurde anhand seiner Fingerabdrücke als Carl Llewellyn identifiziert, ein ehemaliger Elitesoldat der Delta Force, der von Miami aus als Söldner für jede Person oder Regierung arbeitete, die sein Honorar zahlte. In seinem Penthouse am Biscayne Boulevard wurde nichts gefun-

den, was ihn mit irgendeinem Kunden – einschließlich Bradenton, Knowland und Cox – in Verbindung brachte.

In Chief Hansens offiziellem Bericht hieß es, dass eine unbekannte Person Llewellyn erschossen habe, als er versuchte, in Ashs Haus einzubrechen. Mein Name wurde nicht erwähnt. Die Geschichte schaffte es auf die Titelseite der *Naples Daily News*, war aber mit dem nächsten Nachrichtenzyklus schon wieder vergessen. In Naples scherte sich niemand darum, wie ein Einbrecher starb, Hauptsache, er war tot.

Vielleicht würde mir Wade Hansen eines Tages die Genehmigung erteilen, Bill Stevens das Okay zu geben, die Serienmorde in Naples als Grundlage für einen Jack-Stoney-Roman zu verwenden – vorausgesetzt, er änderte Personen und Örtlichkeiten.

Das wäre schön, denn ich würde gern wissen, wie Detective Jack Stoney den Fall gelöst hätte.

44

Undercover im Paradies

Drei Uhr morgens. Hexenstunde. Im Schlafzimmer einer gemieteten Villa auf der Karibikinsel St. Kitts saß Jack Stoney in einem Sessel. Neben ihm an der Wand lehnte in Griffweite eine Mossberg-Schrotflinte.

Das Licht im Haus war ausgeschaltet. Auf seinem iPad las Stoney den Sportteil der Chicago Tribune. *Es war Anfang September, und die Cubs hatten den letzten Platz in ihrer Division voll unter Kontrolle. Was gab es sonst noch Neues zu berichten?*

Stoney dachte an das russische Scharfschützenteam, das irgendwo da draußen das Terrain mit einem Nachtsichtzielfernrohr absuchte. Ihr Befehl lautete: Nur verletzen, nicht töten.

Das war ein Märchen aus alten Western: »Ich hab ihn nur am Arm getroffen, Ma'am.« Wenn man ein Stahlmantelprojektil mit einer Geschwindigkeit von 1200 Metern pro Sekunde auf einen menschlichen Körper abfeuerte, konnte man nicht mehr unterscheiden zwischen töten oder bloß verletzen. Sergeis Dragunov hatte Einstellung »sanft«.

Stoney glaubte etwas gehört zu haben. Er nahm das iPad herunter und lauschte. Vielleicht hatte er nur die im Wind raschelnden Palmen gehört oder ein Knarzen in dem großen alten Haus. Konnte sich jemand an den Russen vorbeischleichen?

Die als The Unholy Trinity bekannten Männer, die für sechs Morde auf der Insel verantwortlich waren, hatten dem von ihnen angeheuerten Mörder erzählt, dass sein Zielobjekt ein reicher Dandy und schwerer Trinker sei, der ihn wahrscheinlich nicht mal dann hören würde, wenn er die Vordertür eintrat.

Leichte Beute.

Aber es war eine Falle.

Die drei alten Männer waren auf Nevis in einer Fischerhütte festgesetzt, die dem Bruder des Polizeichefs von Basseterre gehörte, Chief Konris Soubis. Basseterre war die Hauptstadt des kleinen, zum britischen Commonwealth gehörenden Inselstaats St. Kitts und Nevis.

Stoney fragte sich, warum zum Henker er sich in diesen Fall hatte hineinziehen lassen.

Er war Polizist in Chicago gewesen und führte ein komfortables Rentnerleben in Key West. Was auf St. Kitts los war, scherte ihn einen Dreck. Er war vorher nie auf der Insel gewesen. Es musste daran liegen, dass er nach der Hektik im Dreck der Straßen von Chicago das Wort »komfortabel« mit »langweilig« übersetzte.

Als ihm sein Freund, der Polizeichef von Key West, einen »Beratungsauftrag« für seinen Kumpel Konris Soubis anbot – möglicherweise Mord, schau dir mal die Akten an, mehr nicht –, da hatte er das Wort »Mord« mit »Adrenalin« übersetzt.

Ein altes Feuerwehrpferd hört die Glocke und zieht noch einmal los.

Da war es wieder.

Das Geräusch.

Keine raschelnden Palmwedel.

Kein Knarzen im alten Haus.

Das war definitiv ein Mann.

Der Mann, auf den Stoney wartete.

Sollte Jack Stoney scharf auf einen Adrenalinkick gewesen sein, jetzt bekam er ihn. Er nahm die Mossberg von der Wand. Aus kurzer Entfernung sollte man immer die Schrotflinte sprechen lassen – nicht die Pistole, mit der man unter Stress schlechter zielte.

Das Geräusch, das er gehört hatte, waren sich drehende Türknäufe. Der Mörder überprüfte jedes der fünf Schlafzimmer im ersten Stock.

Stoney wartete, sah den sich langsam drehenden Türknauf, und dann ...

Als der Schlussgong ertönte, lag der Mörder bewusstlos auf dem Boden im Flur. Handgelenke und Fußknöchel waren mit Plastikfesseln verschnürt.

Der Mörder war ein großer und muskulöser Mann mit einer senkrechten, gezackten Stichnarbe auf der rechten Backe. Er trug einen schwarzen Rollkragenpulli, eine schwarze Armeehose und Kampfstiefel.

Er blutete stark aus dem Mund, da Stoney ihm mit dem Schaft seiner Flinte einen fürchterlichen Schlag verpasst hatte. Vielleicht hatte er mal schöne Zähne gehabt. Doch das ließ sich jetzt nicht mehr überprüfen.

Stoney ging nach unten in die Küche, telefonierte, setzte Kaffee auf und wartete, bis Chief Soubis und das Kriminaltechnikerteam eintrafen.

Einen Monat später war Stoney zu seinem Leben in Key West zurückgekehrt. Es war ein gutes Leben, dachte Stoney, obwohl er nach seinem Abschied aus dem Polizeidienst in Chicago erst beim Mordfall der Unholy Trinity begriffen hatte, wie sehr ihm die Erregung der Jagd gefehlt hatte. Vielleicht sollte er sich eine Privatdetektivlizenz für Florida besorgen und ein paar Fälle übernehmen, überlegte er, nur, um die grauen Zellen auf Trab zu halten. Oder er fragte bei seinen früheren Kollegen in Chicago nach, wie sie denn so zurechtkämen ohne ihn.

Doch vorläufig machte Jack Stoney erst einmal die Nirvana *startklar für einen Segeltörn mit seiner Herzallerliebsten, Miranda, zu den Turks- und Caicosinseln. Miranda hatte sich entschieden, für zwei Wochen ihr Maklerbüro gegen Puderzuckerstrände und Rumcocktails mit Früchten und kleinen Papierschirmchen einzutauschen.*

Stoneys Kater Sam segelte zwar nur ungern, würde aber auch mitkommen. Er mochte nämlich die Fische, die Stoney fing und Miranda in der Kombüse zubereitete. Sie war eine hervorragende Köchin.

Als Stoney Sam über den Segeltörn informierte, schaute Sam ihn an und miaute, was Stoney mit »Ist jetzt eigentlich Thunfisch-Saison?« übersetzte.

Stoney hatte Miranda Lopez im Rusty Scupper kennengelernt. Sie hatte allein in einer der Nischen gesessen, das hüb-

scheste Mädchen im Lokal. Sie trommelte mit ihren langen Fingernägeln auf den Tisch und sah gereizt aus.

Er ging hinter die Bar und mixte einen Papa Doble, den Rumcocktail, den Ernest Hemingway in seinen Tagen in Key West am liebsten getrunken hatte. Er ging mit dem Cocktail zu ihrer Nische, stellte ihn vor ihr auf den Tisch und fragte: »Warten Sie etwa darauf?«

Sie schaute ihn an und sagte: »Ich warte auf meinen Freund, aber ...«

Stoney setzte sich ihr gegenüber auf die Bank und beendete ihren Satz: »... aber der hat keine Ahnung, was er sich da entgehen lässt.«

Der Auftragsmörder hieß Alex Reyes und kam aus Miami. Dank der Regierung von St. Kitts hatte er ein neues Gebiss. Er saß in einer Gefängniszelle Ihrer Majestät und wartete auf seinen Mordprozess vor dem Landgericht.

Die Unholy Trinity, drei reiche Engländer im Ruhestand, hatte ihn angeheuert, um im Laufe des letzten Jahres vier Bürger des Inselstaats ermorden zu lassen – einfach deshalb, weil sie den drei Männern aus dem einen oder anderen Grund auf die Nerven gegangen waren.

Der Generalstaatsanwalt von St. Kitts sagte Stoney, dass mit der Aussage von Reyes – der im Gegenzug für eine mildere Strafe seine Kooperation zugesagt hatte – sicher alle drei Männer wegen Mordes verurteilt würden. Jack Stoney überlegte, ob er nicht nach St. Kitts segeln und sich anschauen sollte, wie sie baumelten.

45

Unschlagbar perfekt

An Bord der *Phoenix* saß ich eines frühen Sonntagmorgens mit einer Tasse Kaffee am Kombüsentisch. Marisa und Joe schliefen noch in der Kajüte. Ich hatte gerade die letzte Seite des Manuskripts von Bill Stevens' letztem Buch gelesen, *Jack Stoney: Undercover im Paradies.* Es war die getarnte Geschichte der Naples-Morde.

Marisa war entzückt, dass sie als Vorbild für Jack Stoneys Freundin gedient hatte, als die Klassefrau, die sie war. Die Figur der Lady Ashley Howe hatte er deutlich verjüngt. Ash hätte sich gefreut. Ich erzählte Joe, dass Stoney sich eine Katze namens Sam angeschafft hatte. Schwer zu sagen, ob eine Katze irgendetwas beeindrucken kann.

Auch wenn das Ergebnis meiner Zusammenarbeit mit der Stadt Naples nicht ideal verlaufen war, die Morde hatten jedenfalls aufgehört. Die Immobilienpreise in Naples waren laut Marisa um fünfundzwanzig Prozent gestiegen. Es war wieder Normalität eingekehrt – soweit es in einer derart exklusiven Welt Normalität überhaupt geben konnte.

Bei der Lösung des Falls hatte ich Hilfe von Marisa, Vasily und Jack Stoney bekommen, worüber ich froh war angesichts der Tatsache, dass mein Ermittlungsgeschick seit der Pensionierung auf Eis gelegen hatte. Nur ein Idiot und sein Ego hätten Hilfe abgelehnt. Und überlebt hatte ich auch nur dank des Weltklasseschusses eines russischen Scharfschützen.

Der Bürgermeister von Naples, Wade Hansen, hatte mir die Genehmigung erteilt, Bill von dem Fall der Old White Men unter der Bedingung zu erzählen, dass nichts in dem Buch auf Naples verweisen dürfe.

Was es nicht tat. Jack Stoney lebte als Rentner in Key West, nicht in Fort Myers Beach, die Old White Men waren drei unter dem Namen The Unholy Trinity auftretende Auslandsbriten, und der Schauplatz war die Karibikinsel St. Kitts und keine Stadt, die auch annähernd an Naples erinnerte.

Vasily war erfreut, dass er von einem russischen Gangster zu einem Oligarchen aufgestiegen war. Auch alle anderen Hauptfiguren und Schauplätze waren ordentlich getarnt.

Wie es ihre Gewohnheit war, hatte Mutter Natur inzwischen weiter ihre Menschenherde dezimiert. Der Klub der Old White Men hatte jetzt nur noch zwei Mitglieder. Arthur Bradenton hatte sich kürzlich bei einem Ausritt das Genick gebrochen. Einer der wenigen noch lebenden Florida-Panther war aus einem Gebüsch gestürzt und hatte Bradentons Pferd so erschreckt, dass es seinen Reiter abgeworfen hatte.

Wenn Bruder Timothys Glaubenssätze korrekt waren, flog Bradentons unsterbliche Seele jetzt hinauf zu Petrus, um Rechenschaft abzulegen. Ich stellte mir vor, dass aber auch wirklich jedes Argument, das Bradenton für sein Benehmen auf Erden vorbrachte, bei Petrus abblitzte und er jetzt beträchtlich wärmere Temperaturen als im Süden Floridas zu ertragen hatte.

Falls Christopher Knowland und Roland Cox noch vor Erscheinen ihrer Nachrufe in der *Naples Daily News* ihr gesamtes Vermögen dem örtlichen Jugendverband, der Humane Society oder irgendeiner anderen guten Sache spenden und sich freiwillig als Entwicklungshelfer melden würden, um in Westafrika gegen die Ebola-Epidemie zu kämpfen, dann hätten sie bei ihrer Schlussabrechnung vielleicht eine größere Chance auf Vergebung und Erlösung. Bruder Timothy hätte ihnen sicher zugeraten.

Ich hatte nachgeprüft, ob Bill Stevens seine Hausaufgaben auch wirklich gemacht hatte. Es ging um eine Sache am Ende des Buches.

Hatte er. Google bestätigte, dass bei Hinrichtungen auf St. Kitts immer noch der Strang zum Einsatz kam. Also keine Probleme mit Chemikalienengpässen für die Todesspritze wie hier bei uns in Florida. An Seilen würde nie Mangel herrschen. Für das letzte Kapitel war also keine einzige Korrektur vonnöten.

Ich stand auf, um mir noch eine Tasse Kaffee einzuschenken, und sah Joe, der im Eingang zur Kajüte stand und mich anschaute. Frühstückszeit. Ich öffnete den Kühlschrank, nahm die Milchtüte heraus, schüttete Milch in seine Schale und stellte sie auf den Boden. Joe rieb sich an meinem Bein, schnurrte zufrieden und begann die Milch aufzuschlabbern.

Am späten Vormittag hatte ich im Drunken Parrot einen Termin mit dem Dachdecker, der den Schaden schätzen sollte, den vor drei Tagen ein Tropensturm angerichtet hatte. Die *Phoenix* war unversehrt geblieben. Danach war ich mit Cubby Cullen im Doc Ford's zum Mittagessen verabredet. Er hatte mich am Tag zuvor eingeladen und gesagt, er würde gern meine Meinung zu einer »offenen Ermittlung« in Fort Myers Beach hören, einer Sache, in der Alligatorenwilderei und eine Crystal-Meth-Küche eine Rolle spielten und irgendwie zusammenhingen.

Als Gegenleistung für einen California-Burger mit Zwiebelringen – beides ganz ausgezeichnet im Doc Ford's – erklärte ich mich bereit, die Unterlagen zu lesen und mich diesbezüglich zu äußern. Konnte ja nicht schaden, mal einen Blick in die Akte zu werfen und ein paar Gedanken beizusteuern, oder?

Ich hatte vor, in drei Tagen wieder nach Chicago zu fliegen. Laut Jenny war mein Enkel Jack immer noch nicht groß genug für sein erstes Cubs-Spiel auf Bill Stevens' Hausdach. Ich fragte mich, wie alt ein Junge für einen Hotdog »Chicago Style« sein musste. Wie alt auch immer, den ersten würde ich ihm kaufen.

Joe beendete sein Frühstück und schlenderte zum Tisch, wobei ihm die Milch von den Schnurrhaaren tropfte. Er war bereit für den nächsten Gang. Ich entschied mich für Pfannkuchen. Ich machte ihm immer einen in Form eines kleinen J, nur für ihn. Mein Vater hatte die immer sonntags für mich und meinen Bruder Joe gemacht.

Während ich den Pfannkuchenteig verquirlte, hörte ich Marisa gähnen. Ich schenkte eine Tasse Kaffee ein und brachte sie ihr ans Bett. Sie gähnte erneut, streckte sich und sagte: »Na, mein Großer, wie wär's mit etwas Süßem zum Kaffee?«

Nichts anderes hatte ich erwartet. Die Pfannkuchen konnten warten.

In ein paar Tagen würde Bill für eine Angeltour einfliegen, dann konnte ich ihm das Manuskript von *Jack Stoney: Undercover im Paradies* mit meinen Anmerkungen überreichen. Wie in allen Büchern von Jack Stoney wurden die Bösen auf höchst befriedigende Weise ihrer gerechten Strafe zugeführt und bekam der Held das Mädchen. Und vor Detective Lieutenant Jack Stoney vom Morddezernat der Chicagoer Polizei lag eine strahlende Zukunft als Rentner in Key West – allerdings, so die Forderung seiner Fans, nicht für immer.

Es war alles unschlagbar perfekt, so wie es nur im Roman sein kann.

Danksagung

Naples ist eine reale Stadt im Süden von Floridas Golfküste. Die Bevölkerung von 22 000 Einwohnern verdoppelt sich in den Wintermonaten – auch bekannt als »Saison«. Das teilt die Einwohner in zwei Lager. Während den einen missfällt, dass ihre Stadt im Winter so überlaufen ist, sind die Geschäftsleute angewiesen auf die Touristen und die im Süden überwinternden sogenannten »Snowbirds«.

Natürlich ist nicht jeder in Naples übertrieben reich, aber für eine Doktorarbeit über die wachsenden Einkommensunterschiede in Amerika bietet sich die Stadt für Feldstudien an.

Wie in den meisten, wenn auch nicht allen Küstenregionen des »Sunshine State« bedrohen zu viel Bebauung und zu viele Menschen die Ruhe und natürliche Schönheit der Gegend. Trotzdem kann man hier immer noch sehr angenehm leben, und von den unerfreulichen Geschichten sind viele erfunden. Im Laufe des Jahres, als ich dieses Buch geschrieben habe, sind die Preise für Wohnimmobilien tatsächlich um fünfundzwanzig Prozent gestiegen.

Mein Dank gilt Martin und Judith Shepard von The Permanent Press in Sag Harbor, New York, dass sie meinen ersten Versuch eines Krimis veröffentlicht haben. Außerdem bedanke ich mich bei Judith und bei Barbara Anderson für ihre exzellente Arbeit als Lektorinnen und bei Lon Kirschner für das Cover.

Ein Dank auch an alle Pioniere und aktuellen Stars der Krimibranche, deren Werke mir über die Jahre nicht nur zahllose herrliche Lesestunden beschert haben, sondern auch als Meisterkurs beim Schreiben dieses Buches dienten.

Dan Chaon

Tiefschwarz und faszinierend:
Der Weg eines Serienkillers verbindet sich mit einer großen Familientragödie

978-3-453-43916-0

Leseprobe unter **www.heyne.de**

Abir Mukherjee

»Eine Reise in die
düstersten Ecken von Britisch-Indien.«
Daily Express

978-3-453-42173-8

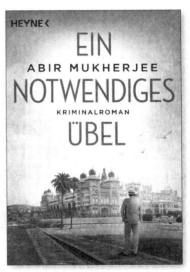

978-3-453-43920-7

Leseprobe unter **www.heyne.de**

David Baldacci

Die packende Bestsellerserie um John Puller, den besten Ermittler der Militärpolizei

978-3-453-43811-8

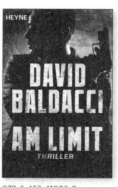

978-3-453-41892-9

978-3-453-43865-1

Leseprobe unter **www.heyne.de**